Hugo von Hofmannsthal

Die Frau ohne Schatten

und andere Erzählungen

Hugo von Hofmannsthal: Die Frau ohne Schatten und andere Erzählungen

Das Märchen der 672. Nacht:
  Erstdruck in: Die Zeit (Wien), 2., 9. und 16.11.1895.
Reitergeschichte:
  Erstdruck in: Neue Freie Presse (Wien), 24.12.1899.
Erlebnis des Marschalls von Bassompierre:
  Erstdruck in: Die Zeit (Wien), 24.11. und 1.12.1900.
Lucidor:
  Erstdruck in: Die Zeit (Wien), 22.3.1910.
Die Frau ohne Schatten:
  Entstanden 1912–1919. Erstdruck: Berlin (S. Fischer) 1919.

Neuausgabe mit einer Biographie des Autors
Herausgegeben von Karl-Maria Guth
Berlin 2016

Der Text dieser Ausgabe folgt:
Hugo von Hofmannsthal: Gesammelte Werke in zehn Einzelbänden.
Erzählungen, Erfundene Gespräche und Briefe, Reisen. Herausgegeben
von Bernd Schoeller in Beratung mit Rudolf Hirsch, Frankfurt a.M.: S.
Fischer, 1979.

Die Paginierung obiger Ausgabe wird hier als Marginalie zeilengenau
mitgeführt.

Umschlaggestaltung von Thomas Schultz-Overhage unter Verwendung
des Bildes: Jacek Malczewski, Im Wirbelwind, 1894

Gesetzt aus der Minion Pro, 11 pt

Verlag: Henricus - Edition Deutsche Klassik GmbH
Mörchinger Str. 33, 14169 Berlin, info@henricus-verlag.de
Druck: Libri Plureos GmbH, Friedensallee 273, 22763 Hamburg

Die Ausgaben der Sammlung Hofenberg basieren auf zuverlässigen
Textgrundlagen. Die Seitenkonkordanz zu anerkannten Studienausgaben
machen Hofenbergtexte auch in wissenschaftlichem Zusammenhang
zitierfähig.

ISBN 978-3-8430-8190-0

Bibliografische Information der Deutschen Nationalbibliothek

Die Deutsche Nationalbibliothek verzeichnet diese Publikation in der
Deutschen Nationalbibliografie; detaillierte bibliografische Daten sind
im Internet über www.dnb.de abrufbar.

Inhalt

Das Märchen der 672. Nacht 4

Reitergeschichte 20

Erlebnis des Marschalls von Bassompierre 30

Lucidor 40

Die Frau ohne Schatten 52

Biographie 137

Das Märchen der 672. Nacht

Ein junger Kaufmannssohn, der sehr schön war und weder Vater noch
Mutter hatte, wurde bald nach seinem fünfundzwanzigsten Jahre der
Geselligkeit und des gastlichen Lebens überdrüssig. Er versperrte die
meisten Zimmer seines Hauses und entließ alle seine Diener und Dienerinnen, bis auf vier, deren Anhänglichkeit und ganzes Wesen ihm lieb
war. Da ihm an seinen Freunden nichts gelegen war und auch die
Schönheit keiner einzigen Frau ihn so gefangennahm, daß er es sich als
wünschenswert oder nur als erträglich vorgestellt hätte, sie immer um
sich zu haben, lebte er sich immer mehr in ein ziemlich einsames Leben
hinein, welches anscheinend seiner Gemütsart am meisten entsprach.
Er war aber keineswegs menschenscheu, vielmehr ging er gerne in den
Straßen oder öffentlichen Gärten spazieren und betrachtete die Gesichter
der Menschen. Auch vernachlässigte er weder die Pflege seines Körpers
und seiner schönen Hände noch den Schmuck seiner Wohnung. Ja, die
Schönheit der Teppiche und Gewebe und Seiden, der geschnitzten und
getäfelten Wände, der Leuchter und Becken aus Metall, der gläsernen
und irdenen Gefäße wurde ihm so bedeutungsvoll, wie er es nie geahnt
hatte. Allmählich wurde er sehend dafür, wie alle Formen und Farben
der Welt in seinen Geräten lebten. Er erkannte in den Ornamenten, die
sich verschlingen, ein verzaubertes Bild der verschlungenen Wunder
der Welt. Er fand die Formen der Tiere und die Formen der Blumen
und das Übergehen der Blumen in die Tiere; die Delphine, die Löwen
und die Tulpen, die Perlen und den Akanthus; er fand den Streit zwischen der Last der Säule und dem Widerstand des festen Grundes und
das Streben alles Wassers nach aufwärts und wiederum nach abwärts;
er fand die Seligkeit der Bewegung und die Erhabenheit der Ruhe, das
Tanzen und das Totsein; er fand die Farben der Blumen und Blätter,
die Farben der Felle wilder Tiere und der Gesichter der Völker, die
Farbe der Edelsteine, die Farbe des stürmischen und des ruhig leuchtenden Meeres; ja, er fand den Mond und die Sterne, die mystische Kugel,
die mystischen Ringe und an ihnen festgewachsen die Flügel der Sera-
phim. Er war für lange Zeit trunken von dieser großen, tiefsinnigen
Schönheit, die ihm gehörte, und alle seine Tage bewegten sich schöner
und minder leer unter diesen Geräten, die nichts Totes und Niedriges

45

mehr waren, sondern ein großes Erbe, das göttliche Werk aller Geschlechter.

Doch er fühlte ebenso die Nichtigkeit aller dieser Dinge wie ihre Schönheit; nie verließ ihn auf lange der Gedanke an den Tod, und oft befiel er ihn unter lachenden und lärmenden Menschen, oft in der Nacht, oft beim Essen.

Aber da keine Krankheit in ihm war, so war der Gedanke nicht grauenhaft, eher hatte er etwas Feierliches und Prunkendes und kam gerade am stärksten, wenn er sich am Denken schöner Gedanken oder an der Schönheit seiner Jugend und Einsamkeit berauschte. Denn oft schöpfte der Kaufmannssohn einen großen Stolz aus dem Spiegel, aus den Versen der Dichter, aus seinem Reichtum und seiner Klugheit, und die finsteren Sprichwörter drückten nicht auf seine Seele. Er sagte: »Wo du sterben sollst, dahin tragen dich deine Füße«, und sah sich schön, wie ein auf der Jagd verirrter König, in einem unbekannten Wald unter seltsamen Bäumen einem fremden wunderbaren Geschick entgegengehen. Er sagte: »Wenn das Haus fertig ist, kommt der Tod«, und sah jenen langsam heraufkommen über die von geflügelten Löwen getragene Brücke des Palastes, des fertigen Hauses, angefüllt mit der wundervollen Beute des Lebens.

Er wähnte, völlig einsam zu leben, aber seine vier Diener umkreisten ihn wie Hunde, und obwohl er wenig mit ihnen redete, fühlte er doch irgendwie, daß sie unausgesetzt daran dachten, ihm gut zu dienen. Auch fing er an, hie und da über sie nachzudenken.

Die Haushälterin war eine alte Frau; ihre verstorbene Tochter war des Kaufmannssohnes Amme gewesen; auch alle ihre anderen Kinder waren gestorben. Sie war sehr still, und die Kühle des Alters ging von ihrem weißen Gesicht und ihren weißen Händen aus. Aber er hatte sie gern, weil sie immer im Hause gewesen war und weil die Erinnerung an die Stimme seiner eigenen Mutter und an seine Kindheit, die er sehnsüchtig liebte, mit ihr herumging.

Sie hatte mit seiner Erlaubnis eine entfernte Verwandte ins Haus genommen, die kaum fünfzehn Jahre alt war, diese war sehr verschlossen. Sie war hart gegen sich und schwer zu verstehen. Einmal warf sie sich in einer dunkeln und jähen Regung ihrer zornigen Seele aus einem Fenster in den Hof, fiel aber mit dem kinderhaften Leib in zufällig aufgeschüttete Gartenerde, so daß ihr nur ein Schlüsselbein brach, weil dort ein Stein in der Erde gesteckt hatte. Als man sie in ihr Bett gelegt hatte, schickte der Kaufmannssohn seinen Arzt zu ihr; am Abend aber kam er selber und wollte sehen, wie es ihr ginge. Sie hielt die Augen geschlossen, und er sah sie zum ersten Male lange ruhig an und war erstaunt über die seltsame und altkluge Anmut ihres Gesichtes. Nur ihre Lippen waren sehr dünn, und darin lag etwas Unschönes und Unheimliches. Plötzlich schlug sie die Augen auf, sah ihn eisig und bös an und drehte sich mit zornig zusammengebissenen Lippen, den Schmerz überwindend, gegen die Wand, so daß sie auf die verwundete Seite zu liegen kam. Im Augenblick verfärbte sich ihr totenblasses Gesicht ins Grünlichweiße, sie wurde ohnmächtig und fiel wie tot in ihre frühere Lage zurück.

Als sie wieder gesund war, redete der Kaufmannssohn sie durch lange Zeit nicht an, wenn sie ihm begegnete. Ein paarmal fragte er die alte Frau, ob das Mädchen ungern in seinem Hause wäre, aber diese verneinte es immer. Den einzigen Diener, den er sich entschlossen hatte, in seinem Hause zu behalten, hatte er kennengelernt, als er einmal bei dem Gesandten, den der König von Persien in dieser Stadt unterhielt, zu Abend speiste. Da bediente ihn dieser und war von einer solchen Zuvorkommenheit und Umsicht und schien gleichzeitig von so großer Eingezogenheit und Bescheidenheit, daß der Kaufmannssohn mehr Gefallen daran fand, ihn zu beobachten, als auf die Reden der übrigen Gäste zu hören. Um so größer war seine Freude, als viele Monate später dieser Diener auf der Straße auf ihn zutrat, ihn mit demselben tiefen Ernst, wie an jenem Abend, und ohne alle Aufdringlichkeit grüßte und ihm seine Dienste anbot. Sogleich erkannte ihn der Kaufmannssohn an seinem düsteren, maulbeerfarbigen Gesicht und an seiner großen Wohlerzogenheit. Er nahm ihn augenblicklich in seinen Dienst, entließ zwei junge Diener, die er noch bei sich hatte, und ließ sich fortan beim Speisen und sonst nur von diesem ernsten und zurückhaltenden Menschen bedienen. Dieser Mensch machte fast nie von der Erlaubnis Gebrauch, in den Abendstunden das Haus zu verlassen. Er zeigte eine seltene Anhänglichkeit an seinen Herrn, dessen Wünschen er zuvorkam und dessen Neigungen und Abneigungen er schweigend erriet, so daß auch dieser eine immer größere Zuneigung für ihn faßte.

Wenn er sich auch nur von diesem beim Speisen bedienen ließ, so pflegte die Schüsseln mit Obst und süßem Backwerk doch eine Dienerin aufzutragen, ein junges Mädchen, aber doch um zwei oder drei Jahre älter als die Kleine. Dieses junge Mädchen war von jenen, die man von weitem, oder wenn man sie als Tänzerinnen beim Licht der Fackeln auftreten sieht, kaum für sehr schön gelten ließe, weil da die Feinheit der Züge verloren geht; da er sie aber in der Nähe und täglich sah, ergriff ihn die unvergleichliche Schönheit ihrer Augenlider und ihrer Lippen, und die trägen, freudlosen Bewegungen ihres schönen Leibes waren ihm die rätselhafte Sprache einer verschlossenen und wundervollen Welt.

Wenn in der Stadt die Hitze des Sommers sehr groß wurde und längs der Häuser die dumpfe Glut schwebte und in den schwülen, schweren Vollmondnächten der Wind weiße Staubwolken in den leeren Straßen hintrieb, reiste der Kaufmannssohn mit seinen vier Dienern nach einem Landhaus, das er im Gebirg besaß, in einem engen, von dunklen Bergen umgebenen Tal. Dort lagen viele solche Landhäuser der Reichen. Von beiden Seiten fielen Wasserfälle in die Schluchten herunter und gaben Kühle. Der Mond stand fast immer hinter den Bergen, aber große weiße Wolken stiegen hinter den schwarzen Wänden auf, schwebten feierlich über den dunkelleuchtenden Himmel und verschwanden auf der anderen Seite. Hier lebte der Kaufmannssohn sein gewohntes Leben in einem Haus, dessen hölzerne Wände immer von dem kühlen Duft der Gärten und der vielen Wasserfälle durchstrichen wurden. Am Nachmittag, bis die Sonne hinter den Bergen hinunterfiel, saß er in seinem Garten und las meist in einem Buch, in welchem die Kriege eines sehr großen Königs der Vergangenheit aufgezeichnet waren. Manchmal mußte er mitten in der Beschreibung, wie die Tausende Reiter der feindlichen Könige schreiend ihre Pferde umwenden oder ihre Kriegswagen den steilen Rand eines Flusses hinabgerissen werden, plötzlich innehalten, denn er fühlte, ohne hinzusehen, daß die Augen seiner vier Diener auf ihn geheftet waren. Er wußte, ohne den Kopf zu heben, daß sie ihn ansahen, ohne ein Wort zu reden, jedes aus einem anderen Zimmer. Er kannte sie so gut. Er fühlte sie leben, stärker, eindringlicher, als er sich selbst leben fühlte. Über sich empfand er zuweilen leichte Rührung oder Verwunderung, wegen dieser aber eine rätselhafte Beklemmung. Er fühlte mit der Deutlichkeit eines Alpdrucks, wie die beiden Alten dem Tod entgegenlebten, mit jeder Stunde, mit dem unaufhaltsamen leisen Anderswerden ihrer Züge und ihrer Gebärden, die er so gut kannte; und wie die beiden Mädchen in das öde, gleichsam lustlose Leben hineinlebten. Wie das Grauen und die tödliche Bitterkeit eines furchtbaren, beim Erwachen vergessenen Traumes, lag ihm die Schwere ihres Lebens, von der sie selber nichts wußten, in den Gliedern.

Manchmal mußte er aufstehen und umhergehen, um seiner Angst nicht zu unterliegen. Aber während er auf den grellen Kies vor seinen Füßen schaute und mit aller Anstrengung darauf achtete, wie aus dem kühlen Duft von Gras und Erde der Duft der Nelken in hellen Atemzügen zu ihm aufflog und dazwischen in lauen, übermäßig süßen Wolken der Duft der Heliotrope, fühlte er ihre Augen und konnte an nichts anderes denken. Ohne den Kopf zu heben, wußte er, daß die alte Frau an ihrem Fenster saß, die blutlosen Hände auf dem von der Sonne durchglühten Gesims, das blutlose, maskenhafte Gesicht eine immer grauenhaftere Heimstätte für die hilflosen schwarzen Augen, die nicht absterben konnten. Ohne den Kopf zu heben, fühlte er, wenn der Diener für Minuten von seinem Fenster zurücktrat und sich an einem Schrank zu schaffen machte; ohne aufzusehen, erwartete er in heimlicher Angst den Augenblick, wo er wiederkommen werde. Während er mit beiden Händen biegsame Äste hinter sich zurückfallen ließ, um sich in der verwachsensten Ecke des Gartens zu verkriechen, und alle Gedanken auf die Schönheit des Himmels drängte, der in kleinen leuchtenden Stücken von feuchtem Türkis von oben durch das dunkle Genetz von Zweigen und Ranken herunterfiel, bemächtigte sich seines Blutes und seines ganzen Denkens nur das, daß er die Augen der zwei Mädchen auf sich gerichtet wußte, die der Größeren träge und traurig, mit einer unbestimmten, ihn quälenden Forderung, die der Kleineren mit einer ungeduldigen, dann wieder höhnischen Aufmerksamkeit, die ihn noch mehr quälte. Und dabei hatte er nie den Gedanken, daß sie ihn unmittelbar ansahen, ihn, der gerade mit gesenktem Kopfe umherging, oder bei einer Nelke niederkniete, um sie mit Bast zu binden, oder sich unter die Zweige beugte; sondern ihm war, sie sahen sein ganzes Leben an, sein tiefstes Wesen, seine geheimnisvolle menschliche Unzulänglichkeit.

Eine furchtbare Beklemmung kam über ihn, eine tödliche Angst vor der Unentrinnbarkeit des Lebens. Furchtbarer, als daß die ihn unausgesetzt beobachteten, war, daß sie ihn zwangen, in einer unfruchtbaren und so ermüdenden Weise an sich selbst zu denken. Und der Garten war viel zu klein, um ihnen zu entrinnen. Wenn er aber ganz nahe von ihnen war, erlosch seine Angst so völlig, daß er das Vergangene beinahe vergaß. Dann vermochte er es, sie gar nicht zu beachten oder ruhig ihren Bewegungen zuzusehen, die ihm so vertraut waren, daß er aus ihnen eine unaufhörliche, gleichsam körperliche Mitempfindung ihres Lebens empfing.

Das kleine Mädchen begegnete ihm nur hie und da auf der Treppe oder im Vorhaus. Die drei anderen aber waren häufig mit ihm in einem Zimmer. Einmal erblickte er die Größere in einem geneigten Spiegel; sie ging durch ein erhöhtes Nebenzimmer: in dem Spiegel aber kam sie ihm aus der Tiefe entgegen. Sie ging langsam und mit Anstrengung, aber ganz aufrecht: sie trug in jedem Arm eine schwere hagere indische Gottheit aus dunkler Bronze. Die verzierten Füße der Figuren hielt sie in der hohlen Hand, von der Hüfte bis an die Schläfe reichten ihr die dunklen Göttinnen und lehnten mit ihrer toten Schwere an den lebendigen zarten Schultern; die dunklen Köpfe aber mit dem bösen Mund von Schlangen, drei wilden Augen in der Stirn und unheimlichem Schmuck in den kalten, harten Haaren, bewegten sich neben den atmenden Wangen und streiften die schönen Schläfen im Takt der langsamen Schritte. Eigentlich aber schien sie nicht an den Göttinnen schwer und feierlich zu tragen, sondern an der Schönheit ihres eigenen Hauptes mit dem schweren Schmuck aus lebendigem, dunklem Gold, zwei großen gewölbten Schnecken zu beiden Seiten der lichten Stirn, wie eine Königin im Kriege. Er wurde ergriffen von ihrer großen Schönheit, aber gleichzeitig wußte er deutlich, daß es ihm nichts bedeuten würde, sie in seinen Armen zu halten. Er wußte es überhaupt, daß die Schönheit seiner Dienerin ihn mit Sehnsucht, aber nicht mit Verlangen erfüllte, so daß er seine Blicke nicht lange auf ihr ließ, sondern aus dem Zimmer trat, ja auf die Gasse, und mit einer seltsamen Unruhe zwischen den Häusern und Gärten im schmalen Schatten weiterging. Schließlich ging er an das Ufer des Flusses, wo die Gärtner und Blumenhändler wohnten, und suchte lange, obgleich er wußte, daß er vergeblich suchen werde, nach einer Blume, deren Gestalt und Duft, oder nach einem Gewürz, dessen verwehender Hauch ihm für einen Augenblick genau den gleichen süßen Reiz zu ruhigem Besitz geben könnte, welcher in der Schönheit seiner Dienerin lag, die ihn verwirrte und beunruhigte. Und während er ganz vergeblich mit sehnsüchtigen Augen in den dumpfen Glashäusern umherspähte und sich im Freien über die langen Beete beugte, auf denen es schon dunkelte, wiederholte sein Kopf unwillkürlich, ja schließlich gequält und gegen seinen Willen, immer wieder die Verse des Dichters: »In den Stielen der Nelken, die sich wiegten, im Duft des reifen Kornes erregtest du meine Sehnsucht; aber als ich dich fand, warst du es nicht, die ich gesucht hatte, sondern die Schwestern deiner Seele.«

II

In diesen Tagen geschah es, daß ein Brief kam, welcher ihn einigermaßen beunruhigte. Der Brief trug keine Unterschrift. In unklarer Weise beschuldigte der Schreiber den Diener des Kaufmannssohnes, daß er im Hause seines früheren Herrn, des persischen Gesandten, irgendein abscheuliches Verbrechen begangen habe. Der Unbekannte schien einen heftigen Haß gegen den Diener zu hegen und fügte viele Drohungen bei; auch gegen den Kaufmannssohn selbst bediente er sich eines unhöflichen, beinahe drohenden Tones. Aber es war nicht zu erraten, welches Verbrechen angedeutet werde und welchen Zweck überhaupt dieser Brief für den Schreiber, der sich nicht nannte und nichts verlangte, haben könne. Er las den Brief mehrere Male und gestand sich, daß er bei dem Gedanken, seinen Diener auf eine so widerwärtige Weise zu verlieren, eine große Angst empfand. Je mehr er nachdachte, desto erregter wurde er und desto weniger konnte er den Gedanken ertragen, eines dieser Wesen zu verlieren, mit denen er durch die Gewohnheit und andere geheime Mächte völlig zusammengewachsen war.

Er ging auf und ab, die zornige Erregung erhitzte ihn so, daß er seinen Rock und Gürtel abwarf und mit Füßen trat. Es war ihm, als wenn man seinen innersten Besitz beleidigt und bedroht hätte und ihn zwingen wollte, aus sich selber zu fliehen und zu verleugnen, was ihm lieb war. Er hatte Mitleid mit sich selbst und empfand sich, wie immer in solchen Augenblicken, als ein Kind. Er sah schon seine vier Diener aus seinem Hause gerissen, und es kam ihm vor, als zöge sich lautlos der ganze Inhalt seines Lebens aus ihm, alle schmerzhaftsüßen Erinnerungen, alle halbunbewußten Erwartungen, alles Unsagbare, um irgendwo hingeworfen und für nichts geachtet zu werden, wie ein Bündel Algen und Meertang. Er begriff zum erstenmal, was ihn als Knabe immer zum Zorn gereizt hatte, die angstvolle Liebe, mit der sein Vater an dem hing, was er erworben hatte, an den Reichtümern seines gewölbten Warenhauses, den schönen, gefühllosen Kindern seines Suchens und Sorgens, den geheimnisvollen Ausgeburten der undeutlichen tiefsten Wünsche seines Lebens. Er begriff, daß der große König der Vergangenheit hätte sterben müssen, wenn man ihm seine Länder genommen hätte, die er durchzogen und unterworfen hatte vom Meer im Westen bis zum Meer im Osten, die er zu beherrschen träumte und die doch so unendlich groß waren, daß er keine Macht über sie hatte und keinen Tribut von ihnen empfing als den Gedanken, daß er sie unterworfen hatte und kein anderer als er ihr König war.

Er beschloß, alles zu tun, um diese Sache zur Ruhe zu bringen, die ihn so ängstigte. Ohne dem Diener ein Wort von dem Brief zu sagen, machte er sich auf und fuhr allein nach der Stadt. Dort beschloß er vor allem das Haus aufzusuchen, welches der Gesandte des Königs von Persien bewohnte; denn er hatte die unbestimmte Hoffnung, dort irgendwie einen Anhaltspunkt zu finden.

Als er aber hinkam, war es spät am Nachmittag und niemand mehr zu Hause, weder der Gesandte, noch einer der jungen Leute seiner Begleitung. Nur der Koch und ein alter untergeordneter Schreiber saßen im Torweg im kühlen Halbdunkel. Aber sie waren so häßlich und gaben so kurze, mürrische Antworten, daß er ihnen ungeduldig den Rücken kehrte und sich entschloß, am nächsten Tage zu einer besseren Stunde wiederzukommen.

Da seine eigene Wohnung versperrt war – denn er hatte keinen Diener in der Stadt zurückgelassen –, so mußte er wie ein Fremder daran denken, sich für die Nacht eine Herberge zu suchen. Neugierig, wie ein Fremder, ging er durch die bekannten Straßen und kam endlich an das Ufer eines kleinen Flusses, der zu dieser Jahreszeit fast ausgetrocknet war. Von dort folgte er in Gedanken verloren einer ärmlichen Straße, wo sehr viele öffentliche Dirnen wohnten. Ohne viel auf seinen Weg zu achten, bog er dann rechts ein und kam in eine ganz öde, totenstille Sackgasse, die in einer fast turmhohen, steilen Treppe endigte. Auf der Treppe blieb er stehen und sah zurück auf seinen Weg. Er konnte in die Höfe der kleinen Häuser sehen; hie und da waren rote Vorhänge an den Fenstern und häßliche, verstaubte Blumen; das breite, trockene Bett des Flusses war von einer tödlichen Traurigkeit. Er stieg weiter und kam oben in ein Viertel, das er sich nicht entsinnen konnte, je gesehen zu haben. Trotzdem kam ihm eine Kreuzung niederer Straßen plötzlich traumhaft bekannt vor. Er ging weiter und kam zu dem Laden eines Juweliers. Es war ein sehr ärmlicher Laden, wie er für diesen Teil der Stadt paßte, und das Schaufenster mit solchen wertlosen Schmucksachen angefüllt, wie man sie bei Pfandleihern und Hehlern zusammenkauft. Der Kaufmannssohn, der sich auf Edelsteine sehr gut verstand, konnte kaum einen halbwegs schönen Stein darunter finden.

Plötzlich fiel sein Blick auf einen altmodischen Schmuck aus dünnem Gold, mit einem Beryll verziert, der ihn irgendwie an die alte Frau erinnerte. Wahrscheinlich hatte er ein ähnliches Stück aus der Zeit, wo sie eine junge Frau gewesen war, einmal bei ihr gesehen. Auch schien ihm der blasse, eher melancholische Stein in einer seltsamen Weise zu ihrem Alter und Aussehen zu passen; und die altmodische Fassung war von der gleichen Traurigkeit. So trat er in den niedrigen Laden, um den Schmuck zu kaufen. Der Juwelier war sehr erfreut, einen so gut gekleideten Kunden eintreten zu sehen, und wollte ihm noch seine wertvolleren Steine zeigen, die er nicht ins Schaufenster legte. Aus Höflichkeit gegen den alten Mann ließ er sich vieles zeigen, hatte aber weder Lust, mehr zu kaufen, noch hätte er bei seinem einsamen Leben eine Verwendung für derartige Geschenke gewußt. Endlich wurde er ungeduldig und gleichzeitig verlegen, denn er wollte loskommen und doch den Alten nicht kränken. Er beschloß, noch eine Kleinigkeit zu kaufen und dann sogleich hinauszugehen. Gedankenlos betrachtete er über die Schulter des Juweliers hinwegsehend einen kleinen silbernen Handspiegel, der halb erblindet war. Da kam ihm aus einem anderen Spiegel im Innern das Bild des Mädchens entgegen mit den dunklen Köpfen der ehernen Göttinnen zu beiden Seiten; flüchtig empfand er, daß sehr viel von ihrem Reiz darin lag, wie die Schultern und der Hals in demütiger kindlicher Grazie die Schönheit des Hauptes trugen, des Hauptes einer jungen Königin. Und flüchtig fand er es hübsch, ein dünnes goldenes Kettchen an diesem Hals zu sehen, vielfach herumgeschlungen, kindlich und doch an einen Panzer gemahnend. Und er verlangte, solche Kettchen zu sehen. Der Alte machte eine Tür auf und bat ihn, in einen zweiten Raum zu treten, ein niedriges Wohnzimmer, wo aber auch in Glasschränken und auf offenen Gestellen eine Menge Schmucksachen ausgelegt waren. Hier fand er bald ein Kettchen, das ihm gefiel, und bat den Juwelier, ihm jetzt den Preis der beiden Schmucksachen zu sagen. Der Alte bat ihn noch, die merkwürdigen, mit Halbedelsteinen besetzten Beschläge einiger altertümlicher Sättel in Augenschein zu nehmen, er aber erwiderte, daß er sich als Sohn eines Kaufmannes nie mit Pferden abgegeben habe, ja nicht einmal zu reiten verstehe und weder an alten noch an neuen Sätteln Gefallen finde, bezahlte mit einem Goldstück und einigen Silbermünzen, was er gekauft hatte, und zeigte einige Ungeduld, den Laden zu verlassen. Während der Alte, ohne mehr ein Wort zu sprechen, ein schönes Seidenpapier hervorsuchte und das Kettchen und den Beryllschmuck, jedes für sich, einwickelte, trat der Kaufmannssohn zufällig an das einzige niedrige vergitterte Fenster und schaute hinaus. Er erblickte einen offenbar zum Nachbarhaus gehörigen, sehr schön gehaltenen Gemüsegarten, dessen Hintergrund durch zwei Glashäuser und eine hohe Mauer gebildet wurde. Er bekam sogleich Lust, diese Glashäuser zu sehen, und fragte den Juwelier, ob er ihm den Weg sagen könne. Der Juwelier händigte ihm seine beiden Päckchen ein und führte ihn durch ein Nebenzimmer in den Hof, der durch eine kleine Gittertür mit dem benachbarten Garten in Verbindung stand. Hier blieb der Juwelier stehen und schlug mit einem eisernen Klöppel an das Gitter. Da es aber im Garten ganz still blieb, sich auch im Nachbarhaus niemand regte, so forderte er den Kaufmannssohn auf, nur ruhig die Treibhäuser zu besichtigen und sich, falls man ihn behelligen würde, auf ihn auszureden, der mit dem Besitzer des Gartens gut bekannt sei. Dann öffnete er ihm mit einem Griff durch die Gitterstäbe. Der Kaufmannssohn ging sogleich längs der Mauer zu dem näheren Glashaus, trat ein und fand eine solche Fülle seltener und merkwürdiger Narzissen und Anemonen und so seltsames, ihm völlig unbekanntes Blattwerk, daß er sich lange nicht sattsehen konnte. Endlich aber schaute er auf und gewahrte, daß die Sonne ganz, ohne daß es beachtet hatte, hinter den Häusern untergegangen war. Jetzt wollte er nicht länger in einem fremden, unbewachten Garten bleiben, sondern nur von außen einen Blick durch die Scheiben des zweiten Treibhauses werfen und dann fortgehen. Wie er so spähend an den Glaswänden des zweiten langsam vorüberging, erschrak er plötzlich sehr heftig und fuhr zurück. Denn ein Mensch hatte sein Gesicht an den Scheiben und schaute ihn an. Nach einem Augenblick beruhigte er sich und wurde sich bewußt, daß es ein Kind war, ein höchstens vierjähriges, kleines Mädchen, dessen weißes Kleid und blasses Gesicht gegen die Scheiben gedrückt waren. Aber als er jetzt näher hinsah, erschrak er abermals, mit einer unangenehmen Empfindung des Grauens im Nacken und einem leisen Zusammenschnüren in der Kehle und tiefer in der Brust. Denn das Kind, das ihn regungslos und böse ansah, glich in einer unbegreiflichen Weise dem fünfzehnjährigen Mädchen, das er in seinem Hause hatte. Alles war gleich, die lichten Augenbrauen, die feinen bebenden Nasenflügel, die dünnen Lippen; wie die andere zog auch das Kind eine der Schultern etwas in die Höhe. Alles war gleich, nur daß in dem Kind das alles einen Ausdruck gab, der ihm Entsetzen verursachte. Er wußte nicht, wovor er so namenlose Furcht empfand. Er wußte nur, daß er es nicht ertragen werde, sich umzudrehen und zu wissen, daß dieses Gesicht hinter ihm durch die Scheiben starrte.

In seiner Angst ging er sehr schnell auf die Tür des Glashauses zu, um hineinzugehen; die Tür war zu, von außen verriegelt; hastig bückte er sich nach dem Riegel, der sehr tief war, stieß ihn so heftig zurück, daß er sich ein Glied des kleinen Fingers schmerzlich zerrte, und ging, fast laufend, auf das Kind zu. Das Kind ging ihm entgegen, und ohne ein Wort zu reden, stemmte es sich gegen seine Knie und suchte mit seinen schwachen kleinen Händen ihn hinauszudrängen. Er hatte Mühe, es nicht zu treten. Aber seine Angst minderte sich in der Nähe. Er beugte sich über das Gesicht des Kindes, das ganz blaß war und dessen Augen vor Zorn und Haß bebten, während die kleinen Zähne des Unterkiefers sich mit unheimlicher Wut in die Oberlippe drückten. Seine Angst verging für einen Augenblick, als er dem Mädchen die kurzen, feinen Haare streichelte. Aber augenblicklich erinnerte er sich an das Haar des Mädchens in seinem Hause, das er einmal berührt hatte, als sie totenblaß, mit geschlossenen Augen, in ihrem Bette lag, und gleich lief ihm wieder ein Schauer den Rücken hinab, und seine Hände fuhren zurück. Sie hatte es aufgegeben, ihn wegdrängen zu wollen. Sie trat ein paar Schritte zurück und schaute gerade vor sich hin. Fast unerträglich wurde ihm der Anblick des schwachen, in einem weißen Kleidchen steckenden Puppenkörpers und des verachtungsvollen, grauenhaften blassen Kindergesichtes. Er war so erfüllt mit Grauen, daß er einen Stich in den Schläfen und in der Kehle empfing, als seine Hand in der Tasche an etwas Kaltes streifte. Es waren ein paar Silbermünzen. Er nahm sie heraus, beugte sich zu dem Kinde nieder und gab sie ihm, weil sie glänzten und klirrten. Das Kind nahm sie und ließ sie ihm vor den Füßen niederfallen, daß sie in einer Spalte des auf einem Rost von Brettern ruhenden Bodens verschwanden. Dann kehrte es ihm den Rücken und ging langsam fort. Eine Weile stand er regungslos und hatte Herzklopfen vor Angst, daß es wiederkommen werde und von außen auf ihn durch die Scheiben schauen. Jetzt hätte er gleich fortgehen mögen, aber es war besser, eine Weile vergehen zu lassen, damit das Kind aus dem Garten fortginge. Jetzt war es in dem Glashaus schon nicht mehr ganz hell, und die Formen der Pflanzen fingen an, sonderbar zu werden. In einiger Entfernung traten aus dem Halbdunkel schwarze, sinnlos drohende Zweige unangenehm hervor, und dahinter schimmerte es weiß, als wenn das Kind dort stünde. Auf einem Brette standen in einer Reihe irdene Töpfe mit Wachsblumen. Um eine kleine Zeit zu übertäuben, zählte er die Blüten, die in ihrer Starre lebendigen Blumen unähnlich waren und etwas von Masken hatten, heimtückischen Masken mit zugewachsenen Augenlöchern. Als er fertig war, ging er zur Türe und wollte hinaus. Die Tür gab nicht nach; das Kind hatte sie von außen verriegelt. Er wollte schreien, aber er fürchtete sich vor seiner eigenen Stimme. Er schlug mit den Fäusten an die Scheiben. Der Garten und das Haus blieben totenstill. Nur hinter ihm glitt etwas raschelnd durch die Sträucher. Er sagte sich, daß es Blätter waren, die sich durch die Erschütterung der dumpfen Luft abgetrennt hatten und niederfielen. Trotzdem hielt er mit dem Klopfen inne und bohrte die Blicke durch das halbdunkle Gewirr der Bäume und Ranken. Da sah er in der dämmerigen Hinterwand etwas wie ein Viereck dunkler Linien. Er kroch hin, jetzt schon unbekümmert, daß er viele irdene Gartentöpfe zertrat und die hohen dünnen Stämme und rauschenden Fächerkronen über und hinter ihm gespenstisch zusammenstürzten. Das Viereck dunkler Linien war der Ausschnitt einer Tür, und sie gab dem Drucke nach. Die freie Luft ging über sein Gesicht; hinter sich hörte er die zerknickten Stämme und niedergedrückten Blätter wie nach einem Gewitter sich leise raschelnd erheben.

Er stand in einem schmalen, gemauerten Gange; oben sah der freie Himmel herein, und die Mauer zu beiden Seiten war kaum über mannshoch. Aber der Gang war nach einer Länge von beiläufig fünfzehn Schritten wieder vermauert, und schon glaubte er sich abermals gefangen. Unschlüssig ging er vor; da war die Mauer zur Rechten in Mannsbreite durchbrochen, und aus der Öffnung lief ein Brett über leere Luft nach einer gegenüberliegenden Plattform; diese war auf der zugewendeten Seite von einem niedrigen Eisengitter geschlossen, auf den beiden anderen von der Hinterseite hoher bewohnter Häuser. Dort, wo das Brett wie eine Enterbrücke auf dem Rand der Plattform aufruhte, hatte das Gitter eine kleine Tür.

So groß war die Ungeduld des Kaufmannssohnes, aus dem Bereich seiner Angst zu kommen, daß er sogleich einen, dann den anderen Fuß auf das Brett setzte und, den Blick fest auf das jenseitige Ufer gerichtet, anfing, hinüberzugehen. Aber unglücklicherweise wurde er sich doch bewußt, daß er über einem viele Stockwerke tiefen, gemauerten Graben hing; in den Sohlen und Kniebeugen fühlte er die Angst und Hilflosigkeit, schwindelnd im ganzen Leibe, die Nähe des Todes. Er kniete nieder und schloß die Augen; da stießen seine vorwärts tastenden Arme an die Gitterstäbe. Er umklammerte sie fest, sie gaben nach, und mit leisem Knirschen, das ihm, wie der Anhauch des Todes, den Leib durchschnitt, öffnete sich gegen ihn, gegen den Abgrund, die Tür, an der er hing; und im Gefühle seiner inneren Müdigkeit und großen Mutlosigkeit fühlte er voraus, wie die glatten Eisenstäbe seinen Fingern, die ihm erschienen wie die Finger eines Kindes, sich entwinden und er hinunterstürzt, längs der Mauer zerschellend. Aber das leise Aufgehen der Türe hielt inne, ehe seine Füße das Brett verloren, und mit einem Schwunge warf er seinen zitternden Körper durch die Öffnung hinein auf den harten Boden.

Er konnte sich nicht freuen; ohne sich umzusehen, mit einem dumpfen Gefühle, wie Haß gegen die Sinnlosigkeit dieser Qualen, ging er in eines der Häuser und dort die verwahrloste Stiege hinunter und trat wieder hinaus in eine Gasse, die häßlich und gewöhnlich war. Aber er war schon sehr traurig und müde und konnte sich auf gar nichts besinnen, was ihm irgendwelcher Freude wert schien. Seltsam war alles von ihm gefallen, und ganz leer und vom Leben verlassen ging er durch die Gasse und die nächste und die nächste. Er verfolgte eine Richtung, von der er wußte, daß sie ihn dorthin zurückbringen werde, wo in dieser Stadt die reichen Leute wohnten und wo er sich eine Herberge für die Nacht suchen könnte. Denn es verlangte ihn sehr nach einem Bette. Mit einer kindischen Sehnsucht erinnerte er sich an die Schönheit seines eigenen breiten Bettes, und auch die Betten fielen ihm ein, die der große König der Vergangenheit für sich und seine Gefährten errichtet hatte, als sie Hochzeit hielten mit den Töchtern der unterworfenen Könige, für sich ein Bett von Gold, für die anderen von Silber; getragen von Greifen und geflügelten Stieren. Indessen war er zu den niedrigen Häusern gekommen, wo die Soldaten wohnen. Er achtete nicht darauf. An einem vergitterten Fenster saßen ein paar Soldaten mit gelblichen Gesichtern und traurigen Augen und riefen ihm etwas zu. Da hob er den Kopf und atmete den dumpfen Geruch, der aus dem Zimmer kam, einen ganz besonders beklemmenden Geruch. Aber er verstand nicht, was sie von ihm wollten. Weil sie ihn aber aus seinem achtlosen Dahin- gehen aufgestört hatten, schaute er jetzt in den Hof hinein, als er am Tore vorbeikam. Der Hof war sehr groß und traurig, und weil es dämmerte, erschien er noch größer und trauriger. Auch waren sehr wenige Menschen darin, und die Häuser, die ihn umgaben, waren niedrig und von schmutziggelber Farbe. Das machte ihn noch öder und größer. An einer Stelle waren in einer geraden Linie beiläufig zwanzig Pferde angepflöckt; vor jedem lag ein Soldat in einem Stallkittel aus schmutzigem Zwilch auf den Knien und wusch ihm die Hufe. Ganz in der Ferne kamen viele andere in ähnlichen Anzügen aus Zwilch zu zweien aus einem Tore. Sie gingen langsam und schlürfend und trugen schwere Säcke auf den Schultern. Erst als sie näher kamen, sah er, daß in den offenen Säcken, die sie schweigend schleppten, Brot war. Er sah zu, wie sie langsam in einem Torweg verschwanden und so wie unter einer häßlichen, tückischen Last dahingingen und ihr Brot in solchen Säcken trugen wie die, worin die Traurigkeit ihres Leibes gekleidet war.

Dann ging er zu denen, die vor ihren Pferden auf den Knien lagen und ihnen die Hufe wuschen. Auch diese sahen einander ähnlich und glichen denen am Fenster und denen, die Brot getragen hatten. Sie mußten aus benachbarten Dörfern gekommen sein. Auch sie redeten kaum ein Wort untereinander. Da es ihnen sehr schwer wurde, den Vorderfuß des Pferdes zu halten, schwankten ihre Köpfe, und ihre müden, gelblichen Gesichter hoben und beugten sich wie unter einem starken Winde. Die Köpfe der meisten Pferde waren häßlich und hatten einen boshaften Ausdruck durch zurückgelegte Ohren und hinaufgezogene Oberlippen, welche die oberen Eckzähne bloßlegten. Auch hatten sie meist böse, rollende Augen und eine seltsame Art, aus schiefgezogenen Nüstern ungeduldig und verächtlich die Luft zu stoßen. Das letzte Pferd in der Reihe war besonders stark und häßlich. Es suchte den Mann, der vor ihm kniete und den gewaschenen Huf trockenrieb, mit seinen großen Zähnen in die Schulter zu beißen. Der Mann hatte so hohle Wangen und einen so todestraurigen Ausdruck in den müden Augen, daß der Kaufmannssohn von tiefem, bitterem Mitleid überwältigt wurde. Er wollte den Elenden durch ein Geschenk für den Augenblick aufheitern und griff in die Tasche nach Silbermünzen. Er fand keine und erinnerte sich, daß er die letzten dem Kinde im Glashause hatte schenken wollen, das sie ihm mit einem so boshaften Blick vor die Füße gestreut hatte. Er wollte eine Goldmünze suchen, denn er hatte deren sieben oder acht für die Reise eingesteckt.

In dem Augenblick wandte das Pferd den Kopf und sah ihn an mit tückisch zurückgelegten Ohren und rollenden Augen, die noch boshafter und wilder aussahen, weil eine Blesse gerade in der Höhe der Augen quer über den häßlichen Kopf lief. Bei dem häßlichen Anblicke fiel ihm blitzartig ein längst vergessenes Menschengesicht ein. Wenn er sich noch so sehr bemüht hätte, wäre er nicht imstande gewesen, sich die Züge dieses Menschen je wieder hervorzurufen; jetzt aber waren sie da. Die Erinnerung aber, die mit dem Gesicht kam, war nicht so deutlich. Er wußte nur, daß es aus der Zeit von seinem zwölften Jahre war, aus einer Zeit, mit deren Erinnerung der Geruch von süßen, warmen, geschälten Mandeln irgendwie verknüpft war.

Und er wußte, daß es das verzerrte Gesicht eines häßlichen armen Menschen war, den er ein einziges Mal im Laden seines Vaters gesehen hatte. Und daß das Gesicht von Angst verzerrt war, weil die Leute ihn bedrohten, weil er ein großes Goldstück hatte und nicht sagen wollte, wo er es erlangt hatte.

Während das Gesicht schon wieder zerging, suchte sein Finger noch immer in den Falten seiner Kleider, und als ein plötzlicher, undeutlicher Gedanke ihn hemmte, zog er die Hand unschlüssig heraus und warf dabei den in Seidenpapier eingewickelten Schmuck mit dem Beryll dem Pferd unter die Füße. Er bückte sich, das Pferd schlug ihm den Huf mit aller Kraft nach seitwärts in die Lenden, und er fiel auf den Rücken. Er stöhnte laut, seine Knie zogen sich in die Höhe, und mit den Fersen schlug er immerfort auf den Boden. Ein paar von den Soldaten standen auf und hoben ihn an den Schultern und unter den Kniekehlen. Er spürte den Geruch ihrer Kleider, denselben dumpfen, trostlosen, der früher aus dem Zimmer auf die Straße gekommen war, und wollte sich besinnen, wo er den vor langer, sehr langer Zeit schon eingeatmet hatte: dabei vergingen ihm die Sinne. Sie trugen ihn fort über eine niedrige Treppe, durch einen langen, halbfinsteren Gang in eines ihrer Zimmer und legten ihn auf ein niedriges eisernes Bett. Dann durchsuchten sie seine Kleider, nahmen ihm das Kettchen und die sieben Goldstücke, und endlich gingen sie, aus Mitleid mit seinem unaufhörlichen Stöhnen, einen ihrer Wundärzte zu holen.

Nach einer Zeit schlug er die Augen auf und wurde sich seiner quälenden Schmerzen bewußt. Noch mehr aber erschreckte und ängstigte ihn, allein zu sein in diesem trostlosen Raum. Mühsam drehte er die Augen in den schmerzenden Höhlen gegen die Wand und gewahrte auf einem Brett drei Laibe von solchem Brot, wie die es über den Hof getragen hatten.

Sonst war nichts in dem Zimmer als harte, niedrige Betten und der Geruch von trockenem Schilf, womit die Betten gefüllt waren, und jener andere trostlose, dumpfe Geruch.

Eine Weile beschäftigten ihn nur seine Schmerzen und die erstickende Todesangst, mit der verglichen die Schmerzen eine Erleichterung waren. Dann konnte er die Todesangst für einen Augenblick vergessen und daran denken, wie alles gekommen war.

Da empfand er eine andere Angst, eine stechende, minder erdrückende, eine Angst, die er nicht zum ersten Male fühlte; jetzt aber fühlte er sie wie etwas Überwundenes. Und er ballte die Fäuste und verfluchte seine Diener, die ihn in den Tod getrieben hatten; der eine in die Stadt, die Alte in den Juwelierladen, das Mädchen in das Hinterzimmer und das Kind durch sein tückisches Ebenbild in das Glashaus, von wo er sich dann über grauenhafte Stiegen und Brücken bis unter den Huf des Pferdes taumeln sah. Dann fiel er zurück in große, dumpfe Angst. Dann wimmerte er wie ein Kind, nicht vor Schmerz, sondern vor Leid, und die Zähne schlugen ihm zusammen.

Mit einer großen Bitterkeit starrte er in sein Leben zurück und verleugnete alles, was ihm lieb gewesen war. Er haßte seinen vorzeitigen Tod so sehr, daß er sein Leben haßte, weil es ihn dahin geführt hatte. Diese innere Wildheit verbrauchte seine letzte Kraft. Ihn schwindelte, und für eine Weile schlief er wieder einen taumeligen schlechten Schlaf. Dann erwachte er und wollte schreien, weil er noch immer allein war, aber die Stimme versagte ihm. Zuletzt erbrach er Galle, dann Blut, und starb mit verzerrten Zügen, die Lippen so verrissen, daß Zähne und Zahnfleisch entblößt waren und ihm einen fremden, bösen Ausdruck gaben.

Reitergeschichte

Den 22. Juli 1848, vor 6 Uhr morgens, verließ ein Streifkommando, die zweite Eskadron von Wallmodenkürassieren, Rittmeister Baron Rofrano mit einhundertsieben Reitern, das Kasino San Alessandro und ritt gegen Mailand. Über der freien, glänzenden Landschaft lag eine unbeschreibliche Stille; von den Gipfeln der fernen Berge stiegen Morgenwolken wie stille Rauchwolken gegen den leuchtenden Himmel; der Mais stand regungslos, und zwischen Baumgruppen, die aussahen, wie gewaschen, glänzten Landhäuser und Kirchen her. Kaum hatte das Streifkommando die äußerste Vorpostenlinie der eigenen Armee etwa um eine Meile hinter sich gelassen, als zwischen den Maisfeldern Waffen aufblitzten und die Avantgarde feindliche Fußtruppen meldete. Die Schwadron formierte sich neben der Landstraße zur Attacke, wurde von eigentümlich lauten, fast miauenden Kugeln überschwirrt, attackierte querfeldein und trieb einen Trupp ungleichmäßig bewaffneter Menschen wie die Wachteln vor sich her. Es waren Leute der Legion Manaras, mit sonderbaren Kopfbedeckungen. Die Gefangenen wurden einem Korporal und acht Gemeinen übergeben und nach rückwärts geschickt. Vor einer schönen Villa, deren Zufahrt uralte Zypressen flankierten, meldete die Avantgarde verdächtige Gestalten. Der Wachtmeister Anton Lerch saß ab, nahm zwölf mit Karabinern bewaffnete Leute, umstellte die Fenster und nahm achtzehn Studenten der Pisaner Legion gefangen, wohlerzogene und hübsche junge Leute mit weißen Händen und halblangem Haar. Eine halbe Stunde später hob die Schwadron einen Mann auf, der in der Tracht eines Bergamasken vorüberging und durch sein allzu harmloses und unscheinbares Auftreten verdächtig wurde. Der Mann trug im Rockfutter eingenäht die wichtigsten Detailpläne, die Errichtung von Freikorps in den Giudikarien und deren Kooperation mit der piemontesischen Armee betreffend. Gegen 10 Uhr vormittags fiel dem Streifkommando eine Herde Vieh in die Hände. Unmittelbar nachher stellte sich ihm ein starker feindlicher Trupp entgegen und beschoß die Avantgarde von einer Friedhofsmauer aus. Der Tete-Zug des Leutnants Grafen Trautsohn übersprang die niedrige Mauer und hieb zwischen den Gräbern auf die ganz verwirrten Feindlichen ein, von denen ein großer Teil in die Kirche und von dort durch die Sakristeitür in ein dichtes Gehölz sich rettete. Die siebenundzwanzig neuen Gefangenen meldeten

122

sich als neapolitanische Freischaren unter päpstlichen Offizieren. Die Schwadron hatte einen Toten. Einer das Gehölz umreitenden Rotte, bestehend aus dem Gefreiten Wotrubek und den Dragonern Holl und Haindl, fiel eine mit zwei Ackergäulen bespannte leichte Haubitze in die Hände, indem sie auf die Bedeckung einhieben und die Gäule am Kopfzeug packten und umwendeten. Der Gefreite Wotrubek wurde als leicht verwundet mit der Meldung der bestandenen Gefechte und anderer Glücksfälle ins Hauptquartier zurückgeschickt, die Gefangenen gleichfalls nach rückwärts transportiert, die Haubitze aber von der nach abgegebener Eskorte noch achtundsiebzig Reiter zählenden Eskadron mitgenommen.

Nachdem laut übereinstimmender Aussagen der verschiedenen Gefangenen die Stadt Mailand von den feindlichen sowohl regulären als irregulären Truppen vollständig verlassen, auch von allem Geschütz und Kriegsvorrat entblößt war, konnte der Rittmeister sich selbst und der Schwadron nicht versagen, in diese große und schöne, wehrlos daliegende Stadt einzureiten. Unter dem Geläute der Mittagsglocken, der Generalmarsch von den vier Trompeten hinaufgeschmettert in den stählern funkelnden Himmel, an tausend Fenstern hinklirrend und zurückgeblitzt auf achtundsiebzig Kürasse, achtundsiebzig aufgestemmte nackte Klingen; Straße rechts, Straße links wie ein aufgewühlter Ameishaufen sich füllend mit staunenden Gesichtern; fluchende und erbleichende Gestalten hinter Haustoren verschwindend, verschlafene Fenster aufgerissen von den entblößten Armen schöner Unbekannter; vorbei an Santo Babila, an San Fedele, an San Carlo, am weltberühmten marmornen Dom, an San Satiro, San Giorgio, San Lorenzo, San Eustorgio; deren uralte Erztore alle sich auftuend und unter Kerzenschein und Weihrauchqualm silberne Heilige und brokatgekleidete strahlenäugige Frauen hervorwinkend; aus tausend Dachkammern, dunklen Torbogen, niedrigen Butiken Schüsse zu gewärtigen, und immer wieder nur halbwüchsige Mädchen und Buben, die weißen Zähne und dunklen Haare zeigend; vom trabenden Pferde herab funkelnden Auges auf alles dies hervorblickend aus einer Larve von blutgesprengtem Staub; zur Porta Venezia hinein, zur Porta Ticinese wieder hinaus: so ritt die schöne Schwadron durch Mailand.

Nicht weit vom letztgenannten Stadttor, wo sich ein mit hübschen Platanen bewachsenes Glacis erstreckte, glaubte der Wachtmeister Anton Lerch am ebenerdigen Fenster eines neugebauten hellgelben Hauses ein ihm bekanntes weibliches Gesicht zu sehen. Neugierde bewog ihn, sich im Sattel umzuwenden, und da er gleichzeitig aus einigen steifen Tritten seines Pferdes vermutete, es hätte in eines der vorderen Eisen einen Straßenstein eingetreten, er auch an der Queue der Eskadron ritt und ohne Störung aus dem Gliede konnte, so bewog ihn alles dies zusammen, abzusitzen, und zwar nachdem er gerade das Vorderteil seines Pferdes in den Flur des betreffenden Hauses gelenkt hatte. Kaum hatte er hier den zweiten weißgestiefelten Vorderfuß seines Braunen in die Höhe gehoben, um den Huf zu prüfen, als wirklich eine aus dem Innern des Hauses ganz vorne in den Flur mündende Zimmertür aufging und in einem etwas zerstörten Morgenanzug eine üppige, beinahe noch junge Frau sichtbar wurde, hinter ihr aber ein helles Zimmer mit Gartenfenstern, worauf ein paar Töpfchen Basilika und rote Pelargonien, ferner mit einem Mahagonischrank und einer mythologischen Gruppe aus Biskuit dem Wachtmeister sich zeigte, während seinem scharfen Blick noch gleichzeitig in einem Pfeilerspiegel die Gegenwand des Zimmers sich verriet, ausgefüllt von einem großen weißen Bette und einer Tapetentür, durch welche sich ein beleibter, vollständig rasierter älterer Mann im Augenblicke zurückzog.

Indem aber dem Wachtmeister der Name der Frau einfiel und 124 gleichzeitig eine Menge anderes: daß es die Witwe oder geschiedene Frau eines kroatischen Rechnungsunteroffiziers war, daß er mit ihr vor neun oder zehn Jahren in Wien in Gesellschaft eines anderen, ihres damaligen eigentlichen Liebhabers, einige Abende und halbe Nächte verbracht hatte, suchte er nun mit den Augen unter ihrer jetzigen Fülle die damalige üppig-magere Gestalt wieder hervorzuziehen. Die Dastehende aber lächelte ihn in einer halb geschmeichelten slawischen Weise an, die ihm das Blut in den starken Hals und unter die Augen trieb, während eine gewisse gezierte Manier, mit der sie ihn anredete, sowie auch der Morgenanzug und die Zimmereinrichtung ihn einschüchterten. Im Augenblick aber, während er mit etwas schwerfälligem Blick einer großen Fliege nachsah, die über den Haarkamm der Frau lief, und äußerlich auf nichts achtete, als wie er seine Hand, diese Fliege zu scheuchen, sogleich auf den weißen, warm und kühlen Nacken legen würde, erfüllte ihn das Bewußtsein der heute bestandenen Gefechte und anderer Glücksfälle von oben bis unten, so daß er ihren Kopf mit schwerer Hand nach vorwärts drückte und dazu sagte: »Vuic« – diesen ihren Namen hatte er gewiß seit zehn Jahren nicht wieder in den Mund genommen und ihren Taufnamen vollständig vergessen –, »in acht Tagen rücken wir ein, und dann wird das da mein Quartier«, auf die halboffene Zimmertür deutend. Unter dem hörte er im Hause mehrfach Türen zuschlagen, fühlte sich von seinem Pferde, zuerst durch stummes Zerren am Zaum, dann, indem es laut den anderen nachwieherte, fortgedrängt, saß auf und trabte der Schwadron nach, ohne von der Vuic eine andere Antwort als ein verlegenes Lachen mit in den Nacken gezogenem Kopf mitzunehmen. Das ausgesprochene Wort aber machte seine Gewalt geltend. Seitwärts der Rottenkolonne, einen nicht mehr frischen Schritt reitend, unter der schweren metallischen Glut des Himmels, den Blick in der mitwandernden Staubwolke verfangen, lebte sich der Wachtmeister immer mehr in das Zimmer mit den Mahagonimöbeln und den Basilikumtöpfen hinein und zugleich in eine Zivilatmosphäre, durch welche doch das Kriegsmäßige durchschimmerte, eine Atmosphäre von Behaglichkeit und angenehmer Gewalttätigkeit ohne Dienstverhältnis, eine Existenz in Hausschuhen, den Korb des Säbels durch die linke Tasche des Schlafrockes durchgesteckt. Der rasierte, beleibte Mann, der durch die Tapetentür verschwunden war, ein Mittelding zwischen Geistlichem und pensioniertem Kammerdiener, spielte darin eine bedeutende Rolle, fast mehr noch als das schöne breite Bett und die feine weiße Haut der Vuic. Der Rasierte nahm bald die Stelle eines vertraulich behandelten, etwas unterwürfigen Freundes ein, der Hoftratsch erzählte, Tabak und Kapaunen brachte, bald wurde er an die Wand gedrückt, mußte Schweigegelder zahlen, stand mit allen möglichen Umtrieben in Verbindung, war piemontesischer Vertrauter, päpstlicher Koch, Kuppler, Besitzer verdächtiger Häuser mit dunklen Gartensälen für politische Zusammenkünfte, und wuchs zu einer schwammigen Riesengestalt, der man an zwanzig Stellen Spundlöcher in den Leib schlagen und statt Blut Gold abzapfen konnte.

Dem Streifkommando begegnete in den Nachmittagsstunden nichts Neues, und die Träumereien des Wachtmeisters erfuhren keine Hemmungen. Aber in ihm war ein Durst nach unerwartetem Erwerb, nach Gratifikationen, nach plötzlich in die Tasche fallenden Dukaten rege geworden. Denn der Gedanke an das bevorstehende erste Eintreten in das Zimmer mit den Mahagonimöbeln war der Splitter im Fleisch, um den herum alles von Wünschen und Begierden schwärte.

Als nun gegen Abend das Streifkommando mit gefütterten und halbwegs ausgerasteten Pferden in einem Bogen gegen Lodi und die Addabrücke vorzudringen suchte, wo denn doch Fühlung mit dem Feind sehr zu gewärtigen war, schien dem Wachtmeister ein von der Landstraße abliegendes Dorf, mit halbverfallenem Glockenturm in einer dunkelnden Mulde gelagert, auf verlockende Weise verdächtig, so daß er, die Gemeinen Holl und Scarmolin zu sich winkend, mit diesen beiden vom Marsche der Eskadron seitlich abbog und in dem Dorfe geradezu einen feindlichen General mit geringer Bedeckung zu überraschen und anzugreifen oder anderswie ein ganz außerordentliches Prämium zu verdienen hoffte, so aufgeregt war seine Einbildung. Vor dem elenden, scheinbar verödeten Nest angelangt, befahl er dem Scarmolin links, dem Holl rechts die Häuser außen zu umreiten, während er selbst, Pistole in der Faust, die Straße durchzugaloppieren sich anschickte, bald aber, harte Steinplatten unter sich fühlend, auf welchen noch dazu irgendein glitschiges Fett ausgegossen war, sein Pferd in Schritt parieren mußte. Das Dorf blieb totenstill; kein Kind, kein Vogel, kein Lufthauch. Rechts und links standen schmutzige kleine Häuser, von deren Wänden der Mörtel abgefallen war; auf den nackten Ziegeln war hie und da etwas Häßliches mit Kohle gezeichnet; zwischen bloßgelegten Türpfosten ins Innere schauend, sah der Wachtmeister hie und da eine faule, halbnackte Gestalt auf einer Bettstatt lungern oder schleppend, wie mit ausgerenkten Hüften, durchs Zimmer gehen. Sein Pferd ging schwer und schob die Hinterbeine mühsam unter, wie wenn sie von Blei wären. Indem er sich umwendete und bückte, um nach dem rückwärtigen Eisen zu sehen, schlurften Schritte aus einem Hause, und da er sich aufrichtete, ging dicht vor seinem Pferde eine Frauensperson, deren Gesicht er nicht sehen konnte. Sie war nur halb angekleidet; ihr schmutziger, abgerissener Rock von geblümter Seide schleppte im Rinnsal, ihre nackten Füße staken in schmutzigen Pantoffeln; sie ging so dicht vor dem Pferde, daß der Hauch aus den Nüstern den fettig glänzenden Lockenbund bewegte, der ihr unter einem alten Strohhute in den entblößten Nacken hing, und doch ging sie nicht schneller und wich dem Reiter nicht aus. Unter einer Türschwelle zur Linken rollten zwei ineinander verbissene blutende Ratten in die Mitte der Straße, von denen die unterliegende so jämmerlich aufschrie, daß das Pferd des Wachtmeisters sich verhielt und mit schiefem Kopf und hörbarem Atem gegen den Boden stierte. Ein Schenkeldruck brachte es wieder vorwärts, und nun war die Frau in einem Hausflur verschwunden, ohne daß der Wachtmeister hatte ihr Gesicht sehen können. Aus dem nächsten Hause lief eilfertig mit gehobenem Kopfe ein Hund heraus, ließ einen Knochen in der Mitte der

Straße fallen und versuchte ihn in einer Fuge des Pflasters zu verscharren. Es war eine weiße unreine Hündin mit hängenden Zitzen; mit teuflischer Hingabe scharrte sie, packte dann den Knochen mit den Zähnen und trug ihn ein Stück weiter. Indessen sie wieder zu scharren anfing, waren schon drei Hunde bei ihr: zwei waren sehr jung, mit weichen Knochen und schlaffer Haut; ohne zu bellen und ohne beißen zu können, zogen sie einander mit stumpfen Zähnen an den Lefzen. Der Hund, der zugleich mit ihnen gekommen war, war ein lichtgelbes Windspiel von so aufgeschwollenem Leib, daß er nur ganz langsam auf den vier dünnen Beinen sich weitertragen konnte. An dem dicken wie eine Trommel gespannten Leib erschien der Kopf viel zu klein; in den kleinen ruhelosen Augen war ein entsetzlicher Ausdruck von Schmerz und Beklemmung. Sogleich sprangen noch zwei Hunde hinzu: ein magerer, weißer, von äußerst gieriger Häßlichkeit, dem schwarze Rinnen von den entzündeten Augen herunterliefen, und ein schlechter Dachshund auf hohen Beinen. Dieser hob seinen Kopf gegen den Wachtmeister und schaute ihn an. Er mußte sehr alt sein. Seine Augen waren unendlich müde und traurig. Die Hündin aber lief in blöder Hast vor dem Reiter hin und her; die beiden jungen schnappten lautlos mit ihrem weichen Maul nach den Fesseln des Pferdes, und das Windspiel schleppte seinen entsetzlichen Leib hart vor den Hufen. Der Braun konnte keinen Schritt mehr tun. Als aber der Wachtmeister seine Pistole auf eines der Tiere abdrücken wollte und die Pistole versagte, gab er dem Pferde beide Sporen und dröhnte über das Steinpflaster hin. Nach wenigen Sätzen aber mußte er das Pferd scharf parieren. Denn hier sperrte eine Kuh den Weg, die ein Bursche mit gespanntem Strick zur Schlachtbank zerrte. Die Kuh aber, von dem Dunst des Blutes und der an den Türpfosten genagelten frischen Haut eines schwarzen Kalbes zurückschaudernd, stemmte sich auf ihren Füßen, sog mit geblähten Nüstern den rötlichen Sonnendunst des Abends in sich und riß sich, bevor der Bursche sie mit Prügel und Strick hinüberbekam, mit kläglichen Augen noch ein Maulvoll von dem Heu ab, das der Wachtmeister vorne am Sattel befestigt hatte. Er hatte nun das letzte Haus des Dorfes hinter sich und konnte, zwischen zwei niedrigen, abgebröckelten Mauern reitend, jenseits einer alten einbogigen Steinbrücke über einen anscheinend trockenen Graben den weiteren Verlauf des Weges absehen, fühlte aber in der Gangart seines Pferdes eine so unbeschreibliche Schwere, ein solches Nichtvorwärtskommen, daß sich an seinem Blick jeder Fußbreit der

Mauern rechts und links, ja jeder von den dort sitzenden Tausendfüßen und Asseln mühselig vorbeischob, und ihm war, als hätte er eine unmeßbare Zeit mit dem Durchreiten des widerwärtigen Dorfes verbracht. Wie nun zugleich aus der Brust seines Pferdes ein schwerer, röhrender Atem hervordrang, er dies ihm völlig ungewohnte Geräusch aber nicht sogleich richtig erkannte und die Ursache davon zuerst über und neben sich und schließlich in der Entfernung suchte, bemerkte er jenseits der Steinbrücke und beiläufig in gleicher Entfernung von dieser als wie er sich selbst befand, einen Reiter des eigenen Regiments auf sich zukommen, und zwar einen Wachtmeister, und zwar auf einem Braunen mit weißgestiefelten Vorderbeinen. Da er nun wohl wußte, daß sich in der ganzen Schwadron kein solches Pferd befand, ausgenommen dasjenige, auf welchem er selbst in diesem Augenblicke saß, er das Gesicht des anderen Reiters aber immer noch nicht erkennen konnte, so trieb er ungeduldig sein Pferd sogar mit den Sporen zu einem sehr lebhaften Trab an, worauf auch der andere sein Tempo ganz im gleichen Maße verbesserte, so daß nun nur mehr ein Steinwurf sie trennte, und nun, indem die beiden Pferde, jedes von seiner Seite her, im gleichen Augenblick, jedes mit dem gleichen weißgestiefelten Vorfuß die Brücke betraten, der Wachtmeister, mit stierem Blick in der Erscheinung sich selber erkennend, wie sinnlos sein Pferd zurückriß und die rechte Hand mit ausgespreizten Fingern gegen das Wesen vorstreckte, worauf die Gestalt, gleichfalls parierend und die Rechte erhebend, plötzlich nicht da war, die Gemeinen Holl und Scarmolin mit unbefangenen Gesichtern von rechts und links aus dem trockenen Graben auftauchten und gleichzeitig über die Hutweide her, stark und aus gar nicht großer Entfernung, die Trompeten der Eskadron »Attacke« bliesen. Im stärksten Galopp eine Erdwelle hinansetzend, sah der Wachtmeister die Schwadron schon im Galopp auf ein Gehölz zu, aus welchem feindliche Reiter mit Piken eilfertig debouchierten; sah, indem er, die vier losen Zügel in der Linken versammelnd, den Handriemen um die Rechte schlang, den vierten Zug sich von der Schwadron ablösen und langsamer werden, war nun schon auf dröhnendem Boden, nun in starkem Staubgeruch, nun mitten im Feinde, hieb auf einen blauen Arm ein, der eine Pike führte, sah dicht neben sich das Gesicht des Rittmeisters mit weit aufgerissenen Augen und grimmig entblößten Zähnen, war dann plötzlich unter lauter feindlichen Gesichtern und fremden Farben eingekeilt, tauchte unter in lauter geschwungenen Klingen, stieß den nächsten in den Hals und vom

129

Pferd herab, sah neben sich den Gemeinen Scarmolin mit lachendem Gesicht einem die Finger der Zügelhand ab- und tief in den Hals des Pferdes hineinhauen, fühlte die Mêlée sich lockern und war auf einmal allein, am Rand eines kleinen Baches, hinter einem feindlichen Offizier auf einem Eisenschimmel. Der Offizier wollte über den Bach; der Eisenschimmel versagte. Der Offizier riß ihn herum, wendete dem Wachtmeister ein junges, sehr bleiches Gesicht und die Mündung einer Pistole zu, als ihm ein Säbel in den Mund fuhr, in dessen kleiner Spitze die Wucht eines galoppierenden Pferdes zusammengedrängt war. Der Wachtmeister riß den Säbel zurück und erhaschte an der gleichen Stelle, wo die Finger des Herunterstürzenden ihn losgelassen hatten, den Stangenzügel des Eisenschimmels, der leicht und zierlich wie ein Reh die Füße über seinen sterbenden Herrn hinhob.

Als der Wachtmeister mit dem schönen Beutepferd zurückritt, warf die in schwerem Dunst untergehende Sonne eine ungeheure Röte über die Hutweide. Auch an solchen Stellen, wo gar keine Hufspuren waren, schienen ganze Lachen von Blut zu stehen. Ein roter Widerschein lag auf den weißen Uniformen und den lachenden Gesichtern, die Kürasse und Schabracken funkelten und glühten, und am stärksten drei kleine Feigenbäume, an deren weichen Blättern die Reiter lachend die Blutrinnen ihrer Säbel abgewischt hatten. Seitwärts der rotgefleckten Bäume hielt der Rittmeister und neben ihm der Eskadronstrompeter, der die wie in roten Saft getauchte Trompete an den Mund hob und Appell blies. Der Wachtmeister ritt von Zug zu Zug und sah, daß die Schwadron nicht einen Mann verloren und dafür neun Handpferde gewonnen hatte. Er ritt zum Rittmeister und meldete, immer den Eisenschimmel neben sich, der mit gehobenem Kopf tänzelte und Luft einzog, wie ein junges, schönes und eitles Pferd, das es war. Der Rittmeister hörte die Meldung nur zerstreut an. Er winkte den Leutnant Grafen Trautsohn zu sich, der dann sogleich absaß und mit sechs gleichfalls abgesessenen Kürassieren hinter der Front der Eskadron die erbeutete leichte Haubitze ausspannte, das Geschütz von den sechs Mannschaften zur Seite schleppen und in ein von dem Bach gebildetes kleines Sumpfwasser versenken ließ, hierauf wieder aufsaß und, nachdem er die nunmehr überflüssigen beiden Zuggäule mit der flachen Klinge fortgejagt hatte, stillschweigend seinen Platz vor dem ersten Zug wieder einnahm. Während dieser Zeit verhielt sich die in zwei Gliedern formierte Eskadron nicht eigentlich unruhig, es herrschte aber doch eine nicht ganz gewöhnliche Stimmung, durch die Erregung von vier an einem Tage glücklich bestandenen Gefechten erklärlich, die sich im leichten Ausbrechen halb unterdrückten Lachens sowie in halblauten untereinander gewechselten Zurufen äußerte. Auch standen die Pferde nicht ruhig, besonders diejenigen, zwischen denen fremde erbeutete Pferde eingeschoben waren. Nach solchen Glücksfällen schien allen der Aufstellungsraum zu enge, und solche Reiter und Sieger verlangten sich innerlich, nun im offenen Schwarm auf einen neuen Gegner loszugehen, einzuhauen und neue Beutepferde zu packen. In diesem Augenblicke ritt der Rittmeister Baron Rofrano dicht an die Front seiner Eskadron, und indem er von den etwas schläfrigen blauen Augen die großen Lider hob, kommandierte er vernehmlich, aber ohne seine Stimme zu erheben: »Handpferde auslassen!« Die Schwadron stand totenstill. Nur der Eisenschimmel neben dem Wachtmeister streckte den Hals und berührte mit seinen Nüstern fast die Stirne des Pferdes, auf welchem der Rittmeister saß. Der Rittmeister versorgte seinen Säbel, zog eine seiner Pistolen aus dem Halfter, und indem er mit dem Rücken der Zügelhand ein wenig Staub von dem blinkenden Lauf wegwischte, wiederholte er mit etwas lauterer Stimme sein Kommando und zählte gleich nachher »eins« und »zwei«. Nachdem er das »zwei« gezählt hatte, heftete er seinen verschleierten Blick auf den Wachtmeister, der regungslos vor ihm im Sattel saß und ihm starr ins Gesicht sah. Während Anton Lerchs starr aushaltender Blick, in dem nur dann und wann etwas Gedrücktes, Hündisches aufflackerte und wieder verschwand, eine gewisse Art devoten, aus vieljährigem Dienstverhältnisse hervorgegangenen Zutrauens ausdrücken mochte, war sein Bewußtsein von der ungeheuren Gespanntheit dieses Augenblicks fast gar nicht erfüllt, sondern von vielfältigen Bildern einer fremdartigen Behaglichkeit ganz überschwemmt, und aus einer ihm selbst völlig unbekannten Tiefe seines Innern stieg ein bestialischer Zorn gegen den Menschen da vor ihm auf, der ihm das Pferd wegnehmen wollte, ein so entsetzlicher Zorn über das Gesicht, die Stimme, die Haltung und das ganze Dasein dieses Menschen, wie er nur durch jahrelanges enges Zusammenleben auf geheimnisvolle Weise entstehen kann. Ob aber in dem Rittmeister etwas Ähnliches vorging, oder ob sich ihm in diesem Augenblicke stummer Insubordination die ganze lautlos um sich greifende Gefährlichkeit kritischer Situationen zusammenzudrängen schien, bleibt im Zweifel: Er hob mit einer nachlässigen, beinahe gezierten Bewegung den Arm, und indem er, die Oberlippe verächtlich hinaufziehend, »drei« zählte, krachte auch schon der Schuß, und der Wachtmeister taumelte, in die Stirn getroffen, mit dem Oberleib auf den Hals seines Pferdes, dann zwischen dem Braun und dem Eisenschimmel zu Boden. Er hatte aber noch nicht hingeschlagen, als auch schon sämtliche Chargen und Gemeinen sich ihrer Beutepferde mit einem Zügelriß oder Fußtritt entledigt hatten und der Rittmeister, seine Pistole ruhig versorgend, die von einem blitzähnlichen Schlag noch nachzuckende Schwadron dem in undeutlicher dämmernder Entfernung anscheinend sich ralliierenden Feinde aufs neue entgegenführen konnte. Der Feind nahm aber die neuerliche Attacke nicht an, und kurze Zeit nachher erreichte das Streifkommando unbehelligt die südliche Vorpostenaufstellung der eigenen Armee.

132

Erlebnis des Marschalls von Bassompierre

Zu einer gewissen Zeit meines Lebens brachten es meine Dienste mit sich, daß ich ziemlich regelmäßig mehrmals in der Woche um eine gewisse Stunde über die kleine Brücke ging (denn der Pont neuf war damals noch nicht erbaut) und dabei meist von einigen Handwerkern oder anderen Leuten aus dem Volk erkannt und gegrüßt wurde, am auffälligsten aber und regelmäßigsten von einer sehr hübschen Krämerin, deren Laden an einem Schild mit zwei Engeln kenntlich war, und die, sooft ich in den fünf oder sechs Monaten vorüberkam, sich tief neigte und mir soweit nachsah, als sie konnte. Ihr Betragen fiel mir auf, ich sah sie gleichfalls an und dankte ihr sorgfältig. Einmal, im Spätwinter, ritt ich von Fontainebleau nach Paris, und als ich wieder die kleine Brücke heraufkam, trat sie an ihre Ladentür und sagte zu mir, indem ich vorbeiritt: »Mein Herr, Ihre Dienerin!« Ich erwiderte ihren Gruß, und indem ich mich von Zeit zu Zeit umsah, hatte sie sich weiter vorgelehnt, um mir soweit als möglich nachzusehen. Ich hatte einen Bedienten und einen Postillon hinter mir, die ich noch diesen Abend mit Briefen an gewisse Damen nach Fontainebleau zurückschicken wollte. Auf meinen Befehl stieg der Bediente ab und ging zu der jungen Frau, ihr in meinem Namen zu sagen, daß ich ihre Neigung, mich zu sehen und zu grüßen, bemerkt hätte; ich wollte, wenn sie wünschte mich näher kennenzulernen, sie aufsuchen, wo sie verlangte.

Sie antwortete dem Bedienten: er hätte ihr keine erwünschtere Botschaft bringen können, sie wollte kommen, wohin ich sie bestellte.

Im Weiterreiten fragte ich den Bedienten, ob er nicht etwa einen Ort wüßte, wo ich mit der Frau zusammenkommen könnte. Er antwortete, daß er sie zu einer gewissen Kupplerin führen wollte; da er aber ein sehr besorgter und gewissenhafter Mensch war, dieser Diener Wilhelm aus Courtrai, so setzte er gleich hinzu: da die Pest sich hie und da zeige und nicht nur Leute aus dem niedrigen und schmutzigen Volk, sondern auch ein Doktor und ein Domherr schon daran gestorben seien, so rate er mir, Matratzen, Decken und Leintücher aus meinem Hause mitbringen zu lassen. Ich nahm den Vorschlag an, und er versprach, mir ein gutes Bett zu bereiten. Vor dem Absteigen sagte ich noch, er solle auch ein ordentliches Waschbecken dorthin tragen, eine kleine Flasche mit wohlriechender Essenz und etwas Backwerk und Äpfel; auch solle er dafür sorgen, daß das Zimmer tüchtig geheizt werde, denn es war so kalt, daß mir die Füße im Bügel steif gefroren waren, und der Himmel hing voll Schneewolken.

Den Abend ging ich hin und fand eine sehr schöne Frau von ungefähr zwanzig Jahren auf dem Bette sitzen, indes die Kupplerin, ihren Kopf und ihren runden Rücken in ein schwarzes Tuch eingemummt, eifrig in sie hineinredete. Die Tür war angelehnt, im Kamin lohten große frische Scheiter geräuschvoll auf, man hörte mich nicht kommen, und ich blieb einen Augenblick in der Tür stehen. Die Junge sah mit großen Augen ruhig in die Flamme; mit einer Bewegung ihres Kopfes hatte sie sich wie auf Meilen von der widerwärtigen Alten entfernt; dabei war unter einer kleinen Nachthaube, die sie trug, ein Teil ihrer schweren dunklen Haare vorgequollen und fiel, zu ein paar natürlichen Locken sich ringelnd, zwischen Schulter und Brust über das Hemd. Sie trug noch einen kurzen Unterrock von grünwollenem Zeug und Pantoffeln an den Füßen. In diesem Augenblick mußte ich mich durch ein Geräusch verraten haben: Sie warf ihren Kopf herum und bog mir ein Gesicht entgegen, dem die übermäßige Anspannung der Züge fast einen wilden Ausdruck gegeben hätte, ohne die strahlende Hingebung, die aus den weit aufgerissenen Augen strömte und aus dem sprachlosen Mund wie eine unsichtbare Flamme herausschlug. Sie gefiel mir außerordentlich; schneller, als es sich denken läßt, war die Alte aus dem Zimmer und ich bei meiner Freundin. Als ich mir in der ersten Trunkenheit des überraschenden Besitzes einige Freiheiten herausnehmen wollte, entzog sie sich mir mit einer unbeschreiblich lebenden Eindringlichkeit zugleich des Blickes und der dunkeltönenden Stimme. Im nächsten Augenblick aber fühlte ich mich von ihr umschlungen, die noch inniger mit dem fort und fort empordrängenden Blick der unerschöpflichen Augen als mit den Lippen und den Armen an mir haftete; dann wieder war es, als wollte sie sprechen, aber die von Küssen zuckenden Lippen bildeten keine Worte, die bebende Kehle ließ keinen deutlicheren Laut als ein gebrochenes Schluchzen empor.

Nun hatte ich einen großen Teil dieses Tages zu Pferde auf frostigen Landstraßen verbracht, nachher im Vorzimmer des Königs einen sehr ärgerlichen und heftigen Auftritt durchgemacht und darauf, meine schlechte Laune zu betäuben, sowohl getrunken als mit dem Zweihänder stark gefochten, und so überfiel mich mitten unter diesem reizenden und geheimnisvollen Abenteuer, als ich von weichen Armen im Nacken umschlungen und mit duftendem Haar bestreut dalag, eine so plötzliche heftige Müdigkeit und beinahe Betäubung, daß ich mich nicht mehr zu erinnern wußte, wie ich denn gerade in dieses Zimmer gekommen wäre, ja sogar für einen Augenblick die Person, deren Herz so nahe dem meinigen klopfte, mit einer ganz anderen aus früherer Zeit verwechselte und gleich darauf fest einschlief.

Als ich wieder erwachte, war es noch finstere Nacht, aber ich fühlte sogleich, daß meine Freundin nicht mehr bei mir war. Ich hob den Kopf und sah beim schwachen Schein der zusammensinkenden Glut, daß sie am Fenster stand: Sie hatte den einen Laden aufgeschoben und sah durch den Spalt hinaus. Dann drehte sie sich um, merkte, daß ich wach war, und rief (ich sehe noch, wie sie dabei mit dem Ballen der linken Hand an ihrer Wange emporfuhr und das vorgefallene Haar über die Schulter zurückwarf): »Es ist noch lange nicht Tag, noch lange nicht!« Nun sah ich erst recht, wie groß und schön sie war, und konnte den Augenblick kaum erwarten, daß sie mit wenigen der ruhigen großen Schritte ihrer schönen Füße, an denen der rötliche Schein emporglomm, wieder bei mir wäre. Sie trat aber noch vorher an den Kamin, bog sich zur Erde, nahm das letzte schwere Scheit, das draußen lag, in ihre strahlenden nackten Arme und warf es schnell in die Glut. Dann wandte sie sich, ihr Gesicht funkelte von Flammen und Freude, mit der Hand riß sie im Vorbeilaufen einen Apfel vom Tisch und war schon bei mir, ihre Glieder noch vom frischen Anhauch des Feuers umweht und dann gleich aufgelöst und von innen her von stärkeren Flammen durchschüttert, mit der Rechten mich umfassend, mit der Linken zugleich die angebissene kühle Frucht und Wangen, Lippen und Augen meinem Mund darbietend. Das letzte Scheit im Kamin brannte stärker als alle anderen. Aufsprühend sog es die Flamme in sich und ließ sie dann wieder gewaltig emporlohen, daß der Feuerschein über uns hinschlug, wie eine Welle, die an der Wand sich brach und unsere umschlungenen Schatten jäh emporhob und wieder sinken ließ. Immer wieder knisterte das starke Holz und nährte aus seinem Innern immer wieder neue Flammen, die emporzüngelten und das schwere Dunkel mit Güssen und Garben von rötlicher Helle verdrängten. Auf einmal aber sank die Flamme hin, und ein kalter Lufthauch tat leise wie eine Hand den Fensterladen auf und entblößte die fahle widerwärtige Dämmerung.

Wir setzten uns auf und wußten, daß nun der Tag da war. Aber das da draußen glich keinem Tag. Es glich nicht dem Aufwachen der Welt.

134

Was da draußen lag, sah nicht aus wie eine Straße. Nichts Einzelnes ließ sich erkennen: es war ein farbloser, wesenloser Wust, in dem sich zeitlose Larven hinbewegen mochten. Von irgendwoher, weither, wie aus der Erinnerung heraus, schlug eine Turmuhr, und eine feuchtkalte Luft, die keiner Stunde angehörte, zog sich immer stärker herein, daß wir uns schaudernd aneinanderdrückten. Sie bog sich zurück und heftete ihre Augen mit aller Macht auf mein Gesicht; ihre Kehle zuckte, etwas drängte sich in ihr herauf und quoll bis an den Rand der Lippen vor: es wurde kein Wort daraus, kein Seufzer und kein Kuß, aber etwas, was ungeboren allen dreien glich. Von Augenblick zu Augenblick wurde es heller und der vielfältige Ausdruck ihres zuckenden Gesichts immer redender; auf einmal kamen schlurfende Schritte und Stimmen von draußen so nahe am Fenster vorbei, daß sie sich duckte und ihr Gesicht gegen die Wand kehrte. Es waren zwei Männer, die vorbeigingen: einen Augenblick fiel der Schein einer kleinen Laterne, die der eine trug, herein; der andere schob einen Karren, dessen Rad knirschte und ächzte. Als sie vorüber waren, stand ich auf, schloß den Laden und zündete ein Licht an. Da lag noch ein halber Apfel: wir aßen ihn zusammen, und dann fragte ich sie, ob ich sie nicht noch einmal sehen könnte, denn ich verreise erst Sonntag. Dies war aber die Nacht vom Donnerstag auf den Freitag gewesen.

Sie antwortete mir: daß sie es gewiß sehnlicher verlange als ich; wenn ich aber nicht den ganzen Sonntag bliebe, sei es ihr unmöglich; denn nur in der Nacht vom Sonntag auf den Montag könnte sie mich wiedersehen.

Mir fielen zuerst verschiedene Abhaltungen ein, so daß ich einige Schwierigkeiten machte, die sie mit keinem Worte, aber mit einem überaus schmerzlich fragenden Blick und einem gleichzeitigen fast unheimlichen Hart- und Dunkelwerden ihres Gesichts anhörte. Gleich darauf versprach ich natürlich, den Sonntag zu bleiben, und setzte hinzu, ich wollte also Sonntag abend mich wieder an dem nämlichen Ort einfinden. Auf dieses Wort sah sie mich fest an und sagte mir mit einem ganz rauhen und gebrochenen Ton in der Stimme: »Ich weiß recht gut, daß ich um deinetwillen in ein schändliches Haus gekommen bin; aber ich habe es freiwillig getan, weil ich mit dir sein *wollte*, weil ich *jede* Bedingung eingegangen wäre. Aber jetzt käme ich mir vor, wie die letzte, niedrigste Straßendirne, wenn ich ein zweites Mal hieher zurückkommen könnte. Um deinetwillen hab' ich's getan, weil du für mich der bist, der du bist, weil du der Bassompierre bist, weil du der Mensch auf der Welt bist, der mir durch seine Gegenwart dieses Haus da ehrenwert macht!« Sie sagte: »Haus«; einen Augenblick war es, als wäre ein verächtlicheres Wort ihr auf der Zunge; indem sie das Wort aussprach, warf sie auf diese vier Wände, auf dieses Bett, auf die Decke, die herabgeglitten auf dem Boden lag, einen solchen Blick, daß unter der Garbe von Licht, die aus ihren Augen hervorschoß, alle diese häßlichen und gemeinen Dinge aufzuzucken und geduckt vor ihr zurückzuweichen schienen, als wäre der erbärmliche Raum wirklich für einen Augenblick größer geworden.

Dann setzte sie mit einem unbeschreiblich sanften und feierlichen Tone hinzu: »Möge ich eines elenden Todes sterben, wenn ich außer meinem Mann und dir je irgendeinem anderen gehört habe und nach irgendeinem anderen auf der Welt verlange!«, und schien, mit halboffenen, lebenhauchenden Lippen leicht vorgeneigt, irgendeine Antwort, eine Beteuerung meines Glaubens zu erwarten, von meinem Gesicht aber nicht das zu lesen, was sie verlangte, denn ihr gespannter suchender Blick trübte sich, ihre Wimpern schlugen auf und zu, und auf einmal war sie am Fenster und kehrte mir den Rücken, die Stirn mit aller Kraft an den Laden gedrückt, den ganzen Leib von lautlosem, aber entsetzlich heftigem Weinen so durchschüttert, daß mir das Wort im Munde erstarb und ich nicht wagte, sie zu berühren. Ich erfaßte endlich eine ihrer Hände, die wie leblos herabhingen, und mit den eindringlichsten Worten, die mir der Augenblick eingab, gelang es mir nach langem, sie soweit zu besänftigen, daß sie mir ihr von Tränen überströmtes Gesicht wieder zukehrte, bis plötzlich ein Lächeln, wie ein Licht zugleich aus den Augen und rings um die Lippen hervorbrechend, in einem Moment alle Spuren des Weinens wegzehrte und das ganze Gesicht mit Glanz überschwemmte. Nun war es das reizendste Spiel, wie sie wieder mit mir zu reden anfing, indem sie sich mit dem Satz: »Du willst mich noch einmal sehen? so will ich dich bei meiner Tante einlassen!« endlos herumspielte, die erste Hälfte zehnfach aussprach, bald mit süßer Zudringlichkeit, bald mit kindischem gespieltem Mißtrauen, dann die zweite mir als das größte Geheimnis zuerst ins Ohr flüsterte, dann mit Achselzucken und spitzem Mund, wie die selbstverständlichste Verabredung von der Welt, über die Schulter hinwarf und endlich, an mir hängend, mir ins Gesicht lachend und schmeichelnd wiederholte. Sie beschrieb mir das Haus aufs genaueste, wie man einem Kind den Weg beschreibt, wenn es zum erstenmal allein über die Straße zum Bäcker gehen soll. Dann richtete sie sich auf, wurde ernst – und die ganze Gewalt ihrer strahlenden Augen heftete sich auf mich mit einer solchen Stärke, daß es war, als müßten sie auch ein totes Geschöpf an sich zu reißen vermögend sein – und fuhr fort: »Ich will dich von zehn Uhr bis Mitternacht erwarten und auch noch später und immerfort, und die Tür unten wird offen sein. Erst findest du einen kleinen Gang, in dem halte dich nicht auf, denn da geht die Tür meiner Tante heraus. Dann stößt dir eine Treppe entgegen, die führt dich in den ersten Stock, und dort bin ich!« Und indem sie die Augen schloß, als ob ihr schwindelte, warf sie den Kopf zurück, breitete die Arme aus und umfing mich, und war gleich wieder aus meinen Armen und in die Kleider eingehüllt, fremd und ernst, und aus dem Zimmer; denn nun war völlig Tag.

Ich machte meine Einrichtung, schickte einen Teil meiner Leute mit meinen Sachen voraus und empfand schon am Abend des nächsten Tages eine so heftige Ungeduld, daß ich bald nach dem Abendläuten mit meinem Diener Wilhelm, den ich aber kein Licht mitnehmen hieß, über die kleine Brücke ging, um meine Freundin wenigstens in ihrem Laden oder in der daranstoßenden Wohnung zu sehen und ihr allenfalls ein Zeichen meiner Gegenwart zu geben, wenn ich mir auch schon keine Hoffnung auf mehr machte, als etwa einige Worte mit ihr wechseln zu können.

Um nicht aufzufallen, blieb ich an der Brücke stehen und schickte den Diener voraus, um die Gelegenheit auszukundschaften. Er blieb längere Zeit aus und hatte beim Zurückkommen die niedergeschlagene und grübelnde Miene, die ich an diesem braven Menschen immer kannte, wenn er einen meinigen Befehl nicht hatte erfolgreich ausführen können. »Der Laden ist versperrt«, sagte er, »und scheint auch niemand darinnen. Überhaupt läßt sich in den Zimmern, die nach der Gasse zu liegen, niemand sehen und hören. In den Hof könnte man nur über eine hohe Mauer, zudem knurrt dort ein großer Hund. Von den vorderen Zimmern ist aber eines erleuchtet, und man kann durch einen Spalt im Laden hineinsehen, nur ist es leider leer.«

Mißmutig wollte ich schon umkehren, strich aber doch noch einmal langsam an dem Haus vorbei, und mein Diener in seiner Beflissenheit legte nochmals sein Auge an den Spalt, durch den ein Lichtschimmer drang, und flüsterte mir zu, daß zwar nicht die Frau, wohl aber der Mann nun in dem Zimmer sei. Neugierig, diesen Krämer zu sehen, den ich mich nicht erinnern konnte, auch nur ein einziges Mal in seinem Laden erblickt zu haben, und den ich mir abwechselnd als einen unförmlichen dicken Menschen oder als einen dürren gebrechlichen Alten vorstellte, trat ich ans Fenster und war überaus erstaunt, in dem guteingerichteten vertäfelten Zimmer einen ungewöhnlich großen und sehr gut gebauten Mann umhergehen zu sehen, der mich gewiß um einen Kopf überragte und, als er sich umdrehte, mir ein sehr schönes tiefernstes Gesicht zuwandte, mit einem braunen Bart, darin einige wenige silberne Fäden waren, und mit einer Stirn von fast seltsamer Erhabenheit, so daß die Schläfen eine größere Fläche bildeten, als ich noch je bei einem Menschen gesehen hatte. Obwohl er ganz allein im Zimmer war, so wechselte doch sein Blick, seine Lippen bewegten sich, und indem er unter dem Aufundabgehen hie und da stehenblieb, schien er sich in der Einbildung mit einer anderen Person zu unterhalten: einmal bewegte er den Arm, wie um eine Gegenrede mit halb nachsichtiger Überlegenheit wegzuweisen. Jede seiner Gebärden war von großer Lässigkeit und fast verachtungsvollem Stolz, und ich konnte nicht umhin, mich bei seinem einsamen Umhergehen lebhaft des Bildes eines sehr erhabenen Gefangenen zu erinnern, den ich im Dienst des Königs während seiner Haft in einem Turmgemach des Schlosses zu Blois zu bewachen hatte. Diese Ähnlichkeit schien mir noch vollkommener zu werden, als der Mann seine rechte Hand emporhob und auf die emporgekrümmten Finger mit Aufmerksamkeit, ja mit finsterer Strenge hinabsah.

Denn fast mit der gleichen Gebärde hatte ich jenen erhabenen Gefangenen öfter einen Ring betrachten sehen, den er am Zeigefinger der rechten Hand trug und von welchem er sich niemals trennte. Der Mann im Zimmer trat dann an den Tisch, schob die Wasserkugel vor das Wachslicht und brachte seine beiden Hände in den Lichtkreis, mit ausgestreckten Fingern: er schien seine Nägel zu betrachten. Dann blies er das Licht aus und ging aus dem Zimmer und ließ mich nicht ohne eine dumpfe zornige Eifersucht zurück, da das Verlangen nach seiner Frau in mir fortwährend wuchs und wie ein um sich greifendes Feuer sich von allem nährte, was mir begegnete, und so durch diese unerwartete Erscheinung in verworrener Weise gesteigert wurde, wie durch jede Schneeflocke, die ein feuchtkalter Wind jetzt zertrieb und die mir einzeln an Augenbrauen und Wangen hängenblieben und schmolzen.

Den nächsten Tag verbrachte ich in der nutzlosesten Weise, hatte zu keinem Geschäft die richtige Aufmerksamkeit, kaufte ein Pferd, das mir

139

eigentlich nicht gefiel, wartete nach Tisch dem Herzog von Nemours auf und verbrachte dort einige Zeit mit Spiel und mit den albernsten und widerwärtigsten Gesprächen. Es war nämlich von nichts anderem die Rede als von der in der Stadt immer heftiger um sich greifenden Pest, und aus allen diesen Edelleuten brachte man kein anderes Wort heraus als dergleichen Erzählungen von dem schnellen Verscharren der Leichen, von dem Strohfeuer, das man in den Totenzimmern brennen müsse, um die giftigen Dünste zu verzehren, und so fort; der Albernste aber erschien mir der Kanonikus von Chandieu, der, obwohl dick und gesund wie immer, sich nicht enthalten konnte, unausgesetzt nach seinen Fingernägeln hinabzuschielen, ob sich an ihnen schon das verdächtige Blauwerden zeige, womit sich die Krankheit anzukündigen pflegt.

Mich widerte das alles an, ich ging früh nach Hause und legte mich zu Bette, fand aber den Schlaf nicht, kleidete mich vor Ungeduld wieder an und wollte, koste es, was es wolle, dorthin, meine Freundin zu sehen, und müßte ich mit meinen Leuten gewaltsam eindringen. Ich ging ans Fenster, meine Leute zu wecken, die eisige Nachtluft brachte mich zur Vernunft, und ich sah ein, daß dies der sichere Weg war, alles zu verderben. Angekleidet warf ich mich aufs Bett und schlief endlich ein.

Ähnlich verbrachte ich den Sonntag bis zum Abend, war viel zu früh in der bezeichneten Straße, zwang mich aber, in einer Nebengasse auf und nieder zu gehen, bis es zehn Uhr schlug. Dann fand ich sogleich das Haus und die Tür, die sie mir beschrieben hatte, und die Tür auch offen, und dahinter den Gang und die Treppe. Oben aber die zweite Tür, zu der die Treppe führte, war verschlossen, doch ließ sie unten einen feinen Lichtstreif durch. So war sie drinnen und wartete und stand vielleicht horchend drinnen an der Tür wie ich draußen. Ich kratzte mit dem Nagel an der Tür, da hörte ich drinnen Schritte: es schienen mir zögernd unsichere Schritte eines nackten Fußes. Eine Zeit stand ich ohne Atem, und dann fing ich an zu klopfen: aber ich hörte eine Mannesstimme, die mich fragte, wer draußen sei. Ich drückte mich ans Dunkel des Türpfostens und gab keinen Laut von mir: die Tür blieb zu, und ich klomm mit der äußersten Stille, Stufe für Stufe, die Stiege hinab, schlich den Gang hinaus ins Freie und ging mit pochenden Schläfen und zusammengebissenen Zähnen, glühend vor Ungeduld, einige Straßen auf und ab. Endlich zog es mich wieder vor das Haus: ich wollte noch nicht hinein; ich fühlte, ich wußte, sie würde den Mann entfernen, es müßte gelingen, gleich würde ich zu ihr können. Die

Gasse war eng; auf der anderen Seite war kein Haus, sondern die Mauer eines Klostergartens: an der drückte ich mich hin und suchte von gegenüber das Fenster zu erraten. Da loderte in einem, das offen stand, im oberen Stockwerk, ein Schein auf und sank wieder ab, wie von einer Flamme. Nun glaubte ich alles vor mir zu sehen: sie hatte ein großes Scheit in den Kamin geworfen wie damals, wie damals stand sie jetzt mitten im Zimmer, die Glieder funkelnd von der Flamme, oder saß auf dem Bette und horchte und wartete. Von der Tür würde ich sie sehen und den Schatten ihres Nackens, ihrer Schultern, den die durchsichtige Welle an der Wand hob und senkte. Schon war ich im Gang, schon auf der Treppe; nun war auch die Tür nicht mehr verschlossen: angelehnt, ließ sie auch seitwärts den schwankenden Schein durch. Schon streckte ich die Hand nach der Klinke aus, da glaubte ich drinnen Schritte und Stimmen von mehreren zu hören. Ich wollte es aber nicht glauben: ich nahm es für das Arbeiten meines Blutes in den Schläfen, am Halse, und für das Lodern des Feuers drinnen. Auch damals hatte es laut gelodert. Nun hatte ich die Klinke gefaßt, da mußte ich begreifen, daß Menschen drinnen waren, mehrere Menschen. Aber nun war es mir gleich: denn ich fühlte, ich wußte, sie war auch drinnen, und sobald ich die Türe aufstieß, konnte ich sie sehen, sie ergreifen und, wäre es auch aus den Händen anderer, mit einem Arm sie an mich reißen, müßte ich gleich den Raum für sie und mich mit meinem Degen, mit meinem Dolch aus einem Gewühl schreiender Menschen herausschneiden! Das einzige, was mir ganz unerträglich schien, war, noch länger zu warten.

Ich stieß die Tür auf und sah: In der Mitte des leeren Zimmers ein paar Leute, welche Bettstroh verbrannten, und bei der Flamme, die das ganze Zimmer erleuchtete, abgekratzte Wände, deren Schutt auf dem Boden lag, und an einer Wand einen Tisch, auf dem zwei nackte Körper ausgestreckt lagen, der eine sehr groß, mit zugedecktem Kopf, der andere kleiner, gerade an der Wand hingestreckt, und daneben der schwarze Schatten seiner Formen, der emporspielte und wieder sank.

Ich taumelte die Stiege hinab und stieß vor dem Haus auf zwei Totengräber: der eine hielt mir seine kleine Laterne ins Gesicht und fragte mich, was ich suche, der andere schob seinen ächzenden, knirschenden Karren gegen die Haustür. Ich zog den Degen, um sie mir vom Leibe zu halten, und kam nach Hause. Ich trank sogleich drei oder vier große Gläser schweren Weins und trat, nachdem ich mich ausgeruht hatte, den anderen Tag die Reise nach Lothringen an.

Alle Mühe, die ich mir nach meiner Rückkunft gegeben, irgend etwas von dieser Frau zu erfahren, war vergeblich. Ich ging sogar nach dem Laden mit den zwei Engeln; allein, die Leute, die ihn jetzt innehatten, wußten nicht, wer vor ihnen darin gesessen hatte.

M. de Bassompierre, Journal de ma vie, Köln 1663.
Goethe, Unterhaltungen deutscher Ausgewanderten.

Lucidor

Figuren zu einer ungeschriebenen Komödie

Frau von Murska bewohnte zu Ende der siebziger Jahre in einem Hotel der inneren Stadt ein kleines Appartement. Sie führte einen nicht sehr bekannten, aber auch nicht ganz obskuren Adelsnamen; aus ihren Angaben war zu entnehmen, daß ein Familiengut im russischen Teil Polens, das von Rechts wegen ihr und ihren Kindern gehörte, im Augenblick sequestriert oder sonst den rechtmäßigen Besitzern vorenthalten war. Ihre Lage schien geniert, aber wirklich nur für den Augenblick. Mit einer erwachsenen Tochter Arabella, einem halb erwachsenen Sohn Lucidor, und einer alten Kammerfrau bewohnten sie drei Schlafzimmer und einen Salon, dessen Fenster nach der Kärntnerstraße gingen. Hier hatte sie einige Familienporträts, Kupfer und Miniaturen an den Wänden befestigt, auf einem Guéridon ein Stück alten Samts mit einem gestickten Wappen ausgebreitet und darauf ein paar silberne Kannen und Körbchen, gute französische Arbeit des achtzehnten Jahrhunderts, aufgestellt, und hier empfing sie. Sie hatte Briefe abgegeben, Besuche gemacht, und da sie eine unwahrscheinliche Menge von »Attachen« nach allen Richtungen hatte, so entstand ziemlich rasch eine Art von Salon. Es war einer jener etwas vagen Salons, die je nach der Strenge des Beurteilenden »möglich« oder »unmöglich« gefunden werden. Immerhin, Frau von Murska war alles, nur nicht vulgär und nicht langweilig, und die Tochter von einer noch viel ausgeprägteren Distinktion in Wesen und Haltung und außerordentlich schön. Wenn man zwischen vier und sechs hinkam, war man sicher, die Mutter zu finden, und fast nie ohne Gesellschaft; die Tochter sah man nicht immer, und den dreizehn- oder vierzehnjährigen Lucidor kannten nur die Intimen.

Frau von Murska war eine wirklich gebildete Frau, und ihre Bildung hatte nichts Banales. In der Wiener großen Welt, zu der sie sich vaguement rechnete, ohne mit ihr in andere als eine sehr peripherische Berührung zu kommen, hätte sie als »Blaustrumpf« einen schweren Stand gehabt. Aber in ihrem Kopf war ein solches Durcheinander von Erlebnissen, Kombinationen, Ahnungen, Irrtümern, Enthusiasmen, Erfahrungen, Apprehensionen, daß es nicht der Mühe wert war, sich bei dem aufzuhalten, was sie aus Büchern hatte. Ihr Gespräch galoppierte von einem Gegenstand zum andern und fand die unwahrscheinlichsten Übergänge; ihre Ruhelosigkeit konnte Mitleid erregen – wenn man sie reden hörte, wußte man, ohne daß sie es zu erwähnen brauchte, daß sie bis zum Wahnsinn an Schlaflosigkeit litt und sich in Sorgen, Kombinationen und fehlgeschlagenen Hoffnungen verzehrte – aber es war durchaus amüsant und wirklich merkwürdig, ihr zuzuhören, und ohne daß sie indiskret sein wollte, war sie es gelegentlich in der fürchterlichsten Weise. Kurz, sie war eine Närrin, aber von der angenehmeren Sorte. Sie war eine seelengute und im Grunde eine scharmante und gar nicht gewöhnliche Frau. Aber ihr schwieriges Leben, dem sie nicht gewachsen war, hatte sie in einer Weise in Verwirrung gebracht, daß sie in ihrem zweiundvierzigsten Jahre bereits eine phantastische Figur geworden war. Die meisten ihrer Urteile, ihrer Begriffe waren eigenartig und von einer großen seelischen Feinheit; aber sie hatten so ziemlich immer den falschesten Bezug und paßten durchaus nicht auf den Menschen oder auf das Verhältnis, worauf es gerade ankam. Je näher ein Mensch ihr stand, desto weniger übersah sie ihn; und es wäre gegen alle Ordnung gewesen, wenn sie nicht von ihren beiden Kindern das verkehrteste Bild in sich getragen und blindlings danach gehandelt hätte. Arabella war in ihren Augen ein Engel, Lucidor ein hartes kleines Ding ohne viel Herz. Arabella war tausendmal zu gut für diese Welt, und Lucidor paßte ganz vorzüglich in diese Welt hinein. In Wirklichkeit war Arabella des Ebenbild ihres verstorbenen Vaters: eines stolzen, unzufriedenen und ungeduldigen, sehr schönen Menschen, der leicht verachtete, aber seine Verachtung in einer ausgezeichneten Form verhüllte, von Männern respektiert oder beneidet und von vielen Frauen geliebt wurde und eines trockenen Gemütes war. Der kleine Lucidor dagegen hatte nichts als Herz. Aber ich will lieber gleich an dieser Stelle sagen, daß Lucidor kein junger Herr, sondern ein Mädchen war und Lucile hieß. Der Einfall, die jüngere Tochter für die Zeit des Wiener Aufenthaltes als »travesti« auftreten zu lassen, war, wie alle Einfälle der Frau von Murska, blitzartig gekommen und hatte doch zugleich die kompliziertesten Hintergründe und Verkettungen. Hier war vor allem der Gedanke im Spiel, einen ganz merkwürdigen Schachzug gegen einen alten, mysteriösen, aber glücklicherweise wirklich vorhandenen Onkel zu führen, der in Wien lebte und um dessentwillen – alle diese Hoffnungen und Kombinationen waren äußerst vage – sie vielleicht im Grunde gerade diese Stadt zum Aufenthalt gewählt hatte. Zugleich hatte aber die Verkleidung auch noch andere, ganz reale, ganz im Vordergrund liegende Vorteile. Es lebte sich leichter mit *einer* Tochter als mit zweien von nicht ganz gleichem Alter; denn die Mädchen waren immerhin fast vier Jahre auseinander; man kam so mit einem kleineren Aufwand durch. Dann war es eine noch bessere, noch richtigere Position für Arabella, die einzige Tochter zu sein als die ältere; und der recht hübsche kleine »Bruder«, eine Art von Groom, gab dem schönen Wesen noch ein Relief.

Ein paar zufällige Umstände kamen zustatten: die Einfälle der Frau von Murska fußten nie ganz im Unrealen, sie verknüpften nur in sonderbarer Weise das Wirkliche, Gegebene mit dem, was ihrer Phantasie möglich oder erreichbar schien. Man hatte Lucile vor fünf Jahren – sie machte damals, als elfjähriges Kind, den Typhus durch – ihre schönen Haare kurz schneiden müssen. Ferner war es Luciles Vorliebe, im Herrensitz zu reiten; es war eine Gewohnheit von der Zeit her, wo sie mit den kleinrussischen Bauernbuben die Gutspferde ungesattelt in die Schwemme geritten hatte. Lucile nahm die Verkleidung hin, wie sie manches andere hingenommen hätte. Ihr Gemüt war geduldig, und auch das Absurdeste wird ganz leicht zur Gewohnheit. Zudem, da sie qualvoll schüchtern war, entzückte sie der Gedanke, niemals im Salon auftauchen und das heranwachsende Mädchen spielen zu müssen. Die alte Kammerfrau war als einzige im Geheimnis; den fremden Menschen fiel nichts auf. Niemand findet leicht als erster etwas Auffälliges: denn es ist den Menschen im allgemeinen nicht gegeben, zu sehen, was ist. Auch hatte Lucile wirklich knabenhaft schmale Hüften und auch sonst nichts, was zu sehr das Mädchen verraten hätte. In der Tat blieb die Sache unenthüllt, ja unverdächtigt, und als jene Wendung kam, die aus dem kleinen Lucidor eine Braut oder sogar noch etwas Weiblicheres machte, war alle Welt sehr erstaunt.

Natürlich blieb eine so schöne und in jedem Sinne gut aussehende junge Person wie Arabella nicht lange ohne einige mehr oder weniger erklärte Verehrer. Unter diesen war Wladimir weitaus der bedeutendste. Er sah vorzüglich aus, hatte ganz besonders schöne Hände. Er war mehr als wohlhabend und völlig unabhängig, ohne Eltern, ohne Geschwister. Sein Vater war ein bürgerlicher österreichischer Offizier gewesen, seine Mutter eine Gräfin aus einer sehr bekannten baltischen Familie. Er war unter allen, die sich mit Arabella beschäftigten, die einzige wirkliche »Partie«. Dazu kam dann noch ein ganz besonderer Umstand, der Frau von Murska wirklich bezauberte. Gerade er war durch irgendwelche

Familienbeziehungen mit dem so schwer zu behandelnden, so unzugänglichen und so äußerst wichtigen Onkel liiert, jenem Onkel, um dessentwillen man eigentlich in Wien lebte und um dessentwillen Lucile Lucidor geworden war. Dieser Onkel, der ein ganzes Stockwerk des Buquoyschen Palais in der Wallnerstraße bewohnte und früher ein sehr vielbesprochener Herr gewesen war, hatte Frau von Murska sehr schlecht aufgenommen. Obwohl sie doch wirklich die Witwe seines Neffen (genauer: seines Vaters-Bruders-Enkel) war, hatte sie ihn doch erst bei ihrem dritten Besuch zu sehen bekommen und war darauf niemals auch nur zum Frühstück oder zu einer Tasse Tee eingeladen worden. Dagegen hatte er, ziemlich de mauvaise grâce, gestattet, daß man ihm Lucidor einmal schicke. Es war die Eigenart des interessanten alten Herrn, daß er Frauen nicht leiden konnte, weder alte noch junge. Dagegen bestand die unsichere Hoffnung, daß er sich für einen jungen Herrn, der immerhin sein Blutsverwandter war, wenn er auch nicht denselben Namen führte, irgendeinmal in ausgiebiger Weise interessieren könnte. Und selbst diese ganz unsichere Hoffnung war in einer höchst prekären Lage unendlich viel wert. Nun war Lucidor tatsächlich einmal auf Befehl der Mutter allein hingefahren, aber nicht angenommen worden, worüber Lucidor sehr glücklich war, die Mutter aber aus der Fassung kam, besonders als dann auch weiterhin nichts erfolgte und der kostbare Faden abgerissen schien. Diesen wieder anzuknüpfen, war nun Wladimir durch seine doppelte Beziehung wirklich der providentielle Mann. Um die Sache richtig in Gang zu bringen, wurde in unauffälliger Weise Lucidor manchmal zugezogen, wenn Wladimir Mutter und Tochter besuchte, und der Zufall fügte es ausgezeichnet, daß Wladimir an dem Burschen Gefallen fand und ihn schon bei der ersten Begegnung aufforderte, hie und da mit ihm auszureiten, was nach einem raschen, zwischen Arabella und der Mutter gewechselten Blick dankend angenommen wurde. Wladimirs Sympathie für den jüngeren Bruder einer Person, in die er recht sehr verliebt war, war nur selbstverständlich; auch gibt es kaum etwas Angenehmeres, als den Blick unverhohlener Bewunderung aus den Augen eines netten vierzehnjährigen Burschen.

Frau von Murska war mehr und mehr auf den Knien vor Wladimir. Arabella machte das ungeduldig wie die meisten Haltungen ihrer Mutter, und fast unwillkürlich, obwohl sie Wladimir gern sah, fing sie an, mit einem seiner Rivalen zu kokettieren, dem Herrn von Imfanger, einem netten und ganz eleganten Tiroler, halb Bauer, halb Gentilhomme, der als Partie aber nicht einmal in Frage kam. Als die Mutter einmal schüchterne Vorwürfe wagte, daß Arabella gegen Wladimir sich nicht so betrage, wie er ein Recht hätte, es zu erwarten, gab Arabella eine abweisende Antwort, worin viel mehr Geringschätzung und Kälte gegen Wladimir pointiert war, als sie tatsächlich fühlte. Lucidor-Lucile war zufällig zugegen. Das Blut schoß ihr zum Herzen und verließ wieder jäh das Herz. Ein schneidendes Gefühl durchzuckte sie: sie fühlte Angst, Zorn und Schmerz in einem. Über die Schwester erstaunte sie dumpf. Arabella war ihr immer fremd. In diesem Augenblick erschien sie ihr fast grausig, und sie hätte nicht sagen können, ob sie sie bewunderte oder haßte. Dann löste sich alles in ein schrankenloses Leid. Sie ging hinaus und sperrte sich in ihr Zimmer. Wenn man ihr gesagt hätte, daß sie einfach Wladimir liebte, hätte sie es vielleicht nicht verstanden. Sie handelte, wie sie mußte, automatisch, indessen ihr Tränen herunterliefen, deren wahren Sinn sie nicht verstand. Sie setzte sich hin und schrieb einen glühenden Liebesbrief an Wladimir. Aber nicht für sich, für Arabella. Daß ihre Handschrift der Arabellas zum Verwechseln ähnlich war, hatte sie oft verdrossen. Gewaltsam hatte sie sich eine andere, recht häßliche Handschrift angewöhnt. Aber sie konnte sich der früheren, die ihrer Hand eigentlich gemäß war, jederzeit bedienen. Ja, im Grunde fiel es ihr leichter, so zu schreiben. Der Brief war, wie er nur denen gelingt, die an nichts denken und eigentlich außer sich sind. Er desavouierte Arabellas ganze Natur: aber das war ja, was er wollte, was er sollte. Er war sehr unwahrscheinlich, aber eben dadurch wieder in gewisser Weise wahrscheinlich als der Ausdruck eines gewaltsamen inneren Umsturzes. Wenn Arabella tief und hingebend zu lieben vermocht hätte und sich dessen in einem jähen Durchbruch mit einem Schlage bewußt worden wäre, so hätte sie sich allenfalls so ausdrücken und mit dieser Kühnheit und glühenden Verachtung von sich selber, von der Arabella, die jedermann kannte, reden können. Der Brief war sonderbar, aber immerhin auch für einen kalten, gleichgültigen Leser nicht ganz unmöglich als ein Brief eines verborgen leidenschaftlichen, schwer berechenbaren Mädchens. Für den, der verliebt ist, ist zudem die Frau, die er liebt, immer ein unberechenbares Wesen. Und schließlich war es der Brief, den zu empfangen ein Mann in seiner Lage im stillen immer wünschen und für möglich halten kann. Ich nehme hier vorweg, daß der Brief auch wirklich in Wladimirs Hände gelangte: dies erfolgte in der Tat schon am nächsten Nachmittag, auf der Treppe, unter leisem Nachschleichen, vorsichtigem Anrufen, Flüstern von Lucidor als dem aufgeregten, ungeschickten vermeintlichen Postillon d'amour seiner schönen Schwester. Ein Postskriptum war natürlich beigefügt: es enthielt die dringende, ja flehende Bitte, sich nicht zu erzürnen, wenn sich zunächst in Arabellas Betragen weder gegen den Geliebten noch gegen andere auch nur die leiseste Veränderung würde wahrnehmen lassen. Auch er werde hoch und teuer gebeten, sich durch kein Wort, nicht einmal durch einen Blick, merken zu lassen, daß er sich zärtlich geliebt wisse.

Es vergehen ein paar Tage, in denen Wladimir mit Arabella nur kurze Begegnungen hat, und niemals unter vier Augen. Er begegnet ihr, wie sie es verlangt hat; sie begegnet ihm, wie sie es vorausgesagt hat. Er fühlt sich glücklich und unglücklich. Er weiß jetzt erst, wie gern er sie hat. Die Situation ist danach, ihn grenzenlos ungeduldig zu machen. Lucidor, mit dem er jetzt täglich reitet, in dessen Gesellschaft fast noch allein ihm wohl ist, merkt mit Entzücken und mit Schrecken die Veränderung im Wesen des Freundes, die wachsende heftige Ungeduld. Es folgt ein neuer Brief, fast noch zärtlicher als der erste, eine neue rührende Bitte, das vielfach bedrohte Glück der schwebenden Lage nicht zu stören, sich diese Geständnisse genügen zu lassen und höchstens schriftlich, durch Lucidors Hand, zu erwidern. Jeden zweiten, dritten Tag geht jetzt ein Brief hin oder her. Wladimir hat glückliche Tage und Lucidor auch. Der Ton zwischen den beiden ist verändert, sie haben ein unerschöpfliches Gesprächsthema. Wenn sie in irgendeinem Gehölz des Praters vom Pferd gestiegen sind und Lucidor seinen neuesten Brief übergeben hat, beobachtet er mit angstvoller Lust die Züge des Lesenden. Manchmal stellt er Fragen, die fast indiskret sind; aber die Erregung des Knaben, der in diese Liebessache verstrickt ist, und seine Klugheit, ein Etwas, das ihn täglich hübscher und zarter aussehen macht, amüsiert Wladimir, und er muß sich eingestehen, daß es ihm, der sonst verschlossen und hochmütig ist, hart ankäme, nicht mit Lucidor über Arabella zu sprechen. Lucidor posiert manchmal auch den Mädchenfeind, den kleinen, altklugen und in kindischer Weise zynischen Burschen. Was er da vorbringt, ist durchaus nicht banal; denn er weiß einiges von dem darunter zu mischen, was die Ärzte »introspektive Wahrheiten« nennen. Aber Wladimir, dem es nicht an Selbstgefühl mangelt, weiß ihn zu belehren, daß die Liebe, die er einflöße, und die er einem solchen Wesen wie Arabella einflöße, von ganz eigenartiger, mit nichts zu vergleichender Beschaffenheit sei. Lucidor findet Wladimir in solchen Augenblicken um so bewundernswerter und sich selbst klein und erbärmlich. Sie kommen aufs Heiraten, und dieses Thema ist Lucidor eine Qual, denn dann beschäftigt sich Wladimir fast ausschließlich mit der Arabella des Lebens anstatt mit der Arabella der Briefe. Auch fürchtet Lucidor wie den Tod jede Entscheidung, jede einschneidende Veränderung. Sein einziger Gedanke ist, die Situation so hinzuziehen. Es ist nicht zu sagen, was das arme Geschöpf aufbietet, um die äußerlich und innerlich so prekäre Lage durch Tage, durch Wochen – weiter zu denken, fehlt ihm die Kraft – in einem notdürftigen Gleichgewicht zu erhalten. Da ihm nun einmal die Mission zugefallen ist, bei dem Onkel etwas für die Familie auszurichten, so tut er sein mögliches. Manchmal geht Wladimir mit; der Onkel ist ein sonderbarer alter Herr, den es offenbar amüsiert, sich vor jüngeren Leuten keinen Zwang anzutun, und seine Konversation ist derart, daß eine solche Stunde für Lucidor eine wahrhaft qualvolle kleine Prüfung bedeutet. Dabei scheint dem Alten kein Gedanke ferner zu liegen als der, irgend etwas für seine Anverwandten zu tun. Lucidor kann nicht lügen und möchte um alles seine Mutter beschwichtigen. Die Mutter, je tiefer ihre Hoffnungen, die sie auf den Onkel gesetzt hatte, sinken, sieht mit um so größerer Ungeduld, daß sich zwischen Arabella und Wladimir nichts der Entscheidung zu nähern scheint. Die unglückseligen Personen, von denen sie im Geldpunkt abhängig ist, fangen an, ihr die eine wie die andere dieser glänzenden Aussichten als Nonvaleur in Rechnung zu stellen. Ihre Angst, ihre mühsam verhohlene Ungeduld teilt sich allen mit, am meisten dem armen Lucidor, in dessen Kopf so unverträgliche Dinge durcheinander hingehen. Aber er soll in der seltsamen Schule des Lebens, in die er sich nun einmal begeben hat, einige noch subtilere und schärfere Lektionen empfangen.

Das Wort von einer Doppelnatur Arabellas war niemals ausdrücklich gefallen. Aber der Begriff ergab sich von selbst: die Arabella des Tages war ablehnend, kokett, präzis, selbstsicher, weltlich und trocken fast bis zum Exzeß, die Arabella der Nacht, die bei einer Kerze an den Geliebten schrieb, war hingebend, sehnsüchtig fast ohne Grenzen. Zufällig oder gemäß dem Schicksal entsprach dies einer ganz geheimen Spaltung auch in Wladimirs Wesen. Auch er hatte, wie jedes beseelte Wesen, mehr oder minder seine Tag- und Nachtseite. Einem etwas trockenen Hochmut, einem Ehrgeiz ohne Niedrigkeit und Streberei, der aber hochgespannt und ständig war, standen andere Regungen gegenüber, oder eigentlich: standen nicht gegenüber, sondern duckten sich ins Dunkel, suchten sich zu verbergen, waren immer bereit, unter die dämmernde Schwelle ins Kaumbewußte hinabzutauchen. Eine phantasievolle Sinnlichkeit, die sich etwa auch in ein Tier hineinträumen konnte, in einen Hund, in einen Schwan, hatte zu Zeiten seine Seele fast ganz in Besitz gehabt. Dieser Zeiten des Überganges vom Knaben zum Jüngling erinnerte er sich nicht gerne. Aber irgend etwas davon war immer in ihm, und diese verlassene, auch von keinem Gedanken überflogene, mit Willen verödete Nachtseite seines Wesens bestrich nun ein dunkles, geheimnisvolles Licht: die Liebe der unsichtbaren, anderen Arabella. Wäre die Arabella des Tages zufällig seine Frau gewesen oder seine Geliebte geworden, er wäre mit ihr immer ziemlich terre à terre geblieben und hätte sich selbst nie konzediert, den Phantasmen einer mit Willen unterdrückten Kinderzeit irgendwelchen Raum in seiner Existenz zu gönnen. An die im Dunkeln Lebende dachte er in anderer Weise und schrieb ihr in anderer Weise. Was hätte Lucidor tun sollen, als der Freund begehrte, nur irgendein Mehr, ein lebendigeres Zeichen zu empfangen als diese Zeilen auf weißem Papier? Lucidor war allein mit seiner Bangigkeit, seiner Verworrenheit, seiner Liebe. Die Arabella des Tages half ihm nicht. Ja, es war, als spielte sie, von einem Dämon angetrieben, gerade gegen ihn. Je kälter, sprunghafter, weltlicher, koketter sie war, desto mehr erhoffte und erbat Wladimir von der anderen. Er bat so gut, daß Lucidor zu versagen nicht den Mut fand. Hätte er ihn gefunden, es hätte seiner zärtlichen Feder an der Wendung gefehlt, die Absage auszudrücken. Es kam eine Nacht, in der Wladimir denken durfte, von Arabella in Lucidors Zimmer empfangen, und wie empfangen, worden zu sein. Es war Lucidor irgendwie gelungen, das Fenster nach der Kärntnerstraße so völlig zu verdunkeln, daß man nicht die Hand vor den Augen sah. Daß man die Stimmen zum unhörbarsten Flüstern abdämpfen mußte, war klar: nur eine einfache Tür trennte von der Kammerfrau. Wo Lucidor die Nacht verbrachte, blieb ungesagt: doch war er offenbar nicht im Geheimnis, sondern man hatte gegen ihn einen Vorwand gebraucht. Seltsam war, daß Arabella ihr schönes Haar in ein dichtes Tuch fest eingewunden trug und der Hand des Freundes sanft, aber bestimmt versagte, das Tuch zu lösen. Aber dies war fast das einzige, das sie versagte. Es gingen mehrere Nächte hin, die dieser Nacht nicht glichen, aber es folgte wieder eine, die ihr glich, und Wladimir war sehr glücklich. Vielleicht waren dies die glücklichsten Tage seines ganzen Lebens. Gegen Arabella, wenn er untertags mit ihr zusammen ist, gibt ihm die Sicherheit seines nächtlichen Glückes einen eigenen Ton. Er lernt eine besondere Lust darin finden, daß sie bei Tag so unbegreiflich anders ist; ihre Kraft über sich selber, daß sie niemals auch nur in einem Blick, einer Bewegung sich vergißt, hat etwas Bezauberndes. Er glaubt zu bemerken, daß sie von Woche zu Woche um so kälter gegen ihn ist, je zärtlicher sie sich in den Nächten gezeigt hat. Er will jedenfalls nicht weniger geschickt, nicht weniger beherrscht erscheinen. Indem er diesem geheimnisvoll starken weiblichen Willen so unbedingt sich fügt, meint er, das Glück seiner Nächte einigermaßen zu verdienen. Er fängt an, gerade aus ihrem doppelten Wesen den stärksten Genuß zu ziehen. Daß ihm die gehöre, die ihm so gar nicht zu gehören scheint, daß die gleiche, welche sich grenzenlos zu verschenken versteht, in einer solchen unberührten, unberührbaren Gegenwart sich zu behaupten weiß, dies wirklich zu erleben ist schwindelnd, wie der wiederholte Trunk aus einem Zauberbecher. Er sieht ein, daß er dem Schicksal auf den Knien danken müsse, in einer so einzigartigen, dem Geheimnis seiner Natur abgelauschten Weise beglückt zu werden. Er spricht es überströmend aus, gegen sich selber, auch gegen Lucidor. Es gibt nichts, was den armen Lucidor im Innersten tödlicher erschrecken könnte.

Arabella indessen, die wirkliche, hat sich gerade in diesen Wochen von Wladimir so entschieden abgewandt, daß er es von Stunde zu Stunde bemerken müßte, hätte er nicht den seltsamsten Antrieb, alles falsch zu deuten. Ohne daß er sich geradezu verrät, spürt sie zwischen sich und ihm ein Etwas, das früher nicht war. Sie hat sich immer mit ihm verstanden, sie versteht sich auch noch mit ihm; ihre Tagseiten sind einander homogen; sie könnten eine gute Vernunftehe führen. Mit Herrn von Imfanger versteht sie sich nicht, aber er gefällt ihr. Daß Wladimir ihr in diesem Sinne nicht gefällt, spürt sie nun stärker; jenes unerklärliche Etwas, das von ihm zu ihr zu vibrieren scheint, macht sie ungeduldig. Es ist nicht Werbung, auch nicht Schmeichelei; sie kann sich nicht klar werden was es ist, aber sie goutiert es nicht. Imfanger muß sehr wohl wissen, daß er ihr gefällt. Wladimir glaubt seinerseits noch ganz andere Beweise dafür zu haben. Zwischen den beiden jungen Herren ergibt sich die sonderbarste Situation. Jeder meint, daß der andere doch alle Ursache habe, verstimmt zu sein oder einfach das Feld zu räumen. Jeder findet die Haltung, die ungestörte Laune des andern im Grunde einfach lächerlich. Keiner weiß, was er sich aus dem andern machen soll, und einer hält den andern für einen ausgemachten Geck und Narren.

Die Mutter ist in der qualvollsten Lage. Mehrere Auskunftsmittel versagen. Befreundete Personen lassen sie im Stich. Ein unter der Maske der Freundschaft angebotenes Darlehen wird rücksichtslos eingefordert. Die vehementen Entschlüsse liegen Frau von Murska immer sehr nahe. Sie wird den Haushalt in Wien von einem Tag auf den andern auflösen, sich bei der Bekanntschaft brieflich verabschieden, irgendwo ein Asyl suchen, und wäre es auf dem sequestrierten Gut im Haus der Verwaltersfamilie. Arabella nimmt eine solche Entschließung nicht angenehm auf, aber Verzweiflung liegt ihrer Natur ferne. Lucidor muß eine wahre, unbegrenzte Verzweiflung angstvoll in sich verschließen. Es waren mehrere Nächte vergangen, ohne daß sie den Freund gerufen hätte. Sie wollte ihn diese Nacht wieder rufen. Das Gespräch abends zwischen Arabella und der Mutter, der Entschluß zur Abreise, die Unmöglichkeit, die Abreise zu verhindern: dies alles trifft sie wie ein Keulenschlag. Und wollte sie zu einem verzweifelten Mittel greifen, alles hinter sich werfen, der Mutter alles gestehen, dem Freund vor allem offenbaren, wer die Arabella seiner Nächte gewesen ist, so durchfährt sie eisig die Furcht vor seiner Enttäuschung, seinem Zorn. Sie kommt sich wie eine Verbrecherin vor, aber gegen ihn, an die anderen denkt sie nicht. Sie kann ihn diese Nacht nicht sehen. Sie fühlt, daß sie vor Scham, vor Angst und Verwirrung vergehen würde. Statt ihn in den Armen zu halten, schreibt sie an ihn, zum letztenmal. Es ist der demütigste, rührendste Brief, und nichts paßt weniger zu ihm als der Name Arabella, womit sie ihn unterschreibt. Sie hat nie wirklich gehofft, seine Gattin zu werden. Auch kurze Jahre, ein Jahr als seine Geliebte mit ihm zu leben, wäre unendliches Glück. Aber auch das darf und kann nicht sein. Er soll nicht fragen, nicht in sie dringen, beschwört sie ihn. Soll morgen noch zu Besuch kommen, aber erst gegen Abend. Den übernächsten Tag dann – sind sie vielleicht schon abgereist. Später einmal wird er vielleicht erfahren, begreifen, sie möchte hinzufügen: verzeihen, aber das Wort scheint ihr in Arabellas Mund zu unbegreiflich, so schreibt sie es nicht. Sie schläft wenig, steht früh auf, schickt den Brief durch den Lohndiener des Hotels an Wladimir. Der Vormittag vergeht mit Packen. Nach Tisch, ohne etwas zu erwähnen, fährt sie zu dem Onkel. Nachts ist ihr der Gedanke gekommen. Sie würde die Worte, die Argumente finden, den sonderbaren Mann zu erweichen. Das Wunder würde geschehen und dieser festverschnürte Geldbeutel sich öffnen. Sie denkt nicht an die Realität dieser Dinge, nur an die Mutter, an die Situation, an ihre Liebe. Mit dem Geld oder dem Brief in der Hand würde sie der Mutter zu Füßen fallen und als einzige Belohnung erbitten – was? – ihr übermüdeter, gequälter Kopf versagt beinahe – ja! nur das Selbstverständliche: daß man in Wien bliebe, daß alles bliebe, wie es ist. Sie findet den Onkel zu Hause. Die Details dieser Szene, die recht sonderbar verläuft, sollen hier nicht erzählt werden. Nur dies: sie erweicht ihn tatsächlich – er ist nahe daran, das Entscheidende zu tun, aber eine greisenhafte Grille wirft den Entschluß wieder um: er wird später etwas tun, wann, das bestimmt er nicht, und damit basta. Sie fährt nach Hause, schleicht die Treppe hinauf, und in ihrem Zimmer, zwischen Schachteln und Koffern, auf dem Boden hockend, gibt sie sich ganz der Verzweiflung hin. Da glaubt sie im Salon Wladimirs Stimme zu hören. Auf den Zehen schleicht sie hin und horcht. Es ist wirklich Wladimir – mit Arabella, die mit ziemlich erhobenen Stimmen im sonderbarsten Dialog begriffen sind.

Wladimir hat am Vormittag Arabellas geheimnisvollen Abschiedsbrief empfangen. Nie hat etwas sein Herz so getroffen. Er fühlt, daß zwischen ihm und ihr etwas Dunkles stehe, aber nicht zwischen Herz und Herz. Er fühlt die Liebe und die Kraft in sich, es zu erfahren, zu begreifen, zu verzeihen, sei es, was es sei. Er hat die unvergleichliche Geliebte seiner Nächte zu lieb, um ohne sie zu leben. Seltsamerweise denkt er gar nicht an die wirkliche Arabella, fast kommt es ihm sonderbar vor, daß sie es sein wird, der er gegenüberzutreten hat, um sie zu beschwichtigen, aufzurichten, sie ganz und für immer zu gewinnen. Er kommt hin, findet im Salon die Mutter allein. Sie ist aufgeregt, wirr und phantastisch wie nur je. Er ist anders, als sie ihn je gesehen hat. Er küßt ihr die Hände, er spricht, alles in einer gerührten, befangenen Weise. Er bittet sie, ihm ein Gespräch unter vier Augen mit Arabella zu gestatten. Frau von Murska ist entzückt und ohne Übergang in allen Himmeln. Das Unwahrscheinliche ist ihr Element. Sie eilt, Arabella zu holen, dringt in sie, dem edlen jungen Mann nun, wo alles sich so herrlich gewendet, ihr Ja nicht zu versagen. Arabella ist maßlos erstaunt. »Ich stehe durchaus nicht so mit ihm«, sagt sie kühl. »Man ahnt nie, wie man mit Männern steht«, entgegnet ihr die Mutter und schickt sie in den Salon. Wladimir ist verlegen, ergriffen und glühend. Arabella findet mehr und mehr, daß Herr von Imfanger recht habe, Wladimir einen sonderbaren Herrn zu finden. Wladimir, durch ihre Kühle aus der Fassung, bittet sie, nun endlich die Maske fallen zu lassen. Arabella weiß durchaus nicht, was sie fallen lassen soll. Wladimir wird zugleich zärtlich und zornig, eine Mischung, die Arabella so wenig goutiert, daß sie schließlich aus dem Zimmer läuft und ihn allein stehen läßt. Wladimir in seiner maßlosen Verblüffung ist um so näher daran, sie für verrückt zu halten, als sie ihm soeben angedeutet hat, sie halte ihn dafür und sei mit einem Dritten über diesen Punkt ganz einer Meinung. Wladimir würde in diesem Augenblick einen sehr ratlosen Monolog halten, wenn nicht die andere Tür aufginge und die sonderbarste Erscheinung auf ihn zustürzte, ihn umschlänge, an ihm herunter zu Boden glitte. Es ist Lucidor, aber wieder nicht Lucidor, sondern Lucile, ein liebliches und in Tränen gebadetes Mädchen, in einem Morgenanzug Arabellas, das bubenhaft kurze Haar unter einem dichten Seidentuch verborgen. Es ist sein Freund und Vertrauter, und zugleich seine geheimnisvolle Freundin, seine Geliebte, seine Frau. Einen Dialog, wie der sich nun entwickelnde, kann das Leben hervorbringen und die Komödie nachzuahmen versuchen, aber niemals die Erzählung.

Ob Lucidor nachher wirklich Wladimirs Frau wurde oder bei Tag und in einem anderen Land das blieb, was sie in dunkler Nacht schon gewesen war, seine glückliche Geliebte, sei gleichfalls hier nicht aufgezeichnet.

Es könnte bezweifelt werden, ob Wladimir ein genug wertvoller Mensch war, um so viel Hingabe zu verdienen. Aber jedenfalls hätte sich die ganze Schönheit einer bedingungslos hingebenden Seele, wie Luciles, unter anderen als so seltsamen Umständen nicht enthüllen können.

Die Frau ohne Schatten

Eine Erzählung

Erstes Kapitel

Der Kaiser war bei der Kaiserin, die des Sommers wegen ihr Gemach auf der obersten Terrasse des blauen Palastes bewohnte. Die Amme verharrte ihrer Gewohnheit nach wachend auf der Terrasse und überdachte zornig das Geschick, das ihre Herrin, eine Fee und eifersüchtig behütete Tochter des mächtigen Geisterfürsten, als Gattin in die Hände eines sterblichen Mannes gegeben hatte, mochte er gleich der Kaiser der Südöstlichen Inseln sein. In ihrer Einbildung verweilte sie, wie so oft, mit dem ihr anvertrauten Feenkinde noch auf der einsamen kleinen Insel, umflossen von dem ebenholzschwarzen Wasser des Bergsees, den die sieben Mondberge einschlossen, wo sie stille abgeschiedene Jahre verbracht hatte. Wieder meinte sie dem halbwüchsigen Kinde zuzusehen, das sich vor ihren Augen in einen hellroten Fisch verwandelte und leuchtend die dunkle Flut durchstrich, oder die Gestalt eines Vogels annahm und zwischen düsteren Zweigen hinflatterte. Aber mitten in ihre träumenden Gedanken brach mit Gewalt das widerwärtige zweideutige Gefühl der Gegenwart. Mit einem unwillkürlichen Seufzer öffnete sie ganz die Augen und spähte in die schöne Finsternis hinaus. Eine Erhellung über dem großen Teich fiel ihr bald auf. Das Leuchtende kam rasch näher, die Baumwipfel empfingen, wie es darüber hinging, einen Schein. An ihrem Bangen fühlte sie, daß es ein Wesen aus jener Welt war, der sie angehörte und der sich zuzurechnen sie seit einem Jahr kaum mehr den Mut hatte: doch war es nicht Keikobad, der Geisterkönig selber, der Vater ihrer Herrin, sonst hätte sie heftiger gezittert. Wie die Terrasse sich erhellte, traf sie der Anhauch der Geisterwelt bis ins Mark. Der Bote stand vor ihr auf dem flachen Dach, er trug einen Harnisch aus blauen Schuppen, der seinen gedrungenen Leib eng umschloß. Sein blauschwarzes Haar war geflochten, und seine Augen funkelten. »Wer bist du?« fragte die Amme erschrocken, »dich habe ich nie gesehen.« – »Ich bin der Zwölfte, das mag dir genügen«, entgegnete der Bote. »Es ist an mir, zu fragen, an dir, zu antworten. Trägt sie diesmal ein Ungeborenes im Schoß? Ist das Verhaßte in diesem Monat geschehen? Dann wehe dir und mir und uns allen.« Die Amme verneinte heftig. »Also wirft sie noch keinen Schatten?« fragte der Bote weiter. »Keinen!« rief die Amme, »ich darf es dir beteuern wie den Elf, die vor dir kamen, sooft ein Mond geschwunden war. So wenig wirft sie Schatten, als wenn ihr Leib von Bergkristall wäre. Ja, was sie hinter sich läßt, Steine, Rasen oder Wasser, leuchtet nachher stärker auf, so, als wären es Smaragden und Topas.« – »Danke deinem Schöpfer, daß dem so ist, danke ihm auf den Knien, leichtfertiges strafbares Weib.« – »Leichtfertig! Strafbar! Sollte ich einen glitschigen Fisch im Wasser mit meinen Händen packen? Konnte ich eine junge störrische Gazelle an den Hörnern festhalten? Warum hat er ihr die Gabe der Verwandlung gegeben? So war sie ja schon den Menschen verfallen! Was fruchtete meine Wachsamkeit, meine beständige Angst!« – »Geprüft müssen alle werden«, entgegnete der Bote. »Und warum«, gab die Amme zurück, »hat sie die schöne Gabe wiederum verloren, die ihr jetzt nottäte, wodurch sie vielleicht dem Verhängnis auf dem gleichen Wege, wo sie ihm verfiel, längst wieder entschlüpft wäre!« – »Alles ist an eine Zeit gebunden, sonst wären es keine Prüfungen. Zwölf Monde sind hinab, drei Tage kommen nun!« – »Drei Tage!« rief die Amme voll unmäßiger Freude. Der Bote sah sie streng an: »Wer hat dich belehrt«, sagte er, »die Augenblicke gegeneinander abzuschätzen? Nimm dich zusammen und wache über ihr mit hundert Augen. Das goldene Wasser ist auf der Wanderschaft, es wäre nicht gut, wenn sie ihm begegnete.« – »Das Wasser des Lebens?« rief die Amme, »ich habe es nie springen sehen, ich weiß, es ist voll geheimer Gaben, könnte es ihr zu einem Schatten verhelfen?« Sie hätte gerne noch viel gefragt, aber ihr war, als hörte sie hinter sich im Schlafgemach ein Geräusch. Sie wandte den Kopf und sah beim matten Schein der Ampel den Kaiser, der sich leise von der Seite seiner schlafenden Frau erhoben hatte und völlig angekleidet dastand. Schnell kehrte die Amme sich wieder um: der Bote war verschwunden, und es schien die Helligkeit, die ihn umgab, sich in die ganze Atmosphäre verteilt zu haben. Der Kaiser trat leichten Fußes über den Leib der Amme hinweg, die ihr Gesicht an den Boden drückte. Er achtete ihrer so wenig, als läge hier nur ein Stück Teppich. Er ging schnell bis an den Rand des Daches vor, und sein vorgebogener Kopf spähte in die fahle Dämmerung hinaus. Die erfrischte Luft trug ihm aus mäßiger Ferne zu, was er zu hören begehrte. Man führte leise durch die Platanen sein Pferd heran, dem er die Hufe stets mit Tüchern zu umwinden befohlen hatte; denn es war seine Gewohnheit, zeitig vor Tag zur Jagd auszureiten und seine Gemahlin noch schlummernd zurückzulassen, abends aber erst spät heimzukehren, wenn schon Fackeln auf den Absätzen der Treppe brannten und das Schlafgemach von den neun Lampen einer Ampel sanft erleuchtet war. Immerhin hatte er noch keine einzige Nacht dieses Jahres, dessen zwölfter Monat eben zu Ende gegangen war, bei seiner Frau zu verbringen versäumt. Die Amme war hineingegangen und hatte sich zu den Füßen der Schlafenden auf den Rand des Bettes niedergesetzt; mit zweideutiger Zärtlichkeit betrachtete sie ihr Pflegekind. Sie nahm eine Lampe aus der Ampel und hielt sie seitwärts: kein Schatten des Hauptes, der Schultern, der schönen schmalen Hüften ließ sich an der Wand erblicken. Die Schlafende warf sich herum, ihr Gesicht zog sich schmerzlich zusammen, ein leises Stöhnen drang durch die Kehle bis an die Lippen. Auf einmal schlug sie die Augen auf, setzte sich im Bette auf und war nun so völlig wach wie die Tiere des Waldes, die den Schlaf in einem Nu abwerfen. »Er ist fort«, sagte sie, »und diesmal bleibt er drei Nächte aus.« Die Amme zuckte, sie dachte an das Wort des Boten, aber sie beherrschte sich schnell. »Wovon träumst du, wenn du schläfst?« fragte sie hastig, »deine Träume sind schlimm.« – »Er ist hinaus ins Gebirge seinen roten Falken suchen«, sagte die Kaiserin, »und er wird nicht ruhen, bis er ihn gefunden hat, und müßte er dreißig Tage und dreißig Nächte fortbleiben.« – »Wehe, daß wir unter Menschen gefallen sind«, sprach die Amme. »Ist es so weit, daß du, wenn du schläfst, schon fast dreinsiehst wie ihresgleichen!« – »Warum hast du mich nicht schlafen lassen?« rief die Kaiserin, »wie soll ich die lange Zeit hinbringen, könnte ich ihm nach, ach, daß ich den Talisman verlieren mußte.« – »Unglückseliges Kind, daß du ihn verlieren konntest! Habe ich dir nicht auf die Seele gebunden, daß du ihn bewahrest: an ihm hängt dein Schicksal.« – »Das wußte ich freilich nicht, daß er es war, der mir die Kraft gab, aus mir heraus und in den Leib eines Tieres hinüberzuschlüpfen. Nun weiß ich es und bin gestraft. Hätte ich ihn noch, wie lustig wären meine Tage, statt daß sie mir nun zwischen meinen glücklichen Nächten öde und traurig hingehen. Was hätte ich tagsüber für ein Leben, und wie wollte ich jeden Tag in einer anderen Gestalt meinem Herrn in die Hände fallen!« – »Es ist an einem Mal genug«, sagte finster die Amme. »Meinst du denn«, erwiderte lebhaft die Kaiserin, »er hätte mich damals so schnell erlangt, wenn mir nicht sein roter Falke auf den Kopf geflogen wäre und mich nicht mit unablässigen Schlägen seiner

Schwingen geblendet hätte, daß mir Feuer aus den Augen sprang und ich im Dorngebüsch zusammenbrach.« – »Er konnte wirklich den Speer nach dir werfen, der Mörder, der stumpfäugige Höllensohn?« Die Amme schrie auf voll ungestillten Hasses. »Verlangst du, daß er mich in dieser Gestalt hätte erkennen sollen«, erwiderte die Kaiserin. »Aber er hat es mir seitdem oft geschworen, der Blick, der aus dem Auge der Gazelle brach, machte, daß sein Arm unsicher war und der Speer mich nur an der Seite des Halses ritzte wie ein Dorn, anstatt mir die Kehle zu durchbohren.« Die Amme stieß einen halben Fluch aus. »Es war freilich an der Zeit, daß ich mich nicht nur durch einen Blick verriet, sondern schneller, als ich es jetzt sage, aus dem Leib der Gazelle mich in diesen meinen eigenen hinüberwarf und die Arme flehend zu ihm aufhob. Denn er war schon vom Pferd gesprungen und hatte den zweiten Wurfspeer, der ihm noch blieb, gezückt; seine Augen waren rot von der Hast und Wildheit der Verfolgung, und seine Züge waren gespannt, daß ich vor ihm, die ihn selbst seit dem ersten Blick liebte und unablässig

345 an mich herangelockt hatte, grausige Todesfurcht empfand und laut aufschrie. Und erst dieser Schrei, so hat er mir gesagt, hat ihn aus der Besessenheit aufgeweckt und uns beiden das Leben gerettet. Nie aber«, fügte sie leiser hinzu, »ist einer Frau ein herrlicherer Anblick zuteil geworden als auf dem Antlitz meines Liebsten der jähe Übergang von der tödlichen Drohung des Jägers zu der sanften Beseligung des Liebenden. Ach und nur einmal und nie wieder bin ich so die seinige geworden und soll nie wieder sein Gesicht so übergehen sehen.« Sie schlug die Augen wieder auf und fuhr fort: »Er hat mir zugeschworen, daß ein sterblicher Mensch, wie er, ein Glück von solcher jähen Stärke nicht öfter als einmal im Leben ertragen könnte. Es mag wahr sein, denn ich habe ihn unmittelbar nach jener Stunde wie einen Rasenden gesehen, als sein roter Falke ihm unter die Augen kam und er das Tier mit Steinwürfen verfolgte, ja in sinnloser Wut dreimal den Dolch nach dem Vogel warf, dafür, daß dieser mit seinen Schwingen meine Augen geschlagen hatte, und nie vergesse ich den Blick, mit dem der blutende Falke von einem hohen Stein aus seinen Herrn zum letztenmal lang ansah, ehe er sich abwandte und mit gräßlich zuckenden mühsamen Flügelschlägen in die Dämmerung hinein entschwand.« Die Amme war aufgestanden und auf das flache Dach hinausgetreten; die Geschichte jener Jagd und ersten Liebesstunde kannte sie genau genug: dies alles war wie mit einem glühenden Griffel ihrer Seele eingebrannt. An dem

Schicksal des Falken nahm sie ebensowenig Anteil als an dem Glück der Liebenden, dessen Flammen die Wiederkehr von dreihundert Nächten nicht schwächer lodern machte. Ein Gedanke allein erfüllte sie: sie konnte es kaum erwarten, die Sonne hervortreten zu sehen, die fahle Dämmerung war ihr unerträglich: alle Wesen sollten einen Schatten werfen, damit die einzige, die keinen würfe, um so herrlicher ausgesondert wäre; mit jedem Blick wollte sie sich des Zustandes vergewissern können, an den, wenn er jetzt nur noch drei Tage lang anhielte, eine fürchterliche Schicksalswendung geknüpft war. Voll Ungeduld blickte sie in den Himmel empor, der schon erhellt die Farbe von grünlichem Türkis annahm: ihr scharfes Auge gewahrte einen Vogel, der in der höchsten Höhe langsam kreiste: aber auch auf ihm war noch kein Ab- glanz der Sonne. Die Kaiserin war gleichfalls hinausgetreten, die Amme fragte nochmals: »Wovon hast du vor dem Erwachen geträumt?« – »Ich glaube, von Menschen«, antwortete die Kaiserin. »Gräßlich genug«, entgegnete die Amme. »Es war an deinem Gesicht zu lesen, daß du von Häßlichem träumtest. Wehe, daß wir hier sind, wehe, der es verschuldet hat.« – »Warum sind Menschengesichter so wild und häßlich, und Tiergesichter so redlich und schön?« sagte die Kaiserin. »Vor seinesgleichen graut es sie«, murmelte die Amme vor sich hin, »ihn sieht sie nicht.« – »Daß ich noch einmal eine Otter wäre und ein gähfließendes Bergwasser quer durchstriche«, sagte die Kaiserin. »Ungewiesen seinen Weg finden wie die Schlange an der Erde und wie der Weih in der Luft ist Seligkeit, aber Liebe ist mehr.« – »Sich an die Menschen hängen«, murmelte die Amme, »heißt sich ausgießen in ein durchlöchertes Faß.« Die Kaiserin wurde den Falken gewahr, der hoch oben kreiste, und die Amme sah mit Lust auf seinen Schwingen den Abglanz der Sonne. Er schien sich langsam niederzulassen, aber das Licht blieb bei ihm: seine Fänge blitzten wie Edelsteine, oder er hielt einen Edelstein in den Fängen. »O glücklicher Tag«, rief die Kaiserin mit einemmal, »es ist der rote Falke, der Liebling meines Herrn! Er ist geheilt von seiner Wunde, er hat uns vergeben.« Der Falke hing mit ausgebreiteten Schwingen in der Luft. »Der Talisman«, schrie die Kaiserin auf, »er hat ihn, er bringt ihn mir wieder.« Die Amme lief und brachte ein grünseidenes, von Perlen und Edelsteinen funkelndes Obergewand. Sie hielten es empor. »Sieh, wie wir dich und deine Geschenke ehren, du Guter«, riefen sie laut, »du Königlicher, du Großmütiger!« Der Falke schwebte mit einem einzigen Flügelschlag in einem sanften Bogen nach oben und seitwärts, dann ließ er sich jäh niedergleiten, ein Sausen schlug an den Gesichtern der beiden Frauen vorbei, in einem Nu war der Vogel wieder hoch oben in der Luft, auf dem Gewande lag der Talisman; die Schriftzeichen, die in den fahlweißen flachen Stein gegraben waren, glommen wie Feuer und zuckten wie Blicke. »Ich kann die Schrift lesen«, sagte die Kaiserin und

verfärbte sich. Die Amme schauderte, denn ihr waren die Zeichen undurchdringlich wie eh und immer: Ein seltsamer, zweischneidiger Gedanke durchfuhr sie, sie griff schnell nach dem Stein, sie wollte ihn wegreißen, die Schrift verdecken: es war zu spät, die Zeichen waren in Blitzeseile gelesen und sogleich der Sinn durchdrungen. Mit erstarrtem Arm hielt die Kaiserin den Talisman vor sich hin: es war, als sähe sie durch ihn in die Hölle hinab; über ihren Mund kamen Worte nicht wie eines, der sein Urteil abliest, sondern gräßlicher wie aus der Brust eines Tiefschlafenden starr und furchtbar: »Fluch und Tod dem Sterblichen, der diesen Gürtel löst, zu Stein wird die Hand, die es tat, wofern sie nicht der Erde mit dem Schatten ihr Geschick abkauft, zu Stein der Leib, an den die Hand gehört, zu Stein das Auge, das dem Leib dabei geleuchtet – innen der Sinn bleibt lebendig, den ewigen Tod zu schmecken mit der Zunge des Lebens – die Frist ist gesetzt nach Gezeiten der Sterne.« – »Mir ist«, sagte die Kaiserin und ließ den Arm sinken, »ich weiß es von der Wiege an, vielleicht hat es mein Vater mir, als ich schlief, ins Ohr geraunt, wehe mir, daß ich es habe vergessen können!« Die Amme blieb still wie das Grab. »Nun verstehe ich, was ich nicht verstand«, sagte die Kaiserin und hing den Talisman an die Perlenschnur zwischen ihren Brüsten. Aber ihre aufgerissenen Augen wußten nichts von dem, was ihre schlafwandelnden Hände taten: »Der Schatten ist mein Schatten, den ich nicht werfe, ich habe meinen Herrn dergleichen sprechen hören mit einem seiner Vertrauten, er sagte: ›Ich will nicht zu Gericht sitzen über die Meinigen und kein Bluturteil sprechen, ehe ich der Erde nicht mein Leben heimgezahlt habe.‹ Es ist das Schattenwerfen, mit dem sie der Erde ihr Dasein heimzahlen. Ich wußte nicht, daß ihnen dieses dunkle Ding so viel gilt. Fluch über mich, daß ich es alles habe gleichgültig anhören können, als ginge es mich nichts an! Ich selber werde sein Tod sein, darum, weil ich auf der Erde gehe und keinen Schatten werfe!« Die erste Erstarrung wich einer tödlichen Angst. Unsagbar war das Verlangen, den Geliebten zu retten. Sie umklammerte die Amme: ihr war, als müsse Hilfe und Rettung von dieser einzigen Freundin kommen, zu der sie als Kind mit ihren Ängsten und Bedürfnissen so oft geflüchtet war. »Du hast mich nie im Stich gelassen«, rief 348 sie und drückte heftig die Arme um den Leib der Alten zusammen, »hilf mir, du Einzige! Du hast mir alles verziehen, nachgewandert bist du mir von unserer Insel, bist über die Mondberge geklettert, drei Monate bist du in den Städten und Dörfern herumgezogen, bis du erfragt hattest, wo ich hingeraten war, unter den Menschen hast du gewohnt, vor denen es dich schauderte, hast mit ihnen gegessen und geschlafen, ihren Atem über dich ergehen lassen, und alles um meinetwillen, hilf mir du, dir ist nichts verborgen, du findest die Wege und ahndest die Mittel, die Bedingungen sind dir offenbar, das Verbotene weißt du zu umgehen! Hilf mir zu einem Schatten, du Einzige! Zeige mir, wo ich ihn finde, und müßte ich mein Gewand abwerfen und hinabtauchen ins tiefste Meer. Weise mich an, wie ich ihn kaufe, und müßte ich alles für ihn geben, was die Freigebigkeit meines Geliebten auf mich gehäuft hat, ja die Hälfte des Blutes aus meinen Adern!« Das Schweigen der Alten ängstigte sie noch mehr, sie wollte ihr ins Gesicht sehen. Eben brachen querüber die ersten Strahlen der Sonne wie Fackeln herein. Der gräßlich verschlagene, an sich haltende Ausdruck im Gesicht der Amme durchfuhr sie, sie fühlte sich verlassen wie noch nie im Leben, das seit der Kindheit Vertraute wich von ihr, sie war allein. Aber sie war von den Wesen, deren Kräfte mit dem Widerstand wachsen. »Du weißt es, böse Alte«, rief sie, »du hast es seit je gewußt, du hast es kommen sehen und dich gefreut, du kennst wohl auch die Frist, und dem Tag, der mich tötet, zählst du mit Lust die Tage entgegen wie einem Fest. Dir ist er auch ein Fest, er kommt und bringt dir Lohn oder Nachsicht der Strafe, mein Vater wird wissen, womit er ein feiges, zweideutiges Herz gekauft hat. Allein du hast dich verrechnet, du wolltest mich bewußtlos meinem Unheil ausliefern, aber es ist ein Vogel des Himmels gekommen und hat mich gewarnt. Ich wache und bin mir der Gewalt bewußt, die mir über dich zusteht. Ich will die Frist nicht wissen, vielleicht läuft sie in dieser Stunde ab, und ich könnte erstarren, wenn ich es wüßte. Ich frage dich nichts, ich gebiete dir, daß du mir einen Schatten schaffest, und müßtest du darüber dein Leben lassen und ich mit dir, ja sollten wir beide dabei mit lebendigem Herzen zu Stein werden. Mein Vater 349 ist weit, und ich bin dir nahe, auf und mir voran, ich hinter dir, und schaffe mir, bei den gewaltigen Namen! den Schatten. Hier und nicht anderswo wird der Weg angetreten, heute und nicht morgen, in dieser Stunde und nicht, bis die Sonne höher steht.« Die Amme erzitterte, sie wußte nicht, was sie erwidern sollte, alles, was ihre Schlauheit ausgesonnen hatte, was sich ihr fast zur Gewißheit der Befreiung verdichtet hatte, alles wurde verschwimmend vor ihrem Blick. Die Schlafende, schmerzlich Zuckende, die einer irdischen Frau glich, hatte sie mit verachtender Zärtlichkeit angeblickt und beinahe gehaßt. Nun stand wieder die unbedingte Herrin vor ihr, und die Lust des Dienenmüssens durchdrang die Alte von oben bis unten. Sie fing etwas unbestimmtes Beruhigendes zu reden an. »Kein Wort«, rief die Herrin, »als das Wort der Wegweisung, keine Ausflüchte, denn du weißt, keine Zögerung, denn mir brennen die Sekunden auf dem Herzen.« – »Kind, wüßte ich gleich die Wege und ahndete mir vielleicht, unter welchen Bedingungen ein Schatten sich erwerben ließe »... – »Das ist es«, rief die junge Frau, »dorthin! Du voran, ich hinter dir, in diesem Atemzug.« – »Erwerben ist auch nicht das richtige Wort«, murmelte die Amme, »abdienen vielleicht, ablisten noch eher dem rechtmäßigen Besitzer.« – »Hin dort, wo ein solcher wohnt, und wäre es ein Drache mit seiner Brut!« – »Vielleicht etwas Schlimmeres, schwant dir nichts?« – »Voran, du Umständliche, du Doppelzüngige«, schrie die Herrin zornig und zerrte die Alte vom Boden auf. »Du bist mir schlimmer als ein Drache.« – »Schlimmer als ein Drache, abscheulicher dem Auge, widerwärtiger der Seele«, sagte die Alte und sah der jungen Frau starr ins Gesicht, »ist ein Mensch.« – »Führe mich zu dem Menschen, dem sein Schatten feil ist, daß ich ihn kaufen kann, ich will seine Füße küssen.« – »Wahnwitziges Kind«, rief die Amme, »weißt du, was du sagst! Schauderts dich nicht vor ihnen bis in deine Träume hinein, so wenig du von ihnen weißt? Und nun – hausen willst du mit ihnen! Handeln mit ihnen? Rede um Rede, Atem um Atem? Ihre Blicke erspähen? Ihrer Bosheit dich schmiegen? Ihrer Niedrigkeit schmeicheln? Ihnen dienen? Denn auf das läufts hinaus. Graust's dich nicht?« – »Ich will den Schatten«, rief die Kaiserin, »hinab mit uns, daß ich ihrer einem diene um den Schatten. Wo steht das Haus, bringe mich zu ihm! Ich will!« – »Das Haus?« entgegnete die Amme, und ihr Blick wurde blöde, »wüßte ich, wo das steht, so wären wir weiter, als wir sind. Wir müssen es finden.« Die Junge hing am Munde der Alten: sie erkannte, daß das, was sie jetzt gesprochen hatte, die Wahrheit war, und sie erblaßte noch tiefer. »Du weißt nicht den Menschen noch das Haus«, flüsterte sie, »so gilt es, daß wir beide suchen und beide finden, du voran, ich hinter dir.« Ihr fester Mut loderte in ihr wie eine Flamme in einem Gefäß von Alabaster. »Ich weiß, daß ihnen alles feil ist, das ist alles, was ich weiß«, sagte die Amme. »Auf nun du und schreibe einen Brief an deinen Gebieter.« – »Was soll ich schreiben?« fragte die Kaiserin gehorsam wie ein Kind. Die kluge Alte riet ihr, wie sie den Brief abfassen sollte. Es galt ihre Abwesenheit vom blauen Palaste unauffällig zu machen, aber nichts sollte von dem gesagt sein, was sie ängstigte, noch weniger etwas von dem, was sie vorhatte. Sie hielt das Blatt aus geglätteter Schwanenhaut zierlich auf der flachen linken Hand, sie malte mit der rechten die Zeichen hin, aber die Hand wurde ihr schwer, Seufzer über Seufzer drang aus ihrem Mund. Wie harmlos immer sie die Zeichen setzte, wie schön sie sie anordnete, immer wieder schien sich die Ankündigung des Unheils durchzudrängen. Alles schien ihr zweideutig, die schönen Zeichen selber wurden ihr fürchterlich, unter Seufzern brachte sie den Brief zu Ende, eine kristallene Träne fiel auf die Schwanenhaut. Die Amme sah zu, sie verstand nicht, was da so schwer war. Sie nahm den Brief aus der Hand, rollte und faltete ihn zusammen, umhüllte ihn mit einem perlengestickten Tüchlein und schob alles in eine flache Hülse aus vergoldetem Leder. Die Kaiserin zog ihr eigenes Haarband durch die goldenen Ösen an der Hülse, sie knüpfte es in einen Knoten, den nur der Kaiser zu lösen verstand. Der Brief war geschlossen und bald einem Boten übergeben, der wohlberitten und der Wege kundig war.

351

Zweites Kapitel

Indessen er auf einem schnellen Paßgänger dahinritt, die Jagd einzuholen, glitt die Amme voran, die Kaiserin hinter ihr durch die Luft hinab und ließen sich in der volkreichsten Stadt der Südöstlichen Inseln zur Erde nieder. Sie hatten dürftige Kleider, das der Alten war aus schwarz und weißen Flicken zusammengesetzt, daß sie erschien wie eine gesprenkelte Schlange, die Junge sah noch unscheinbarer aus und ihr strahlendes Gesicht war durch Bestreichen mit einem dunklen Saft unkenntlich gemacht. Niemand achtete der beiden, sie schritten eilig am Gelände des Flusses hin, der die große Stadt durchfloß. Das gelbliche Wasser trug große Flecken von dunkler Farbe dahin, die sich aus dem Viertel der Färber, das oberhalb der Brücke lag, immer erneuten; vom andern Ufer, wo die niedrigen Häuser der Loh- und Weißgerber standen, drang der scharfe Geruch der Lohe herüber und Häute von Tieren waren an den Abhängen des Flusses mit kleinen Holzpflöcken zum Trocknen ausgespannt. Herüben wohnten die Huf- und Nagelschmiede, und die Luft war erfüllt vom Getöse fallender Hämmer, vom Widerschein offener Feuer und vom Geruch verbrannten Hufes. Die Amme ging rasch und sicher, als folge sie einer Spur, die Kaiserin lief hinter ihr drein. Sie kamen auf eine Brücke, über die viele Leute sich schoben, Lastträger, Soldaten, zweirädrige Wagen und Berittene. Die Amme drang durch die Menschen hindurch, die Kaiserin wollte dicht hinter ihr bleiben, aber es gelang ihr nicht. Das Fürchterliche in den Gesichtern der Menschen traf sie aus solcher Nähe wie noch nie. Mutig wollte sie hart an ihnen vorbei, ihre Füße vermochten es, ihr Herz nicht. Jede Hand, die sich regte, schien nach ihr zu greifen, gräßlich waren so viele Münder in solcher Nähe. Die erbarmungslosen, gierigen und dabei, wie ihr vorkam, angstvollen Blicke aus so vielen Gesichtern vereinigten sich in ihrer Brust. Sie sah die Amme vor sich, die nach ihr umblickte, sie wollte nach, sie ging fast unter in einem Knäuel von Menschen, auf einmal war sie vor den Hufen eines großen Maulesels, der wissende, sanfte Blick des Tieres traf sie, sie erholte sich an ihm. Der Reiter schlug den Esel, der zögerte, die zitternde Frau nicht zu treten, mit dem Stock über den Kopf. – Ist es an dem, daß ich mich in ein Tier verwandeln und mich den grausamen Händen der Menschen preisgeben muß? ging es durch ihre Seele und sie schauderte, dabei vergaß sie sich einen Augenblick und fand sich, vom Strome geschoben, am Ende der Brücke, sie wußte nicht wie. Sie sah die Amme bei einer Garküche stehen, einer offenen Bude, und auf sie warten. Die Leiber schöner kleiner rosiggoldener Fische lagen da, in denen die Hände eines Negers wühlten. An einem Balken hing ein enthäutetes Lamm mit dem Kopf nach abwärts und sah sie mit sanften Augen an. Ein Arm zog sie an sich, es war die Amme, die gesehen hatte, daß sie sich verfärbte und für kurz die Augen schloß, und die sie aus dem Gedränge in eine kleine Seitengasse riß. Hier gingen wenige Menschen vorbei, sie waren mit Ballen Tuches beladen, an den Häusern hingen hie und da große Streifen gefärbten Zeuges von Trockenstangen herab. Halbwüchsige Kinder schleppten Tröge und dunkelfarbiges Zeug zum Schwemmen. Die Alte war stehengeblieben vor einem niedrigen Haus unter den Häusern der Färber und horchte auf die Stimmen von Streitenden, die aus dem Innern klangen. Mehrere Männerstimmen ließen sich aufgebracht vernehmen, die Stimme einer noch jungen Frau erwiderte ihnen böse und herrisch; dann mischte sich eine andere Männerstimme ein von tiefem, gelassenem

Klang, die anscheinend zum Frieden redete. Aber die Stimme der jungen Frau erhob sich böser und herrischer als zuvor. »Die Stimme gefällt mir«, sagte die Amme und winkte der Kaiserin, sich dicht an die Mauer zu stellen. – Der Zank drinnen wurde heftiger, endlich sagte die tiefe Stimme, die am wenigsten gesprochen hatte, etwas Befehlendes sehr nachdrücklich, wenn auch mit völliger Gelassenheit. Darauf näherten sich die anderen Männerstimmen, die unzufrieden und mißtönend waren, der Haustür. Die Amme tat, als ginge sie weiter, aber so langsam, als wäre sie sehr alt und krank und vermöchte mit jedem Schritt nur ein geringes zurückzulegen. Die Kaiserin schlich neben ihr hin; aus dem Haus traten drei Männer, ein einäugiger, ein einarmiger und ein dritter viel jüngerer, der verwachsen war und aus gelähmter Hüfte hinkte.

»Wahrlich, meine Brüder«, sagte der Einäugige, der der Älteste schien, »der Büttel, der mir vor zweiundzwanzig Jahren mein Auge ausstieß, hat an mir nicht getan wie unseres Bruders Frau an unserem Bruder tut.« – »Wahrlich nein«, sagte der Einarmige, indem sie die Gasse hingingen, »und die verfluchte Ölmühle, die mir vor fünfzehn Jahren meinen Arm ausriß, hat an mir nicht getan wie sie an ihm tut.« – »Und das Kamel, das mir vor neun Jahren meinen Rücken krumm trat, nicht an mir!« setzte der Jüngste hinzu. »Wahrlich, dieses Weib, unsere Schwägerin«, sagte der Älteste wieder, »ist durch ihren Hochmut und ihre Bosheit ein pestgleiches Übel und darum bleibt sie unfruchtbar, obwohl sie jung und schön ist und obwohl unser Bruder ein Mann unter den Männern ist.« – »Das ist unser Haus«, sagte die Amme und wandte sich im Rücken der drei Männer wieder dem Färberhaus zu. Sie trat schnell ins Haus, glitt durch den Flur und in einen niedrigen Schuppen, der vor Alter dem Zusammenstürzen nahe war, und zog die Kaiserin hinter sich. »Wir müssen warten, bis der Mann aus dem Hause ist«, flüsterte sie ihr zu, und zeigte auf einen Spalt in der Nebenwand, an den sie ihr Auge legte. Sie wies der Kaiserin einen andern Spalt, und beide blickten sie in das einzige Gemach des Hauses. Die Kaiserin sah eine junge Frau, sehr ärmlich gekleidet, mit einem hübschen aber unzufriedenen Gesicht auf der Erde sitzen und festgeschlossenen Mundes ins Leere schauen, und sie sah einen großen, stämmigen Mann von etwa vierzig Jahren, welcher mit seinen dunkelblauen Händen einen ungeheueren Ballen von scharlachrotem Schabrackentuch aufschichtete und mit Stricken umwand, um ihn seinem Rücken aufzuladen, der stark war wie der eines Kameles: das war Barak, der Färber. Unter der Arbeit kehrte er der Wand sein großes Gesicht zu, worin die Stirn niedrig, die Ohren wegstehend und der Mund wie ein Spalt war. Er erschien der Kaiserin abschreckend häßlich, und die junge Frau dünkte sie böse und gemein. Man konnte wahrnehmen, daß der Färber gerne zu seiner Frau gesprochen hätte; als er das Bündel geschnürt hatte, trat er ungeschickt mit seinen gewaltigen Füßen hin und her, tat, als höbe er etwas auf, das nicht weit von ihr auf dem Boden lag, beschmutzte seine Hände in einer Pfütze abgeronnenen Farbwassers, murmelte etwas und sah seine Frau von der Seite an; aber ihr Blick ging beharrlich an ihm vorüber ins Leere, als wäre er nicht da. Endlich seufzte er, schwang mit einem Hub die schwere Last auf seinen Rücken und ging gebeugt wie ein Lasttier, aber mit festen, gleichmäßigen Schritten, zur Tür hinaus. Als sich die Frau allein fand, stand sie sogleich auf. Sie ging träge durchs Zimmer und stieß mit schleppendem Fuß einen alten Steinmörser um, der auf der Erde stand, und das Gestoßene ergoß sich auf den fleckigen Boden. Sie bückte sich halb, es aufzusammeln, aber mit einem verächtlichen Zucken ihrer Lippen ließ sie es sein. Sie ging auf ihr und des Färbers niedriges Lager zu, das in der hintersten Ecke an der Ziegelmauer aus ein paar alten Kissen und Decken zugerichtet war, und brachte es in Ordnung, indem sie, was schief war, mit dem Fuß gerade stieß. Dann ging sie wieder weg und warf aus der Mitte des Zimmers einen bösen Blick auf das Bett. Gähnend machte sie sich daran, aus einem Mauerloch einen dürftigen Vorrat gelbgrünlicher Olivenzweige hervorzusuchen; sie warf das Holz vor der Feuerstelle, die nichts war als ein rauchgeschwärztes Loch in der Mauer, zu Boden und richtete sich wie einer, der einer langen Arbeit satt ist, langsam auf. Ihre Hände strichen seitlich an ihrem Leib herab, und als sie die Schlankheit ihrer Hüften fühlte, lächelte sie unwillkürlich. »Wir sind soweit«, flüsterte die Amme, »hinein mit uns«; und sie glitten aus dem Schuppen und traten völlig in die Tür des Wohngemaches. – Die Kaiserin hatte noch nie den Fuß über die Schwelle einer menschlichen Behausung, mit Ausnahme ihres eigenen Palastes, gesetzt; eine namenlose Bangigkeit wandelte sie an, wieder mußte sie die Augen schließen und fühlte sich taumeln, ja fast wäre sie über den langen Stiel einer Schöpfkelle, die auf der Erde lag, hingeschlagen und um sich zu stützen griff sie nach einem an einer Kette hängenden Kessel, der nachgab und sie mit einer scharlachroten Flüssigkeit bespritzte. Als die Frau über die Schwelle, an der selten ein fremdes Gesicht erschien, eine alte Person, die einer schwarzweißen Elster glich,

und eine junge Stolpernde eilfertig eintreten sah, mußte sie laut auflachen
wie ein Kind und vermochte mit Lachen lange nicht aufzuhören, indessen die Amme in einem augenblicklichen Wortschwall, womit sie sich einführte, alles geschickt zu wenden und zu nützen wußte. »Es sei kein Wunder«, fing sie an, »wenn ihre Tochter gestolpert sei, wenngleich sie dafür um Verzeihung bitte, denn das Kind sei der Stadt ungewohnt und matt genug geworden vom Gassenablaufen, Fragen und Suchen – es habe mancher sie unrecht gewiesen, vielleicht aus Unkenntnis, vielleicht aus Bosheit, sie aber habe nicht nachgelassen, bis sie das richtige Haus ausgefunden habe, nun aber, da sie die auserlesene Schönheit ihrer jungen Herrin«, hier verneigte sie sich vor der Färbersfrau und berührte mit ihrer Stirn den Boden und hieß ihre Tochter das gleiche tun, »mit Augen sehe, sei in ihr auch nicht mehr der mindeste Zweifel, daß sie am richtigen Ort sei.« Inwiefern am richtigen Ort? Wer sie denn geschickt? Zu welchem Ende? Und was das alles heißen solle? fragte die Färberin, zitternd vor Staunen. Als die Alte mit abermaligen Verneigungen vorbrachte, sie wisse wohl, daß ihre junge Herrin Bedarf nach Dienerinnen habe, und sie bitte inständig – hierbei küßte sie der Frau den Saum des Kleides – die Erfahrenheit ihres noch rüstigen Alters und die Anstelligkeit ihrer Tochter einer Probe zu würdigen, wollte sich die junge Frau totlachen, besonders, weil jede der beiden Fremden von der Berührung des unreinlichen Fußbodens einen dunkelblauen Fleck mitten auf der Stirn trug. Darüber, wer es denn gewesen sei, der sie hierher beschieden und ihr den angeblichen Dienstplatz nachgewiesen habe, ließ sie sich mit vielen Worten, aber doch nicht ganz deutlich aus. Es wäre, soviel ergab sich denn endlich, ein Begegnender auf einer Brücke gewesen, nicht auf der neuen Brücke, sondern auf einer andern, ein junger Mann, fast noch ein Knabe, ein recht zierlicher; vielleicht habe dieser aber auch nur im Auftrage des andern gehandelt, eines etwas älteren, stolzen und vornehmen, wie ein Fürst dreinsehenden, der sich zuerst seitwärts gehalten, dann aber doch auch mit ihr geredet; ja, wenn sie es auch recht bedenke, wäre es wohl dieser: an diesem habe ihre junge Herrin einen wahrhaft anteilvollen Verehrer und Freund. Hier zwinkerte sie mit den rotumränderten Augen so seltsam und bedeutungsvoll, daß die Färberin einen Schritt zurücktrat, und mit dem süßen Schauder der Überraschung in sich schwor, sie habe in der Welt draußen einen solchen Freund, wenngleich sie ihn nie gesehen, nie bis zu dieser Stunde ein Zeichen seines Lebens empfangen hatte. Die Alte war gleich

wieder dicht bei ihr, und eben weil sie fühlte, daß die Frau sich nicht von ihr ab, sondern gerade jetzt im Innersten ihr zuwandte, tat sie mit Verstellung, als befürchte sie das Gegenteil, und rief Gott zum Zeugen an, daß ein seltsameres Mißverständnis kaum möglich sei, als wenn sie nun doch an den unrichtigen Ort geraten wäre! Kaum getraue sie sich nun zu fragen, ob denn die weiteren Zeichen stimmten, ob die auserlesen schöne, junge Herrin in der Tat vermählt sei, seit zwei Jahren vermählt und, seltsam genug, kinderlos bis zum heutigen Tag – ei ja, dies wäre sie – und vermählt mit einem Mann aus dem Färberstande von gesetztem Alter – er könnte leichtlich der Vater seiner Frau sein – von plumper Gestalt, mit einem klaffenden Mund und großen Ohren? Ach ja doch, so ungefähr wäre Barak ihr Mann beschaffen. Und ob drei unvermählte Schwäger im Hause wären, böse, lästige Burschen, einarmig, einäugig und bucklig, zänkische Nichtstuer und Schmarotzer am Tisch des Bruders, die der geheimnisvolle Freund hasse bis auf den Tod um der Belästigungen willen, die sie seiner schönen Freundin beständig bereiteten. Von diesem Augenblicke an war für die schöne Färberin nichts so unumstößlich, als daß sie einen verborgenen Freund von wunderbarer Zartheit des Denkens und Fühlens besitze: das schien ihr vor allem köstlich, daß er von ihrem Dasein bis ins einzelne wußte, über ihr wachte und die Betrübnisse und Kränkungen, an denen ihr junges Leben vermeintlich reich war, mit ihr teilte, wodurch sich ihr die Öde ihrer Lebenstage von innen her so plötzlich durchleuchtete, daß ein Widerschein davon auf ihrem Gesicht aufflammte. »Wohl uns«, rief jetzt die Amme, »wir sind vor die rechte Schmiede gekommen! Du bist es, die Seltene, Auserlesene unter Tausenden, von der ich weiß, was zu wissen mir das alte Herz im Leibe erwärmt. Du bist es, die über ihren eigenen Schatten springt, die abgeschworen hat ihres Mannes unablässiger, vergeblicher Umarmung und zu sich selber gesprochen: Ich bin satt worden der Mutterschaft, ehe ich davon gekostet habe. Du bist es, welche die ewige Schlankheit des unzerstörten Leibes gewählt hat und abgesagt in ihrer Weisheit einem zerrütteten Schoß und den frühwelken Brüsten.« Die Alte sprach diese Sätze mit lauter Stimme und mit einer Art von feierlichem Singsang, und die abscheuliche Fratze, die sie sich für die Menschenwelt angelegt hatte, glich wirklich dem Kopf einer aufgerichteten gesprenkelten Schlange. Die Färbersfrau sah ihr auf den zahnlosen Mund, in dem die zauberisch beredte Zunge zwischen dünnen Lippen eilig herumfuhr, und wußte nicht, wie ihr war: etwas, das diesem ähnlich

357

65

war, lag seit dem zweiten Jahre ihrer unfruchtbaren Ehe dunkel in ihr zwischen Schlafen und Wachen – sie hatte es nie ausgesprochen, auch nie zu sich selber, und doch war es vielleicht unausgesprochen im Halbschlaf über die Lippen gekrochen, wenn sie die unermüdliche Zärtlichkeit des starken Färbers mürrisch und träge erwiderte wie ein unwilliges Kind – es war ausgesprochen und niemand als Barak konnte es wissen, und wenn diesem sogar etwas davon in die Tiefe seiner Seele gedrungen war, nie ging ihm solches über die schwere Zunge, und nun sang es dieses fremde Weib ihr da in ihre Ohren, daß es klang wie eine Lobpreisung, es war durchflochten mit Prophezeiung und verknüpft mit der reizenden Botschaft von einem unbekannten Liebenden; nie hatte ein Mensch so zu ihr gesprochen, vor Verlegenheit und Wichtigkeit überlief es sie heiß und kalt, Neugier und Scham riß sie weg und hin zu der Alten, sie fühlte, wie ihr vor Aufregung das Weinen in die Kehle stieg, und verzog den Mund, um es nicht aufkommen zu lassen, und kehrte sich ab. Die Alte hinter ihrem Rücken machte der Kaiserin heimlich Zeichen mit ihren schauerlich zwinkernden wimperlosen Augen, sie zeigte auf den schwachen Schatten, den die Frau in dem halbdunklen Raum an die Erde warf, und tat, als streichelte sie ihn, spreizte die Finger nach ihm aus, als könnte sie ihn vom Boden wegreißen und ihrer Herrin zustecken. Dann kroch sie um die Färberin herum und begann mit neuen zudringlichen Dienstesbezeugungen das Feuer der Verwirrung zu schüren, das sie entzündet hatte. »O Herrin, erbarme dich unser und willfahre uns, die wir dir dienen wollen! Wie nur können wir deine Zufriedenheit erwerben, daß du uns hier prüfest und dann später in dein Freudenleben mitnimmst.« – »Du Närrische«, sagte die Frau, »hier und nirgends anders spielt sich mein Freudenleben ab. Dort die Schöpfkellen sollen rein werden, die Rührstangen abgekratzt, die Stampfmörser geputzt, der Zuber ausgeleert, der Boden aufgewaschen, der Trog angefüllt, dem kalten Kessel soll unterheizt werden und der heiße umgerührt, die Tierhaut da soll glatt geschabt werden, und der Sack voll Körner in der Handmühle gemahlen, Öl soll aus dem Schlauch und Fische in die Pfanne, das Feuer soll brennen, die Fische sollen braten und Ölfladen gar werden. Barak, mein Mann, ist hungrig, und das Einaug, der Einarm und der Buckel wollen auch essen.« – »Heran, meine Tochter«, schrie die Alte wie besessen, »heran und rühre die Hände, wir müssen uns beglaubigen vor unserer Herrin, damit sie uns aufnimmt in ihre Herrlichkeit!« – »Was soll die närrische Rede«, sagte die Frau und lachte. »Herbei ihr Pfannen und Feuer brenne!« rief die Amme gellend, ohne ihr zu antworten. Die Pfannen flogen ihr durch die Luft in die Hände, und die grünen Ölzweige fingen an zu knistern. »Wer seid ihr«, sagte mit schwankender Stimme die Färberin, »wer ist dort die Junge, ist sie wirklich deine Tochter, die Lautlose? sie sieht dir nicht ähnlich, warum hält sie sich im Dunkeln und was starrt sie so auf mich?« Das Feuer loderte auf und der Schatten der jungen Frau fiel über den Lehmboden bis an die drübere Wand. »Herzu, ihr Fischlein aus Fischers Zuber!« rief die Alte und hantierte unablässig über dem Feuer. Sieben Fischlein glitten durch die Luft und die dünnen Finger der Alten und landeten ihre rosiggoldenen Leiber nebeneinander auf dem Hackstock. »Wer seid ihr?« fragte die Frau nochmals mit verlöschendem Atem. »Gewürze aus dem Gewürzgarten meiner Herrin!« rief die Alte befehlend und steckte beide Klauen in die leere Luft, aus der sie sich mit Gewürzen füllten, deren Duft das Zimmer durchzog. »Welcher Herrin?« schrie die junge Frau, wie aus dem Traume heraus, halb toll vor Angst und Neugierde. Die Alte warf die Fischlein in die Pfanne und goß Öl über sie und rückte sie ans Feuer. »Frage deinen Spiegel!« gab sie über die Schulter zurück. »Ich habe keinen Spiegel«, rief hastig die Färberin, »ich mache mein Haar über dem Bottich.« Das Feuer lohte höher auf und der Schatten bewegte sich und wurde schöner und schöner. – Worauf läuft es hinaus? dachte die Kaiserin und zitterte vor Fremdheit und Ungeduld. – Ihr war, als gäben die Fischlein in der Pfanne alle zusammen einen klagenden Laut. Ja, sie riefen ganz deutlich in singendem Ton diese Worte:

Mutter, Mutter, laß uns nach Haus.
Die Tür ist verriegelt: wir finden nicht hinein.

»Wo bin ich«, sprach die Kaiserin, »höre ich es allein?« Der Laut traf sie an einer Stelle so tief und geheim, daß dort nie etwas sie getroffen hatte. Die Amme hantierte am Feuer wie eine Tolle, die Pfannen hüpften, das Öl sott, die Fische schnalzten, die Kuchen quollen auf. Sie schrie etwas in die Luft, in ihrer ausgereckten Hand blitzte ein kostbares Band, durchflochten mit Perlen und Edelsteinen, jenem gleich, mit dem die Kaiserin ihren Brief gesiegelt hatte, in der andern ein runder Spiegel. Sie kniete vor der Färberin nieder, die sich zu ihr auf die Erde kauerte. Die Alte führte ihr die Hand, das Haarband flocht sich ins Haar, das junge Gesicht glühte aus dem runden Spiegel wie aus purem Feuer wiedergeboren. Kläglich sangen die Fischlein:

Wir sind im Dunkel und in der Furcht
Mutter laß uns doch hinein
Oder ruf den lieben Vater
Daß er uns die Tür auftu!

Hören die es nicht? dachte die Kaiserin, ihr wurde dunkel vor den Augen, aber die Sinne vergingen ihr nicht. Deutlich sah sie die beiden andern Gestalten. Die Junge lag gekauert und sah unablässig in den Spiegel, die Alte sprang zwischen ihr und dem Herd hin und her. »Mir hat Ähnliches geträumt«, sagten die Lippen der Färberin. Das Gesicht der jungen Frau war seltsam verändert und ihre nächsten Worte waren nicht zu verstehen. Die Alte sprang auf sie zu wie ein Liebhaber, sie kniete bei ihr nieder, ihr Mund flüsterte dicht am Ohr: »Hat dir auch geträumt, daß es auf ewig sein wird?« Sie verstanden sich mit halben Worten. Die Junge sank zusammen vor Glück, ihr Auge drehte sich nach oben, daß man nur das Weiße aufleuchten sah. »Drei Nächte zuerst – wirst du stark sein?« zischte die Amme, »drei Nächte ohne deinen Mann.« Die Junge nickte dreimal, – »das ist nichts, aber was kommt dann?« flüsterte sie, »ist es arg? ist es gräßlich, was ist es, das ich tun muß?« – »O du Unschuldige«, rief die Amme, streichelte ihr die Hände, die Wangen, die Füße. »Ein Nichts ist es.« – »Wirst du zu meinem Beistand bei mir sein?« hauchte die Färberin. »Sind wir nicht deine Sklavinnen von Stund an!« rief die Alte. »Sag mir, wie es sein wird«, fragte die Junge. »Du erwartest das Große und wirst erstaunen über das Geringe«, entgegnete die Amme. »Die drei Nächte und der feste Entschluß, diese sind das Schwere.« – »Der Entschluß ist gefaßt und die drei Nächte sind mir leicht, sag mir, wie das Werk vollbracht wird!«

»Du schleichst dich zwischen Tag und Nacht aus dem Haus an ein fließendes Wasser«, sagte die Amme. »Der Fluß ist nah«, lispelte die Junge.

»Dem fließenden Wasser kehrst du den Rücken und tust die Kleider ab, behältst nichts an dir als den Pantoffel am linken Fuß.«

»Nichts als den?« sagte die Färberin und lächelte ängstlich.

»Dann nimmst du sieben solcher Fischlein, wirfst sie mit der linken Hand über die rechte Schulter ins Wasser und sagst dreimal: ›Weichet von mir, ihr Verfluchten, und wohnet bei meinem Schatten.‹ Dann bist du die Ungewünschten für immer los und gehest ein in die Herrlichkeit, wovon dieses Haarband und das Mahl, das ich hier bereitet habe, nur ein erbärmlicher Vorgeschmack ist.«

»Was soll das bedeuten, daß ich zu ihnen, die nicht gewünscht sind, sagen werde: Wohnet bei meinem Schatten?«

»Es ist ein Teil des Bundes, den du schließest, und soll heißen, daß in dieser Stunde dein trüber Schatten von dir abfallen wird und du eine Leuchtende sein wirst so von vorne als in deinem Rücken.« Die Frau sah mit einem verlorenen Blick über den Spiegel hinweg. »Ich werde es tun«, sagte sie dann. »Mutter o weh!« riefen die Fischlein mit ersterbender Stimme und waren fertig gekocht. Die Kaiserin allein hörte den Schrei und er durchdrang sie, und sie mußte für eine unbestimmte Zeit die Augen schließen. Als sie sie wieder aufschlug, sah sie beim Scheine des zusammengesunkenen Feuers, wie die Färberin sich bückte und der Alten die Hand küssen wollte. Vorne im Zimmer, nahe der Feuerstelle, war aus der Hälfte des Ehelagers für den Färber Barak eine Schlafstätte errichtet, hinten war vor das Lager der Frau ein Vorhang geschoben. Die Amme verneigte sich tief vor der Färberin und zog ihre Tochter nach sich zur Tür hinaus. »Was ist geschehen?« fragte die Kaiserin, als sie durch die Nacht hinschwebten. »Viel«, erwiderte die Amme. »Ist es vollbracht?« fragte die Kaiserin und rührte zutraulich die Amme an, vor der ihr nicht mehr graute, seit sie sie nicht mehr mit den Menschen sah. Die Alte gab ihr einen fast spöttischen Blick zurück: »Geduld!« sagte sie, »alles will seine Zeit.«

Drittes Kapitel

Der Färber Barak kam spät nach Hause. Er fand das Gemach dunkel und erfüllt von Duft wie das Haus eines Reichen. Nachdem er ein Licht entzündet hatte, sah er zu seiner unmäßigen Überraschung das eheliche Lager entzweigeteilt, und die eine Hälfte an einer völlig ungewohnten Stelle nahe am Herd, die ihn zu erwarten schien, die andere mit einem Stück Zeug verhängt. Er ging hin, und indem er das Licht mit der Hand verdeckte, schob er den Vorhang beiseite und fand seine Frau, die mit geballten Fäusten schlief wie ein Kind. Ihr Atem ging ruhig, und sie schien ihm begehrenswert, aber er hielt sich im Zaum, ging mit leisen Schritten an den Herd und fand, dem Geruch nachgehend, den Rest einer köstlichen Mahlzeit von Fischen und gewürzten, in Öl gebackenen Kuchen, derengleichen er niemals gegessen hatte. Er sparte sich einen halben Fisch und einen Teil von den Kuchen vom Munde ab und trug diese Reste mit leisen Schritten hinaus in den Schuppen, damit sein jüngster Bruder, der Verwachsene, wenn ihm nachts oder früh am Morgen noch nach Essen gelüstete, sie fände. Dann ging er zu seinem Lager und verrichtete auf dem Bette sitzend ein kurzes Gebet; nachher verharrte er noch eine Weile regungslos und sah unverwandt auf den Vorhang hinüber, der ihm den Anblick seiner Frau verwehrte. Aber es regte sich nichts, und mit einem leisen Seufzer, der aber doch wie bei ihm alles gewaltig war, streckte er seine Glieder und schlief sogleich ein. Am nächsten Morgen ging er vor Tagesgrauen hinaus an den Fluß, er nahm einen Stampfmörser mit und verrichtete diese Arbeit draußen hundert Schritte vom Haus, um mit dem Geräusch den Schlaf seiner Frau nicht abzukürzen. Als er wiederkam, sah er zwei fremde Frauen, die hereinschlichen und die Schwelle des Wohngemaches überschritten, als ob sie hier zu Hause wären. »Das sind meine Muhmen, die mir dienen werden ohne Lohn«, sagte die Frau, die zu seinem Staunen schon auf war. Als die beiden Fremden sich bückten, um den Saum ihres Kleides zu küssen, war ihre Haltung, mit der sie es geschehen ließ, von einer Anmut, daß er meinte, sie nie so schön gesehen zu haben. Aber er hatte keine Zeit, seinen Blick an ihr zu weiden. Er lud sich eine gehörige Last frisch gebeizter Tierhäute auf den Rücken, die Alte sprang herzu und war ihm behilflich. Sie lief ihm voran an die Tür, tat sie für ihn auf und verneigte sich, als er vorüberging. »Komm bald wieder nach Hause, mein Gebieter«, rief sie dann, »meine Herrin verzehrt sich vor Sehnsucht, wenn du nicht da bist!« Dann war sie mit einem Sprung bei ihrer jungen Herrin und zeigte ihr ein Gesicht, das den Hinausgegangenen lautlos verlachte. »Die Augenblicke sind rinnender Goldstaub«, zischte sie, »heran, daß ich dich schmücke und mit dir ausgehe.«

»Wir haben nichts außer dem Haus zu suchen«, sprach die Frau.

»So verstattest du, daß ich den rufe, der danach schmachtet, zu kommen.«

»Von wem redest du da?« sagte die Frau ganz kühl und sah ihr hart ins Gesicht. Die Amme war betroffen, aber sie ließ es sich nicht merken. »Von dem auf der Brücke«, gab sie ohne Verlegenheit zurück, »von diesem rede ich, von dem unglückseligsten unter den Männern! Verstatte, daß ich ihn rufe und ihn hereinhole zur Schwelle der Sehnsucht und der Erhörung!« – »Ich will das Haus rein«, sagte die Färberin und sah an der Alten vorbei, »die Kessel sollen blank werden und die Mörser gescheuert, die alten Rührstangen sollen aussehen wie neu, der Boden muß aufgewaschen sein und so fort, eines nach dem andern.« – »O meine Herrin«, rief die Alte kläglich, »bedenke: es gibt einen, dem der Gedanke an dein offenes Haar die Knie zittern macht.« – »Die Küpen hinaus zum Schwemmen«, rief die Färberin, »du Schamlose, die Tröge, Fässer rein, neues Brennholz aus dem Schuppen, fünf Klafter geschichtet, Feuer unter die Kessel, die Mühlen gedreht, daß die Funken stieben, die Betten gemacht, auf, eins, zwei! Vorwärts ihr beiden! Barak, mein Mann, soll sich freuen, daß ich zwei Dienerinnen habe.« – »Wehe uns«, rief die Alte und fiel der Frau zu Füßen. »Hinaus mit uns, meine Tochter, wir sind der Herrin verächtlich, und sie will nicht, daß wir ihr dienen zu wahrem Dienst!«

»Seid ihr mir in Dienst gestanden oder nicht?« schrie die Färberin böse und entzog der Alten ihren Fuß, daß sie taumelte. »Habt ihr mir geschworen oder nicht?« Und sie stampfte auf. Die Amme und die Kaiserin liefen, sie machten flink die Betten, sie trugen die Küpen und Zuber zum Schwemmen; dann schleppten sie das Brennholz aus dem Schuppen herbei und schichteten es auf, sie putzten die Mörser blank und kratzten die Schöpfkellen ab. Indessen hatte die Färberin sich unter ihrem Kopfkissen das köstliche Haarband und den Spiegel hervorgeholt. Sie saß an der Erde auf einem Bündel getrockneter Kräuter und schmückte sich, aber ihr Gesicht war unfreudig. »Ihr meint, ihr habt mich in der Tasche«, rief sie über die Schultern, »ja, da hättet ihr früher aufstehen müssen! Lauft nur und schwitzt.« – »Du wirst hungrig sein, o meine Herrin«, sagte demütig die Alte. »Nichts macht so hungrig als arbeiten sehen«, und reichte ihr auf einem Teller eine Menge von kleinen Pasteten von zartem gewürztem Duft, derengleichen der Färbersfrau nie vor Augen gekommen: sie besah sie mit Verwunderung, nahm dann den Teller und aß eine der kleinen Pasteten nach der anderen. Als Barak mittags nach Hause kam, hatte sie keinen Hunger und ließ die Mahlzeit unberührt, welche die Amme gekocht und die Barak wohlschmeckte. Sie sprach auch wenig und antwortete nicht auf die Fragen ihres Mannes. Dieser aß kaum einen Bissen, ohne dazwischen seine kugeligen Augen, an denen man das Weiße sah, wenn er aufmerksam oder besorgt war, nach seiner Frau zu wenden. »Betet, ihr, die ihr mit uns esset«, sagte Barak zu den Muhmen, die etwas entfernt an der Erde saßen und das verzehrten, was übrigblieb. »Betet, daß sie wieder essen könne, und daß es ihr gut anschlage. Ihr müßt wissen«, fuhr er fort, »daß ich vor einer Woche alle Frauen meiner Verwandtschaft ins Haus gebeten habe, und sie haben schöne Sprüche gesprochen, die Gevatterinnen, über dieser da, meiner Frau, und ich habe, müßt ihr wissen, siebenmal vor Nacht von dem gegessen, was sie gesegnet hatten mit dem Segen der Befruchtung. Und wenn meine Frau seltsam ist und anders als sonst, so preise ich ihre Seltsamkeit und neige mich zur Erde vor der Verwandlung: denn Glück ist über mir und Erwartung in meinem Herzen.« Der jungen Frau Gesicht sah mit einem Male blaß und böse aus. »Aber triefäugige Vetteln«, sagte sie mit schiefem Mund, »müßt ihr wissen, die Sprüche murmeln, müßt ihr wissen, haben nichts zu schaffen mit meinem Leibe, und was dieser Mann in sich gegessen hat vor Nacht, müßt ihr wissen, das hat keine Gewalt über meine Weibschaft.« Sie stand jäh von der Erde auf, ging nach hinten an ihr Bette und zog den Vorhang zu. Auch Barak war aufgestanden; sein Mund öffnete sich, als ob er noch etwas hätte sagen wollen, und sein rundes Auge haftete auf dem Vorhang, der ihm seine Frau verbarg. Schweigend machte er sich daran, eine ungeheure Last von gefärbtem Zeug aufzuhäufen und sie seinem Rücken aufzuladen. Als er beladen war, richtete er an der Tür seinen gewaltigen Rücken nochmals ein wenig auf und sagte zu den Muhmen, indem er sie freundlich ansah:

»Ich zürne der Frau nicht für ihre Reden, denn ich bin freudigen Herzens, müßt ihr wissen, und ich harre der Gesegneten, die da kommen.« – »Es kommen keine«, flüsterte in sich die Frau, »keine in dieses Haus, viel eher werden welche hinausgehen.« Sie flüsterte es fast ohne Laut und hinter dem Vorhang, so daß niemand es hören konnte; aber die Amme hörte es doch, und ihre wimperlosen Augen zuckten.

Die Frau saß auf ihrem Bette und regte sich nicht, eine volle Stunde lang. Die Amme lief nach einer längeren Zeit an den Vorhang und flüsterte ans Bette hin; es kam keine Antwort. »Wehe, mit diesen Wesen zu leben ist schlimmer, als von ihnen zu träumen«, flüsterte die Kaiserin, »sag mir, um was geht es zwischen diesem boshaften Weibe und ihrem häßlichen plumpen Mann?« – »Um deinen Schatten«, antwortete die Amme ebenso leise. Die Frau trat plötzlich hervor. »Warum kommt er denn nicht, du Lügnerische, der, von dem du immer redest?« sagte sie mit einem Male und wurde im gleichen Augenblick, als sie es gesprochen hatte, dunkelrot. »Ich weiß es, und du brauchst mir nicht zu erwidern«, fuhr sie fort, »er ist selber ein Alter und Abscheulicher, das sehe ich daraus, daß er dich als Gelegenheitsmacherin vorschickt.« Die Amme erwiderte kein Wort. »Gestehe mir«, rief die Färberin, »daß du eine bezahlte Kupplerin und Betrügerin bist, und daß alles Gaukeleien sind, womit du darauf aus bist, mir den Kopf taumelig zu machen!« Die Alte blieb stumm. »Meinen Pantoffel in dein Gesicht, du Hexe«, schrie die Junge, »da nimm dafür, daß du mich mein Elend erst recht hast fühlen machen, da nimm« – und sie schlug noch einmal zu – »dafür, daß du mich aus dem Regen in die Traufe bringen wolltest, denn wer wird er denn sein, der deinesgleichen mir ins Haus schickt, – hat er mich vielleicht auf der Straße gesehen und untersteht er sich, mich so ohne weiteres haben zu wollen? – sag mir das noch, bevor ich dich hinausjage, und dann frage ihn, wer ihm erlaubt hat, sein Auge zu mir zu heben! Erzähle ihm ein wenig, daß Barak der stärkste unter den Färbern ist und auch unter den Lastträgern nicht seinesgleichen hat.« Die Amme blieb regungslos und schwieg beharrlich; sie hatte ihren Kopf ein weniges von der Erde gehoben, aber es schien, sie getraue sich nicht, dem Blick ihrer zürnenden Herrin zu begegnen. Erst als diese von ihr ließ und mit schleppenden Schritten wegging, sah sie ihr nach und flüsterte, wie ihrer selbst vergessen, ins Leere: »Sieh hin, o mein Gebieter, hat sie nicht einen schwimmenden Gang gleich einer verdursteten Gazelle?« – »Meine Finger um deine Kehle«, schrie die Färberin, die jedes Wort verstanden hatte, und wandte sich jäh um, »mit wem redest du, du Hexe?« Die Röte war aus ihrem Gesicht geschwunden, sie war blaß und sah aus wie ein geängstigtes Kind. »Mit ihm, der draußen steht, mit ihm, der die Hände reckt gegen die Türe deines Hauses, der den Kopf sich zerschlägt gegen die Mauer deines Hauses, der sein Gewand zerrissen hat vor Verlangen und vergeblicher Sehnsucht.« – »Komm her zu mir«, sagte die Färberin mit veränderter Stimme, »komm, aber berühre mich nicht!« Sie setzte sich auf ihr Lager und ließ die Alte dicht an sich herankommen. »Du bist eine Kupplerin«, sagte sie, »wehe mir, und eine von den gewöhnlichen, und du bist an mich gekommen, weil ich arm bin, und hast aufs Geratewohl deine gewöhnlichen Künste gebraucht, verziehen seien sie dir. Jetzt aber laß ab von mir und nimm diese mit dir, denn ich will euch nicht länger im Hause behalten: das ist es, was ich bedacht habe, als ich auf meinem Bette saß und stumm war. Ich will nicht mit dir gehen, und ich will den nicht sehen, der dich ausgeschickt hat; denn ich bin seiner überdrüssig, bevor ich ihn gesehen habe.

Die Begehrlichen sind einander gleich auf dieser Welt, und ihr Begehren ekelt mir.« Sie sah um sich im ganzen Raum, als sinne sie über etwas nach. »Vieles war unrein, und ihr habt es rein gemacht«, fuhr sie fort, »aber es ist nichts besser geworden, die Geräte sind mir nicht lieber als zuvor, und das Haus ist mir trauriger als ein Gefängnis. Du bist hereingekommen zur bösen Stunde, du hast mir ins Ohr geflüstert vom Freudenleben, das auf mich wartet, das war deine schwärzeste Lüge, denn es kommt nichts für mich, als was schon gewesen ist. Ich bin wie eine angepflöckte Ziege, ich kann blöken Tag und Nacht, es achtet niemand darauf, treibt mich der Hunger, so nehme ich mit meinem Munde Nahrung in mich, und so lebe ich einen Tag um den andern, und das geht so fort, bis ich dein runzliges Kinn habe und deine rinnenden Augen, ich Unglückselige.« Die Tränen überwältigten ihre Stimme, sie sank nach vorn, die Alte unterstützte sie. Ganze Bäche stürzten ihr über die Wangen, die Alte sah es mit Entzücken. Sie ließ die Weinende leise auf das Bett gleiten, sie streichelte ihr die Wangen, sie küßte ihr die Fingerspitzen, die Knie. »Oh, wie du bist, du Köstliche, wie Räucherwerk bist du, das seinen Duft lange in sich hält in der Kühle, du Strenge gegen dich selber.« – »Warum zündest du Weihrauch an, ich will es nicht«, sagte die Frau mit schwacher Stimme und richtete sich in den Armen der Alten halb auf. »Es ist kein Ambra, es sind keine Narden«, murmelte die andere, »es ist der Duft der Sehnsucht und der Erfüllung.« – »Sprich keine Zauberworte«, rief die Junge ängstlich und zuckte in den Armen, die sie fest umschlangen und auf das Bett niederdrückten. »Ruhig, du Unnennbare, du bist es selber«, rief die Amme, »dein Hauch ist süßer als Narden, deine Blicke sättigen mit dem Feuer der Entzückung.« Die Färberin wehrte sich gegen die Umschlingung der Alten und klammerte sich doch an sie, sie sah in einem Wirbel voller Angst und Wollust nach oben in das feurige Weben hinein, aus dem ein Etwas mit durchdringender Gewalt zu ihr wollte, ihr schwindelte, und sie mußte die Augen schließen. »O mein Gebieter, widerstehst du ihren Augen, wenn sie ersterben?« flüsterten dicht an ihrem Kopf die Lippen der Amme, sie flüsterten es nach oben. »Wer soll es sein, es gibt ihn nicht«, hauchte die Frau und fühlte, wie sie willenlos der Alten im Arm hing. »Mit wem redest du?«

»Mit einem, der nahe ist und nach dir lechzt, mit einem, der mir zuruft: so verdecke ihr die Augen, und wenn du sie ihr wieder auftust, dann bin ich es, dessen Gesicht auf ihren Füßen ruht.

»Die Augen«, sagte die Frau und riß sich los, »nicht um alles!« – »Du tust es«, rief die Amme mit schmeichelnder Stimme, »du legst dich wieder auf dein Bette, du liegst schon, du lässest mich den Mantel über dich breiten, meine Tochter deckt dir die Füße zu und legt sanft ihre Hand auf deine Augen – du hast es gewährt, o meine Herrin!« – »Es kann nie geschehen«, sprach die Kaiserin in sich, »sie will es ja nicht! Es kann nie geschehen«, wiederholte sie, indessen die Augen der Frau schon gegen ihre flachen Hände schlugen. Es war schon geschehen, indem sie es aussprach. Inmitten des Raumes stand ein Lebendiger, der vordem nicht dagewesen war. Sie nahm ihn nur aus dem Winkel des Auges wahr, seine Gegenwart war stark und lauernd wie eines Tieres. Die Kaiserin konnte es nicht ertragen, dies in ihrem Rücken zu haben. Sie trat zurück und gab die Augen der Färberin frei. Diese setzte sich auf und zitterte vor Furcht und Verlegenheit. Die Amme neigte sich zur Erde vor dem Ankömmling, und er schritt langsam auf die schöne Färberin zu. Die Kaiserin trat hinter sich; sie sah, wie das eine seiner Augen größer war als das andere und einen Blick von besonderer tierhafter Heftigkeit auswarf, und sie erkannte, daß es einer von den Efrit war, welche beliebige Gestalten annehmen können, um die Menschen anzulocken und zu überlisten. Sie sah, daß er schön war, aber die unbezähmbare Gier, die seine Züge durchsetzte, ließ ihr sein Gesicht abscheulicher erscheinen als selbst eines der Menschengesichter, die ihr auf der Erde begegnet waren. Sie wußte, daß diese Efrit das Bereich der Lebenden umlauern, aber nie hatte sich einer von ihnen unterstanden, ihr so nahe zu kommen. Haß und Verachtung durchbebten sie, sie richtete sich hoch auf und blitzte vor Hochmut. Die Amme spürte ihren Zorn, sie glitt neben sie hin und faßte sie besänftigend an, sie schob sie zur Seite, der Efrit stand vor der Färberin und heftete seine Augen auf sie, vor denen sie die ihrigen niederschlug. »Da bist du«, sagte er mit einer Stimme, welche tiefer und seltsamer war, als die Kaiserin erwartet hätte, und der er einen schmeichelnden, beinahe unterwürfigen Klang gab, »du Köstliche, die auf mich wartet.« – »Wartet«, sagte die Frau, »ich auf dich?«

»Du bist ein Weib, aber der den Knoten deines Herzens lösen soll, ist dir noch nicht nahe gewesen vor dieser Stunde.« Die Frau öffnete den Mund, aber es kam kein Laut hervor. Seine Hände lagen auf ihren Knien, er glitt neben sie hin, es war etwas vom Panther und etwas von der Schlange in ihm. Der Kaiserin riß es durch die Seele. »Hilf ihr von dem Unhold«, flüsterte sie der Amme zu, »siehst du denn nicht, daß sie ihn nicht will!« – »Ins Schwarze treffen und der Scheibe nicht weh tun, das wäre freilich eine vortreffliche Kunst«, gab die Amme kalt zurück. Der Efrit ergriff mit beiden Händen die Handgelenke der Färberin und zwang sie, zu ihm aufzusehen; ihr Blick konnte sich des Eindringens 369 der seinigen nicht erwehren; sie lag ihm offen bis ins Herz hinein. »Die Augen, heiße ihn die Augen wegtun«, rief die Frau, und es schien, sie wollte flüchten, aber der Efrit blieb dicht an ihr, seine Hände lagen auf ihrem Nacken, und die Worte, die seinen Lippen schnell entflossen, klangen schmeichelnd und drohend zugleich. Die Kaiserin wollte nicht hinsehen und sah hin. Sie begriff nicht, was sie sah, und doch war es nicht völlig unbegreiflich: das beklemmende Gefühl der Wirklichkeit hielt alles zusammen. »Vorbei!« hauchte sie und drückte fest ihr Gesicht in einen Sack mit getrockneten Wurzeln. »Was ist er ihr, was ist sie ihm, wie kommen sie zueinander! Warum erwehrt sie sich seiner nur halb! Um was geht es zwischen diesen Geschöpfen?«

»Um deinen Schatten«, gab die Amme zur Antwort, und ihr Gesicht leuchtete auf. »Nein, nicht dies«, rief die Kaiserin dicht am Ohr der Alten. »Ruhig«, sagte die Alte, »ruhig, sie ist eine Verschmäherin und muß gebrannt werden im Feuer des Begehrens.«

»Verlocke sie mit Schätzen, es war von köstlichen Mahlzeiten die Rede – sie will ein Haus und Sklavinnen«, sagte die Junge, »gib ihr, was sie will, nicht dies!«

»Ein krummer Nagel«, antwortete die flinke Zunge der Alten, »ist noch keine Angel, es muß erst ein Widerhaken daran.«

Die Frau hatte ihre Hände frei bekommen und war aufgestanden. »Ich will mich verstecken«, sagte sie, »hilf mir, Alte, ich will mich vor diesem da verstecken! Was geht er mich an, der fremde Mensch! Mag er gleich schön sein!« Die Amme war schnell bei ihr: »Dir nicht fremd zu sein, du Köstliche«, sagte sie mit einem unbeschreiblichen Ausdruck, »ist alles, was er begehrt.« – »Ich will mich vor seinen Blicken verstecken«, schrie die Frau und schob die Alte so ungeschickt zur Seite, daß sie selbst dem Manne näher war als zuvor. »Frage ihn, wie er sich unterfangen kann, von mir zu verlangen, was er verlangt hat, er, den ich vor einer Stunde nicht gekannt habe! Frage ihn! Er sagt, er verlangt es als ein Pfand des Zutrauens und als ein Wahrzeichen, daß mein Gemüt nicht karg ist!« – »Wahrhaftig, da sagt er die Wahrheit«, rief die 370 Alte mit Begeisterung und tauschte einen Blick mit dem Efrit, »und daß

du ihn vor einer Stunde nicht gekannt hast, ist ein Grund mehr, dich großmütig zu bezeigen: so ist es gesetzt zwischen Herz und Herz, und wer dich anderes gelehrt hat, war schlechthin darauf aus, dich zu betrügen, du Arglose.« – »So ist es«, rief der Efrit, aber die Alte winkte ihm, still zu sein. Sie horchte angestrengt nach außen. »Ihr müßt auseinander«, rief sie, »ihr Liebenden, ich höre den Schritt des Färbers, der nach Hause kommt. Er ist fröhlichen Herzens und trägt eine irdene Schüssel in den Händen.« Der Kaiserin Herz schlug vor Freude; sie konnte es kaum erwarten, den Großen, Starken eintreten zu sehen. Warum stößt er nicht die Tür auf, warum dringt er nicht herein, dachte sie und hob den Kopf. Eine Art von Musik erklang von draußen, eine Art von mißtönendem Gesang. Die Amme stand bei ihr und warf ihr einen seltsamen Blick zu: »Auf, du, und heiße sie auseinandergehen für heute«, sagte sie, »es ist Zeit.« Der Efrit hatte die Färberin um die Mitte gefaßt, er wollte sie mit sich fortziehen, es schien, als söge er mit der Nähe der Gefahr einen doppelten frechen Mut in sich. Er war bereit, seine Beute hoch in der Luft über den Köpfen der Eindringenden hinwegzutragen, und er war schön in seiner knirschenden Ungeduld. Die Kaiserin trat ihm in den Weg. Ihr Mut war dem seinen gleich, sie legte beide Arme um die Frau, der Efrit wandte ihr sein Gesicht zu, das loderte wie ein offenes Feuer; durch seine zwei ungleichen Augen grinsten die Abgründe des nie zu Betretenden herein, ein Grausen faßte sie, nicht für sich selber, sondern in der Seele der Färberin, daß diese in den Armen eines solchen Dämons liegen und ihren Atem mit dem seinen vermischen sollte. Sie wollte die Färberin an sich ziehen, sie achtete es nicht, daß es ein menschliches Wesen war, um das sie zum ersten Male ihre Arme schlang. Die Färberin hing ihr willenlos im Arm, ihre Augen sahen nur den Efrit, sie ging ganz in ihm auf. Ein ungeheures Gefühl durchfuhr die Kaiserin vom Wirbel bis zur Sohle. Sie wußte kaum mehr, wer sie war, nicht, wie sie hierhergekommen war. Eine wissende Schwäche fiel sie an, –
ihre schöne, reine Kraft selber fing an zu versagen, ihr Denken, zum erstenmal zerrissen, suchte dahin und dorthin nach Hilfe, in ihr rief es mit Inbrunst nach dem Färber Barak, und sie fühlte, wie er Schritt für Schritt auf die Tür zukam. Nun kam er herein, er trat ins Zimmer, fröhlich und geräuschvoll, beladen und begleitet: sein Gesicht war vor Freude und Aufregung gerötet, und er trug auf beiden Händen eine mächtige Schüssel, auf der köstliche Speisen gehäuft waren: eine Henne in Reis, Eingemachtes, in jungen Weinblättern gewickelt, Kürbisse mit

Pistazien gewürzt und zehnerlei andere Arten von Zukost. Der Verwachsene, der mit Blumen bekränzt war und die Maultrommel spielte, drängte sich an ihm vorbei, der Einarmige schleppte einen mächtigen irdnen Weinkrug, der Einäugige trug auf dem Nacken eben jenes abgehäutete Lamm, dessen sanfte Augen gestern beim Kommen den Blick der Kaiserin in sich gezogen hatten, Kinder, die sich scharenweise angesammelt hatten, angelockt von der Maultrommel und dem Geruch so üppiger Speisen, lauerten in der Tür und begierige Hunde mit ihnen. Dies alles drang schon ins Gemach, der Efrit im Nu eines Blitzes war verschwunden, die aufgehängten Tücher schwankten, und ein Ziegel löste sich aus den Fugen, in die Hände klatschte begrüßend die Amme und verneigte sich in heuchlerischer Demut vor dem Hausherrn. In den Armen der Magd richtete sich die Halbohnmächtige auf und sammelte mit einem Blick, der nichts in dem Gemach, nicht die Schwäger und nicht den eigenen Mann erkannte, mit wilden Atemzügen und Stößen ihres zuckenden Herzens die fast dem Leib entflogene Seele. Aber so groß war in der arglosen Brust des Färbers die Freude über seinen unerhörten Einkauf und die Zurüstungen zu einem Mahl, wie sein armes Haus es noch nicht gesehen hatte, daß er nichts von der Verwirrung gewahr wurde, in der er seine Frau vorfand. »Was sagst du nun, du Prinzessin«, rief er ihr mit mächtiger Stimme zu, »was sagst du mir zu dieser Mahlzeit, du Wählerische, die mir das Mittagessen verschmäht, und wie findest du die Zurichtung?« Und als die Frau stumm dastand und mit weit offenen Augen auf ihn starrte wie auf einen Geist, so meinte er, es habe ihr vor Freude und Staunen die Rede verschlagen, und mußte laut über sie lachen. »Erzählt ihr ein wenig, meine Brüder«, 372 rief er, »damit sie sieht, was wir für Einkäufer sind. Wie war es mit dem Schlachter! Und wie war es mit dem Gewürzhändler?«

»Schlag ab, du Schlachter, ab vom Kalbe«, sang der Bucklige. »Und ab vom Hammel und her mit dem Hahn!« fielen das Einaug und der Einarmige ein. »Und Bratenbrater, heraus mit dem Spieß!« schrien sie alle zusammen, und der Einarmige zog einen mächtigen Bratspieß hervor, den er seitlich am Lendenschurz befestigt hatte. »Du Bratenbrater, heraus mit dem Spieß!« jauchzten die fremden Kinder und drängten sich herbei. »Und wie war es mit der Vorkost und wie mit dem Wein!« schrie Barak lauter und fröhlicher als alle. »So war es: Heran, du Bäcker, mit dem Gebackenen«, antworteten die Brüder, »und du Verdächtiger, her mit dem Wein!« – »Ja, so war es«, rief stolz der Färber und kehrte sein freudig gerötetes Gesicht allen im Kreise nacheinander zu. Er ging auf seine Frau zu, zog sie an sich und bedeckte ihren Mund und ihre Wangen mit Küssen. Die Amme sprang dicht daneben und bog sich vor Lachen. Sie legte überall Hand an, sie trat und stieß nach den Kindern, die überall dazwischenkamen, mit den Fingern in die große Schüssel fuhren, nach den brennenden Kienspänen griffen und das tote Lamm anrühren wollten; der Verwachsene spielte mit einer Hand die Maultrommel und half mit der andern das Lamm an den Spieß stecken, der Einäugige goß den Wein in irdene Scherben und fing mit vorgestrecktem Maul auf, was danebenging, und Barak saß auf der Erde vor der großen Schüssel, er hatte die Frau auf seine Knie niedergezogen und liebkoste sie, indem er abwechselnd mit den Fingern die besten Stücke hervorholte und ihr in den Mund steckte, abwechselnd sie küßte und immer wieder gewaltig an sich drückte. Er bemerkte es nicht, daß sie an den Bissen würgte und unter seinen Liebkosungen starr blieb wie eine Tote. Da sie ihm zu langsam von den köstlichen Dingen aß, stopfte er dazwischen den Kindern in den Mund, die ihn umringten, während er selbst nur hie und da ein Geringes zu sich nahm und kaum darauf achtete. »Heraus, du Bäcker, mit dem Gebackenen!« schrien die

Kinder und warfen herausfordernde Blicke auf den Einarmigen und Einäugigen. »Wenn wir einkaufen, das ist ein Einkauf!« sang der Verwachsene und griff mit seinen langen Armen über alle hinweg in die Mitte der Schüssel. »O Tag des Glücks, o Abend der Gnade!« sang Barak mit seiner dröhnenden Stimme und nahm mit seiner freien Linken das kleinste von den Kindern, dann noch eines, indem er es rückwärts am Gewande fest packte, und warf sie seiner Frau zwischen die Knie, aber behutsam, indem er vor Freude laut lachte. Die Frau zog jäh die Knie nach oben, sie streifte die Kinder von ihrem Schoß, daß sie hart ans offene Feuer hinrollten, sie stieß Barak von sich, daß er taumelte und dabei mit den Beinen die große Schüssel zerschlug. Die größeren Kinder schrien und rissen die kleinen Geschwister aus dem Feuer, der Einäugige schlug unter sie und rettete von den Speisen, was zu retten war. Die Amme ließ das Lamm und den Spieß und sprang hin zu der Frau. Diese lag auf den Knien, sie focht mit den Händen in der Luft, und aus ihrem Mund drang ein langer gellender Schrei. Schnell trugen die beiden Muhmen die Zuckende auf ihr Bett. Barak war neben ihnen und getraute sich nicht, seine schreiende Frau anzurühren, er lief ans Feuer zurück, sah mit ratlosem Blick auf die Speisen, lief wieder ans Bett und berührte angstvoll ihren Leib, der sich wild herumwarf wie ein Fisch auf dem Trockenen: er glaubte sie vergiftet. Er reichte der Alten ein Tuch und drängte die Brüder und Kinder hinaus, sie rissen das Lamm vom Spieß, und der scharfe Dunst von verbranntem Fett erfüllte den Raum. Das Schreien hatte aufgehört, aber ein Krampf zerrte alle Glieder der Färberin. Sie bleckte die Zähne gegen ihren Mann, als sie ihn gewahr wurde, und stieß zu der Alten hervor: »Schaff mich fort, du weißt die Wege, schwöre mir, daß ich nie mehr dieses Haus und dieses Gesicht sehen werde.« Die Alte streckte drei Finger, dann schlug sie den einen ein und deutete mit verstohlenem Blick auf die zwei, die noch blieben. Die Frau schloß die Augen, Barak hatte nicht gehört, was sie sagten, er sah, wie die Alte zu ihr flüsterte, wie die Junge spärlich antwortete, aber nicht mehr mit verkrampftem Mund, wie sie allmählich ruhiger wurde und sanft dalag.

Viertes Kapitel

Am Abend des dritten Tages zog sich die Jagd oben am Hange eines tiefen Tales hin, da sich immer mehr zur Schlucht verengte. Die Schlucht wurde schroff und abgrundtief, unten schoß ein schäumendes Wasser. Über einer steinernen hohen Brücke, die den Abgrund übersprang, lag ein einsames Dorf, das schon von der Jägerei besetzt war. Der Kaiser kam über die steinerne Brücke geritten, er hielt sein Pferd auf der Straße an, die hinter ihm sprangen aus dem Sattel, alle erwarteten, daß er absteigen würde; zwei von den Vornehmsten eilten hin und hielten ihm Zaum und Bügel, aber mit einer lässigen Gebärde der schönen langen Hand winkte er ihnen ab und blieb im Sattel sitzen. Der Spaßmacher hatte nur auf diesen Augenblick gewartet, um eine Posse auszuführen, durch die er die gegenwärtige Sorge des Kaisers schmeichelnd mit einer derben Dorfhetze vermischen wollte; er sprang plötzlich seitwärts heran und zog einen Alten, der sich demütig dreingab, an seinem langen gelblichweißen Bart hinter sich her bis vor des Kaisers Pferd. »Hier, du Ältester eines verfluchten Dorfes«, schrie er ihn an, »hier wirf dich nieder und bekenne, daß ihr berüchtigte Falkendiebe seid, ihr Bergdörfler, und daß ihr Falken anzulocken versteht und sie zu ködern mit einem geblendeten Vogel, und daß ihr selber erpicht auf die Falkenjagd seid und Wilddiebe vom Mutterleib, und daß jeder von euch für einen roten kaiserlichen Falken, der – Gott verhüte es! – in eure Hände fiele, seine leibliche Mutter verkaufen würde, geschweige denn sein Eheweib, die einem euresgleichen feil ist um einen auf Sperlinge abgerichteten Habicht!« Der Alte zuckte mit den Augenlidern, er nahm alles für bare Münze, der Tod schwebte ihm vor den Augen, er hob beteuernd die Hände und sah sie schon abgehauen und verstümmelt. Er wollte eine Rede anheben, aber die eherne Stimme des Possenreißers und das gewaltige Ansehen, das er sich zu geben wußte, schlugen ihn zu Boden. Er sah mit hilfeflehender Miene nach dem, der über ihm auf dem Pferde saß, aber der blieb regungslos und würdigte ihn keines Blickes. »Bei meinen Augen«, rief der Alte verzweifelt, »möge ich blind werden auf der Stelle! Wir sind armselige Hirten, wir wissen nichts von der Jagd und vermögen einen Falken nicht von einer Krähe zu unterscheiden!« In seiner Angst faßte er mit den Händen in die Luft, zu nah vor den Augen des Pferdes, daß es sich hoch aufbäumte und der Kaiser mit der Rechten hastig nach der Hülse griff, die er mit dem Brief der Kaiserin unterm Gewand am Halse trug, um sie zu schützen, dann erst faßte er in die Zügel und beruhigte das Pferd; aber der Possenreißer, der ihm begierig um ein Lächeln und Nicken am Gesicht hing, bekam keinen Blick, die Augen des Kaisers sahen gerade vor sich, wie eines Adlers, den schläfert. Es war hoch am Nachmittag und die Luft hier im innersten Bereich der sieben Mondberge so rein, daß der Kaiser in einer großen Ferne denselben Fluß, der tief unter seinen Füßen hinschoß, in einem Ursprung gewahren konnte, wo er als ein fadendünner Wasserfall hoch droben an der Felswand hing und sich von dort in einen kleinen Wald hinabstürzte. Auf dem höchsten Wipfel des Wäldchens sah man einen Falken sitzen, der einen Vogel in den Klauen hielt und ihn rupfte. Der Kaiser winkte den Obersten der Falkner herbei und zeigte ihm mit den Wimpern die Richtung; der Falkner hatte mit seinen weit auseinanderstehenden aufmerksamen Augen den Vogel längst gesehen und erkannt, daß jener, der dort in der Ferne äste, nicht der gleiche war, den sie suchten und den zu finden und wieder anzulocken seine oberste Pflicht war, und indes sein rotes Gesicht über und unter der großen Narbe, die quer über seine Nase lief, dunkler wurde, wandte er es wie beschämt zur Seite. Aber des Kaisers Miene verfinsterte sich, er neigte sich ein wenig gegen den Falkner. »Auf deinen Kopf«, sagte er leise, »daß wir in diesem Revier den roten Falken finden und ihn wiedergewinnen, wir beide, du und ich.« Der Falkner wagte nicht, seinem Herrn ins Gesicht zu sehen, er hielt seine Augen fest auf die Brust des Kaisers gerichtet;

er wurde blaßgelb, und seine auseinander stehenden Augen nahmen einen erschrockenen Ausdruck an. Er lief hin, ließ zwei Maultiere vor- führen, nahm einen Filzmantel und einen Ledermantel an sich und hängte zwei lederne Taschen an seinen Gürtel, von denen die eine Luftlöcher hatte wie ein Käfig. Der Kaiser war vom Pferd gesprungen, 376 er schwang sich auf das eine Maultier, ohne den Bügel zu berühren, der Falkner stieg auf das andere; er mußte sich am Sattelknopf anhalten, seine Glieder waren ihm wie gelähmt, mehr als den Zorn seines Herrn und die dunkle Drohung fürchtete er noch das Alleinsein mit ihm. Hilflos drehte er sich im Sattel um, er sah, wie der Stallmeister einem der Knaben winkte, die ihm untergeben waren; der Falkner, als hätte er nur darauf gewartet, warf dem Knaben die Mäntel zu. Der Knabe lauerte mit Begierde, er hatte sich absichtlich herangeschlichen, seine Augen leuchteten, flink war er auf einem dritten Maultier droben und trabte hinter den beiden her.

Stumm ritten sie am Abhang hin, der Weg hob sich schnell in die Höhe. Sie blieben hintereinander, die Maultiere setzten den Fuß über lose glänzende Blöcke und Baumwurzeln, mit dem einen Knie hingen die Reiter über dem Abgrund, mit dem andern streiften sie den Efeu, der die schwarze Felswand umklammerte, kleine Vögel äugten aus ihren Nestern auf sie herab und flogen hastig vor ihrer Brust vorbei. Der Falkner hielt seine Augen auf den Rücken des Kaisers geheftet, die Schultern und der Nacken erschienen ihm felsenstark, unnahbar, ohne Gnade. Sie waren oben, der Kaiser sprang ab, der Kleine war schnell, wie eine Katze, vom Pferd, der Kaiser achtete ihn gar nicht, aber das Kind war selig, mit dem erhabenen Herrn allein zu sein, denn der Falkner schlich sich seitwärts, immer die Augen am Himmel. Der Kaiser sah hinab: Glanz ohnegleichen lag auf den Tälern und Bergen, da und dort fielen Wasserfälle ins Tal hinab und leuchteten, aus den tiefsten Schluchten fing an bläulicher Nebel sich emporzuziehen. In der Ferne kreuzten sich Bergkämme, dunkle Wälder standen auf den Hängen, oben war alles kahl und zerrissen. Niemals glichen sich zwei dieser Klippen, aber alles ging leuchtend ineinander über wie die Zeichen in dem Brief der Kaiserin, die alle wundervoll waren, keines dem andern gleichend, und nirgends ein Anfang zu finden – das Ende verflocht sich mit dem Anfang, so als ob in unsäglicher Scheu und Schamhaftigkeit die Anrede vermieden sein sollte; und ein solcher reiner, starker Duft, wie über diesen Schluchten hin und her wogte, drang aus dem Brief für 377 den einen, dem er zu lesen bestimmt war. In der Erinnerung schloß der Kaiser unwillkürlich die Augen, der Knabe las ihm jetzt Gnade und Milde vom Gesicht, die Freude durchdrang ihn, er brach vor Lust einen Zweig ab und warf ihn gleich wieder hin. Sie traten ins Wäldchen und gingen zwischen Bäumen am Wasser hin, auf einen Weiher zu.

Der Falkner blieb dahinten, er spähte zum hundertstenmal den Himmel ab, der noch hell war und schon vom ersten Mondlicht durchströmt. Er sah gegenüber, zwischen den zwei Zinken des höchsten Mondberges, die Sonne hinabsinken, ihr letzter, ganz schwarzer Strahl durchfuhr den Himmel und den Abgrund, hernach wanden sich einzelne Wolken, wie Schlangen, aus den Klüften hervor. Er seufzte auf: seine Hoffnung war gering, er vertröstete sich auf den Morgen, aber er wollte nichts unversucht lassen. Er öffnete die eine lederne Tasche, die er am Gürtel trug, und zog einen kleinen rostfarbenen Vogel heraus, der sich heftig sträubte. Der Falkner, mit gerunzelter Stirn, befestigte mit einem Lederriemchen den Vogel an einem Dornstrauch. »Vorwärts du«, sagte er, »deine Angst sieht schärfer als das schärfste Auge, melde mir du den, auf den ich warte, und melde ihn bald oder es soll dein Tod sein. Denn so wie er da hinten über mir ist, so bin ich über dir.« Es verging kurze Zeit und der Vogel riß an seiner Fessel wie ein Verzweifelter und stieß einen durchdringenden Angstlaut aus. Der Falkner konnte sich kaum fassen vor Unruhe und Erwartung. Er warf sich hinterm Dorngesträuch an die Erde und ahmte den Ruf der Ringeltaube nach, dreimal und öfter. Aus dem Wäldchen bei dem Wasser strichen die männlichen Tauben daher und suchten die Ruferin. Nicht lange und zuoberst am Himmel erschien nun ein Vogel, der größer und größer wurde. »Du bist es«, rief der Falkner voll Entzücken, »du erinnerst dich deines Wärters, du kommst zurück zu der Hand, die dir zuerst Speise gereicht hat.« Er riß eine kleine Trommel vom Gurt und schlug mit den Fingerknöcheln auf ihr einen besonderen Wirbel. »Erkennst du den Klang«, rief er, »wir sind es, die Deinigen, die dich um Verzeihung bitten! Wir

haben uns vergangen gegen deine edlen Sitten, wir wissen nicht wie, aber du bist großmütig und hast uns vergeben!« Der angebundene Vogel bohrte sich vor Angst tief ins Dorngestrüpp, die Tauben stoben auseinander, von oben fuhr der Falke senkrecht nieder, über dem Falkner hielt er sich in der Luft mit ausgebreiteten Schwingen, dann schoß er schräg, ohne die Schwingen zu regen, auf das Wäldchen zu. Dem Falkner stand das Herz still, ihm war, als hätte der Falke mit rötlich glitzernden, ganz offenen Augen ihn zornig und gebietend angesehen, doch er war es, unverkennbar war jeder Zug an dem herrlichen Vogel.

In großen Sätzen sprang er ihm nach ins Wäldchen, die angepflöckten Maultiere schraken auf, für ihn ging es jetzt um alles, er erstaunte und bangte, als er den Kaiser nicht fand. Lautlos stürzte der Wasserfall von der Felswand herab, im Weiher spiegelte sich ein Stück des Himmels mit dem Falken, der jetzt über den Wipfeln ruhig kreiste. Von Zeit zu Zeit stieß er seinen scharfen Ruf aus, wie ungeduldig, daß er seinen Herrn nicht sah, von dem Diener sich nicht wollte greifen lassen. Der Knabe hockte dem Wasserfall gegenüber still wie eine Eule; aus ihm war nichts herauszubringen als: der Kaiser sei dort hineingegangen. Er deutete auf eine Höhle drüben an der Felswand, kaum über mannshoch; die verfallene Schwelle war übersprüht von der Nässe des wehenden Schleiers, ein paar Stufen führten vom Wasser herauf, sie schienen von Menschenhand geglättet, aber uralt. Der Kaiser habe für sich geredet, mit der Hand das Wasser berührt, sein Obergewand abgelegt; dem Kind war ängstlich und schläfrig, ihm war, bei dem Mond, der von oben hereinsah, wie eine Ampel, als hätte man ihn auf der Schwelle vor dem kaiserlichen Schlafgemach vergessen, absichtlich schloß er die Augen, bei dem stetigen Rauschen nickte er ein. Auf einmal sei der Kaiser vor ihm gestanden, habe ihn aufgerüttelt und gefragt, ob er singen höre. Er habe es ganz in der Nähe vernommen, dann weiter weg. Der Kaiser habe ihm plötzlich den Rücken gewandt, sei schnell auf die Höhle zuge-gangen. Der Knabe traute sich zuerst nicht, ihm unbefohlen nachzuge-hen, aber dann sei er nachgeschlichen und habe den Kaiser nicht mehr gesehen. Die Höhle müsse ein altes Gewölbe sein: sie habe behauene Wände und wohl auch einen anderen Ausgang. Aber er warte nun schon lange, bis der Kaiser wiederkäme. Der Falkner hörte kaum zu, er konnte die Zeit nicht nachmessen, die ihm vergangen war in der zittern-den Erwartung des Falken, der ihn nun wieder narrte mit beständigem Zuruf. Jetzt bäumte der schöne Vogel auf und äugte von dem obersten kahlen Stumpf einer blitzgetroffenen Eiche, die unten üppig fortgrünte, herunter. Der Falkner stand wie angewurzelt, endlich riß er sich los, schlich geduckt hinüber; er sah seine Hand rot vor sich, wie abgehauen, wenn er den Baum erkletterte und vergebens nach dem Falken griffe, im gleichen Augenblick der Kaiser aus dem Berg hervorträte, der böse Vogel sich höhnisch für immer nach oben schwänge. Der Knabe lief lautlos neben ihm. Der Falke hob die Schwingen, flog freundlich auf sie zu, dann warf er sich mit einem einzigen Flügelschlag hoch nach oben und seitwärts, fuhr dann sausend herab und mit einem Schrei wie Lust und Hohn durch den aufsprühenden Wassersturz in die Bergwand hinein. Mit unbegreiflichen Kräften begabt, mußte er dort einen Eingang wissen, den das stürzende Wasser verhüllte. Der Falkner, vor ohnmächtigem Zorn, verbiß die Zähne ineinander, er rollte die Augen um sich, in des Knaben Miene trat ihm ein verschmitzter Ausdruck entgegen, vielleicht vor lauter Verlegenheit über das Unerwartete. Der Falkner schlug ihn voll Zorn ins Gesicht. Der Knabe sprang ins Gebüsch und duckte sich, aber er freute sich im Innersten über die unverdienten Schläge, ein huldvolles, wunderbares Lächeln schwebte vor ihm, er wartete lautlos zwischen den Sträuchern, bis sein Herr wieder heraustreten würde.

Der Kaiser stieg die steilen glatten Stufen schnell hinab, er achtete nicht auf die Falltür in seinem Rücken; die singenden Stimmen, das Unerklärliche, die Umstände des Ortes bannten alle seine Sinne. Gerade hier drang alles tief in ihn, er war im Bereich seines ersten Abenteuers mit der geliebten Frau. Jene unvergeßliche erste Liebesstunde war ihm nahe, sein Blut war bewegt, daß er die seltsame Grabeskühle kaum fühlte, die aus den Wänden des Berges und von unten auf ihn eindrang.
Für ein neues Abenteuer wäre kein Platz in ihm gewesen– oder doch? wer hätte es sagen können. – Er dachte nichts Bestimmtes, aber alles, was ihm ahnte, verknüpfte sich innig mit seiner Geliebten. Er konnte die Worte des Gesanges nicht verstehen. Von Stufe zu Stufe schien es ihm, jetzt würden sie ihm gleich verständlich sein. Eine gewisse Reihe kam öfter wieder. Er sprang die letzten Stufen schnell hinab und fand sich in einer Art Vorhalle, dämmerig erleuchtet; das Licht kam unter einer Tür hervor, die ihm entgegenstand, aus Holz mit ehernen verzierten Bändern. Er fand kein Schloß und keinen Griff, aber als er sich der Tür näherte, bewegten sich die Türflügel in den Angeln. Deutlich hörte er in diesem Augenblick die letzten von den Worten, die schon öfters wiedergekehrt waren. Sie hießen:

Was fruchtet dies, wir werden nicht geboren!

Er hatte keine Zeit, über den Sinn dieser Worte nachzudenken. Er war über die Schwelle getreten und die Türflügel schnappten hinter ihm leise wieder zu. Er stand in einem geräumigen Saal, dessen Wände, wie ihm schien, aus nichts anderem als dem geglätteten Gestein des Berges bestanden. In der Mitte des Raumes war ein Tisch gedeckt, für je einen

Gast an jedem Ende. Zu jeder Seite des Tisches brannten mit sanftem feierlichem Licht sechs hohe Lampen. Nirgend war an den Wänden ein Gerät; trotzdem atmete das Ganze eine seltsam altertümliche Pracht, die dem Kaiser die Brust beengte. Ein Knabe ging zwischen dem Tisch und dem dunklen, der Tür entgegen gelegenen Teil des Saales ab und zu. Es mußte dieser sein, der gesungen hatte. Er brachte Schüsseln, die aus purem Gold schienen, und langhalsige, mit Edelsteinen besetzte Krüge und ordnete sie auf die Tafel. Manche Schüssel mit ihrem Deckel war so schwer, daß er sie nicht auf den Händen, sondern auf dem Kopf trug, aber er ging unter der Last wie ein junges Reh. Der Knabe kam aus dem Dunkel gegen das Licht, er sah den Kaiser in der Tür stehen und schien nicht überrascht. Er drückte die Hände über der Brust zusammen und verneigte sich. Von rückwärts rief eine Stimme: »Es ist an dem!« Doch war dieser Teil des Saales im Halbdunkel und erst später gewahrte der Kaiser, daß sich dort eine Tür befand, völlig gleich der in seinem Rücken, durch die er eingetreten war, und ihr genau entgegenstehend. Der laute Ruf verhallte nach allen Seiten und offenbarte die Größe des Gemachs. Der Knabe neigte sich vor dem Kaiser bis gegen die Erde und sprach kein Wort. Aber er wies mit einer ehrfurchtsvollen Gebärde auf den einen Sitz am oberen Ende der Tafel. Obwohl alle zwölf Lampen, welche die beiden langen Seiten des Tisches begleiteten, anscheinend mit gleicher Stärke brannten, mußte doch das Licht, das denen am oberen Teil entströmte, von der stärkeren Beschaffenheit sein und umgab diesen Platz und die Prunkgeräte, die dort angerichtet waren, mit strahlender Helle, die Mitte des Tisches war noch sanft und rein erleuchtet und das untere Ende lag in einer bräunlichen Dämmerung. Der Knabe sah mit Aufmerksamkeit auf den Kaiser hin, aber sein Mund blieb fest zu. Es dauerte einen Augenblick, bis sich der Kaiser besann, daß es in jedem Fall an ihm wäre, die ersten Worte zu sprechen. »Was ist das?« fragte er, »du richtest hier eine solche Mahlzeit an für einen, der zufällig des Weges kommt?« Die festverschlossenen Lippen des schönen Knaben lösten sich; er schien verlegen und trat hinter sich und sah sich um. Aber der Kaiser achtete schon nicht mehr auf ihn; denn drei Gestalten, die er nicht genug ansehen konnte, waren irgendwo seitwärts aus der Mauer herausgetreten. Die mittlere war ein schönes junges Mädchen, sie glitt mehr als sie ging auf den Kaiser zu, zwei Knaben liefen neben ihr und konnten ihr kaum nachkommen, sie glichen dem Tafeldecker an Schönheit, aber sie waren kleiner und kindhafter als dieser. Das Mädchen hielt einen gerollten Teppich in Händen, den sie vor den Kaiser hinlegte; dabei neigte sie sich fast an den Boden. »Vergib, o großer Kaiser«, sagte sie – nun erst, da sie sich aufrichtete, sah er, daß sie trotz ihrer noch kindlichen Zartheit nicht um vieles kleiner war als er selbst –, »vergib«, sagte sie, »daß ich dein Kommen überhören konnte, vertieft in die Arbeit an diesem Teppich. Sollte er aber würdig werden, bei der Mahlzeit, mit der wir dich vorliebzunehmen bitten, unter dir zu liegen, so durfte der Faden des Endes nicht abgerissen, sondern er mußte zurückgeschlungen werden in den Faden des Anfanges.« Sie brachte alles mit niedergeschlagenen Augen vor; der

schöne Ton ihrer Stimme drückte sich dem Kaiser so tief ein, daß er den Sinn der Worte fast überhörte. Der Teppich lag vor seinen Füßen; er sah nur einen Teil und nur die Rückseite, aber er hatte nie ein Gewebe wie dieses vor Augen gehabt, in dem die Sicheln des Mondes, die Gestirne, die Ranken und Blumen, die Menschen und Tiere ineinander übergingen. Er konnte kaum den Blick davon lösen. Er besann sich mit Mühe auf die Pflicht der Höflichkeit, und es verging eine kleine Weile, bevor er einige Worte an die jungen Unbekannten gerichtet hatte.

»Ihr seid vermutlich auf einer Reise«, sagte er mit großer Herablassung, und indem er von seiner Stimme alles Gebieterische abstreifte. »Eure Zelte und die eures Gefolges, denke ich, sind in der Nähe aufgeschlagen, und ihr habt der Kühle wegen dieses alte Gewölbe aufgesucht? Ich möchte nicht hören, daß ihr in diesem Berge wohnet!« Die Kinder hingen mit der größten Aufmerksamkeit an seinem Munde. Bei den letzten Worten, die unwillkürlich mit mehr Strenge über seine Lippen kamen, zuckte ein Lachen über ihre Gesichter. Man sah, wie die drei Knaben sich bemühen mußten, nicht laut herauszulachen. Das Mädchen aber war gleich wieder gefaßt, ihre Züge nahmen wieder den Ausdruck der größten Aufmerksamkeit, fast der Strenge an. »Oder ist eures Vaters Haus nahe?« fragte der Kaiser abermals; nichts an ihm verriet, daß er ihr unziemliches Betragen bemerkt hätte. Die drei Knaben mußten noch mehr mit dem Lachen kämpfen, und der Tafeldecker bückte sich eilig und machte sich an dem Tisch zu tun, um sein Gesicht zu verbergen. »Wer ist denn euer Vater, ihr Schönen?« fragte der Kaiser zum drittenmal mit unveränderter Gelassenheit; nur wer ihn gut kannte, hätte an einem geringen Zittern seiner Stimme seine Ungeduld erraten. Das schöne Mädchen bezwang sich zuerst. »Vergib uns, erhabener Gebieter«, sagte sie, »und zürne nicht über meine jungen Brüder, sie sind ohne alle Erfahrung in der Kunst des höflichen Gespräches. Dennoch müssen wir dich bitten, mit der geringen Unterhaltung, die wir dir bieten können, für eine Weile vorliebzunehmen, denn es scheint, unser ältester Bruder hat noch nicht alle Speisen und Zutaten beisammen, die er für würdig findet, dir vorgesetzt zu werden.« Ihre Gebärde lud ihn ein, sich 383 dem Tisch zu nähern, und er fühlte, daß er fast matt vor Hunger war, aber die Haltung der Kinder und die unbegreifliche Anmut aller ihrer Stellungen, selbst der ungezogenen, entzückte ihn so, daß er keinen Gedanken an etwas anderes wenden konnte. Das Mädchen war am oberen Ende des Tisches niedergekniet, sie breitete den Teppich aus und lud ihn ein, sich darauf niederzulassen. Das Gewebe war unter seinen Füßen, Blumen gingen in Tiere über, aus den schönen Ranken wanden sich Jäger und Liebende los, Falken schwebten darüber hin wie fliegende Blumen, alles hielt einander umschlungen, eines war ins andere verrankt, das Ganze war maßlos herrlich, eine Kühle stieg aber davon auf, die ihm bis an die Hüften ging. »Wie hast du es zustande gebracht, dies zu entwerfen in solcher Vollkommenheit?« Er wandte sich dem Mädchen zu, das in Bescheidenheit einige Schritte weggetreten war. Das Mädchen schlug sofort die Augen nieder, aber sie antwortete ohne Zögern. »Ich scheide das Schöne vom Stoff, wenn ich webe; das was den Sinnen ein Köder ist und sie zur Torheit und zum Verderben kirrt, lasse ich weg.« Der Kaiser sah sie an. »Wie verfährst du?« fragte er und fühlte, daß er Mühe hatte, gesammelt zu bleiben. Denn jeder einzelne Gegenstand, den sein Auge berührte, drang mit wunderbarer Deutlichkeit in ihn: er sah vieles im Saal und glaubte von Atemzug zu Atemzug mehr zu sehen. »Wie verfährst du?« fragte er nochmals. Die junge Dame folgte seinem Blick mit Entzücken. Es verging eine Weile, bis sie antwortete. »Beim Weben verfahre ich«, sagte sie, »wie dein gesegnetes Auge beim Schauen. Ich sehe nicht, was ist, und nicht, was nicht ist, sondern was immer ist, und danach webe ich.« Aber er hörte sie nicht, so verloren war sein Blick im Anschauen der herrlichen Wände, in denen das Licht der Lampen sich spiegelte. An der Spannung, mit der die Gesichter der Knaben sich ihm zuwandten, erkannte er, daß die Antwort an ihm war. Er war ganz gebunden von der Schönheit dieser Gesichter, auf denen ein Schmelz lag, wie er ihn nie auf den Gesichtern von Kindern meinte gekannt zu haben, und in den Augen, die sich gespannt auf ihn richteten, sah er, was er nie in irgendwelchen Augen wahrgenommen 384 hatte. »Sind euer noch mehr Geschwister?« fragte er ohne Übergang den einen, der ihm zunächst war. Er wußte nicht, wie ihm gerade diese Frage in den Mund kam. Sein Auge hing wie gebannt an ihren Gestalten. Die Lust des Besitzenwollens durchdrang ihn von oben bis unten, er mußte sich beherrschen, sie nicht anzurühren. »Das hängt von dir ab«, gab ihm nicht der Gefragte, sondern der andere der beiden zur Antwort. Nun wandte sich der Kaiser an diesen und fühlte selbst, wie er sich bemühte, der Frage einen spaßhaften Ton zu geben. »Ist das Haus nahe oder ferne? Nun vorwärts, seid ihr im Guten oder Bösen weggelaufen, wie?« Der Knabe blieb die Antwort schuldig, er sah über den Tisch den Tafeldecker an, sie hatten aufs neue Mühe, ihr Lachen zu unterdrücken. Der Kaiser richtete sich in den perlenbestickten Kissen, in denen er lehnte, etwas auf. Es kostete ihn eine sonderbare Mühe, seine Stellung zu ändern; ein Gefühl der Kälte, das von seinen Füßen und Händen ausging, drang ihm bis ans Herz. Er sah die Kinder scharf an. »Habt ihr vorausgewußt, daß wir einander begegnen werden?« fragte er wieder, aber ohne sich an einen Bestimmten aus der Gesellschaft zu wenden. »Ist das das Ende einer Reise oder der Anfang? Liegt mehr vor euch oder mehr hinter euch?« Der Ton seiner Stimme klang strenger in dem hohen Gemach, als er gewollt hätte, und seine Fragen folgten schnell nacheinander. »Du liegst vor uns, und du liegst hinter uns!« rief der Tafeldecker ganz laut, wobei er mit zur Erde gestreckten Händen, in denen er den goldenen Schöpflöffel hielt, eine tiefe Verbeugung vor dem Kaiser machte. Der eine von den Kleinen lief zu dem Kaiser hin, stellte sich dicht an ihn, und indem er ihm mit gespieltem Ernst fest in die Augen schaute, sagte er langsam und nachdrücklich: »Deine Fragen sind ungereimt, o großer Kaiser, wie eines kleinen Kindes. Denn sage uns dieses: wenn du zu Tische gehst, geschieht es, um in der Sättigung zu verharren oder dich wieder von ihr zu lösen? Und wenn du auf Reisen gehst, ist es, um fortzubleiben oder um zurückzukehren?« – »Was sind das für Reden«, rief das Mädchen, und ihre Augen vergrößerten sich. »Hierher und hinter mich!« Der Kleine sprang zurück an ihre Seite und küßte mit Reue und Ehrfurcht immer wieder ihre herabhängenden Ärmel und der andere auch, obwohl sie sich über ihn nicht erzürnt hatte. Sie gab ihnen keinen Blick und hob ängstlich flehend die Hände gegen den Kaiser. »O wie können wir deine Zufriedenheit erwerben, die wir so unvollkommen sind!« rief sie voll Angst. Der Kaiser sah nur ihre Hand, die unvergleichlich schön war und von alabasterhaft durchscheinendem Glanz. »Ihr seid's, die ich besitzen und behalten muß«, rief er aus, »es sei auf welchem Wege immer!« Ihre Hand zuckte zurück, ihr Auge traf ihn mit unsäglicher Scheu und Ehrfurcht, er bereute seine überheblichen Worte, noch mehr die unverhüllte Heftigkeit seines Tons, und setzte schnell mit sanftem dringendem Tonfall hinzu: »Auf welchem Wege werde ich mit euch für immer vereinigt? Denn das will ich, und müßte ich Blut meines Herzens dafür hergeben!« Das Mädchen erschrak abermals sichtlich. Es schien, als wäre ihr diese Frage zu gewaltig für Worte und als vermöchte sie darauf nur mit den Augen zu antworten. »Ich bin gewohnt, zu erreichen, was ich begehre!« rief der Kaiser. Ihre ganze Seele lehnte sich aus ihrem Auge, und sie traf den Kaiser mit einem langen Blick, in dem sich Ehrfurcht, Zärtlichkeit und namenloses Bangen mischten und der so stark war, daß der Kaiser sein Auge niederschlug, um sich in sich zu sammeln zu einer entscheidenden Frage; ihm war, als schwebte sie schon auf seinen Lippen, aber er vergaß sie: denn als er die Augenlider wieder aufschlug, sah er den ganzen Tisch mit Blumen bedeckt, die im Licht der Lampe aufleuchteten wie ausgeschüttete Edelsteine, er sah noch, wie die Hand des Mädchens die letzten an der Seite zu den übrigen hingleiten ließ, wie sie ihr aus den Händen flossen und sich von selber ordneten und schließlich alle geordnet dalagen gleich einer herrlichen kunstvollen Stickerei. Er sah ihr Gesicht leuchten, und wie sie mit den Augen liebevoll einem zuwinkte, der vordem nicht dagewesen war und der an Größe und Schlankheit der Gestalt ihr selber glich, und er gewahrte jetzt am entgegengesetzten Ende des Saales eine Tür, gerade wie die, durch welche er selbst vor nicht langer Zeit eingetreten war, deren Flügel jetzt offenstanden und durch welche paarweise halbgroße Kinder eintraten, die verdeckte Schüsseln in Händen trugen. »Wer ist dieser?« fragte der Kaiser das Mädchen, indem er mit seinen Augen auf den wies, der vordem nicht dagewesen war. »Ist er der Küchenmeister?« – »Es ist an dem!« rief dieser, als wollte er sich als solchen zu erkennen geben, denen mit den Schüsseln zu, und sie näherten sich paarweise, lautlos und sehr schnell, und trugen laufend auf, indem immer der eine auf das obere Ende des Tisches und den Platz des Kaisers zulief und der andere auf das entgegengesetzte Ende.

»Was soll dieses Wort, das ich zum zweiten Male höre?« rief der Kaiser aus. »Und warum vollzieht sich dies so schnell, daß ich kaum zu mir selber komme? Sage diesem, er solle sich die nötige Zeit lassen.« – »Die Zeit?« sagte das Mädchen und sah ihn mit verlegenem Ausdruck an. »Wir kennen sie nicht, aber es ist unser ganzes Begehren, sie kennenzulernen und ihr untertan zu werden.« Die Verlegenheit stand ihr noch reizender. Der Kaiser weidete seinen Blick an ihr; aber es war nichts von Begehrlichkeit in seinem Entzücken.

Der Küchenmeister schlug in die Hände; die Auftragenden sprangen zur Seite und bildeten zwei Reihen. Wie ein blitzendes Licht kam zwischen ihnen ein Reiter herein und sogleich noch einer, der eine auf einem stahlgrauen Pferd, der andere auf einem feuerfarbenen. Sie trugen jeder eine verdeckte goldene, mit Edelsteinen gezierte Schüssel vor sich auf dem Sattelknopf. Sie parierten die Pferde einer nach dem andern; zu jedem sprang einer von den Vorschneidern und nahm mit höchstem Ernst die Schüssel in Empfang und präsentierte sie kniend von dort her dem Kaiser. Die Reiter rissen ihre Säbel hervor und begrüßten den Kaiser, indem sie gegen ihn anritten und sich blitzschnell aus dem Sattel senkten und zur Rechten und zur Linken des Tisches mit den Spitzen ihrer Säbel klingend den Boden berührten. Des Kaisers Seele trat in sein Auge; mehr als alles entzückte ihn die geschwisterliche Ähnlichkeit zwischen diesen Jünglingen und den kindischen Knaben, mit denen er vorher Gesellschaft gepflogen hatte. Er wünschte über alles nun mit diesen Neuen zu sprechen, er gab ihnen Blicke der äußersten Huld und Vertraulichkeit, er winkte sie zu sich heran. Aber alles war vergeblich. Als verstünden sie nicht, daß er ihre Gesellschaft begehrte, ließen sie, indem sie mit einer zauberischen Anmut in die Zügel griffen, ihre Pferde auf dem glatten Steinboden zurücktreten und weiter zurück, bis sie mit den Hinterhufen fast die Mauer berührten. Dann brachten sie sie mit einem leisen Anzug der Zügel dazu, sich hoch aufzubäumen, die Vorderhufe griffen in die Luft, sie glichen Vögeln in der Beweglichkeit ihrer Hälse und spielten mit ihrer eigenen Last wie schuppige Fische im Mondlicht, der eine zur Linken, der andre zur Rechten des Saales. Die Mienen der Knaben waren angespannt, doch schwebte ein silbernes Lächeln auf ihnen, das sie beständig dem Kaiser zusandten, es war klar, daß ihr Auftrag beendet war und daß sie wieder aus dem Saale verschwinden würden, aber daß sie aus Ehrfurcht ihrem Gast nicht den Rücken wenden wollten. Sie glitten in die Wand hinein, ohne daß man sehen konnte, wie die Wand sich auftat, ihr Lächeln war das letzte, das noch aufleuchtete wie ein spiegelnder Schein.

»Wohin sind sie?« rief der Kaiser aus, und ein scharfer Schmerz durchfuhr ihn. Er konnte nicht fassen, daß ein Anblick so schnell dahin war, den er so schnell liebgewonnen hatte.

Die Augen des Mädchens ruhten immer mit dem gleichen Entzücken auf ihm; sie schien den Ausdruck des Staunens von seinem Gesicht wegzutrinken, und sie rief: »Gleicht dies, o großer Kaiser, nicht meinem Teppich und den Rundungen und Verschlingungen, die deinem gepriesenen Auge wohlgefällig waren, und bist du zufrieden mit diesem Schauspiel, das mein zweiter und mein dritter Bruder dir bieten?«

»Wahrhaftig, es ist das gleiche«, erwiderte ohne Atem der Kaiser. »Aber warum diese Hast?« rief er und mußte ohne seinen Willen laut aufseufzen. »Was sollen mir unmündige Kinder zur Gesellschaft! Diese beiden hätten müssen zu meiner Linken und Rechten sitzen, und ich will sie wiedersehen, denn jeder von ihnen hat ein Stück meines Leibes mit sich genommen!« Niemand antwortete ihm. Die jungen Wesen liefen und bedienten ihn, der Tafeldecker legte vor. Andere kamen herein, sie gaben dem Vorschneider ihre Schüsseln ab, sie kreuzten einander, aber nie stieß einer an den andern. Der Küchenmeister lenkte alle mit seinem scharfen dunklen Blick. Es waren noch andere da, Unsichtbare, wie Schatten, die ihnen aus dem Dunkel die Schüsseln reichten; man hätte nicht sagen können, wer alles im Zimmer war und wer nicht. Sie knieten wechselnd mit den Schüsseln zu seiner Linken und Rechten, jetzt kam ein kleines Mädchen an die Reihe. Das Kind trug eine schwere goldene Schüssel und konnte sie kaum erhalten; mit angespanntem Ernst zwang sie sich, nicht zu zittern.

»Wie kannst du das tun, du Kleine, Zarte?« sagte der Kaiser.

»Dienst ist ein Weg zur Herrschaft, es gibt keinen anderen, o großer Kaiser«, sagte das Kind, und über die Schüssel hin traf ihn unter den reingezogenen Augenbogen ein Blick, der weit über ihre Jahre war. Ihn verlangte, ihr zu antworten; aber schon mußte er darauf achten, daß zu seiner anderen Seite einer der Knaben hinkniete, die zu Anfang mit dem großen Mädchen dagewesen waren, und ihm aus einer mit Edelsteinen vollbesetzten tiefen Schale eingemachte Gewürze anbot. Er konnte nicht widerstehen, diesen schönen Geschöpfen ein Gefühl zu bezeigen, das alle seine Adern durchdrang; er wollte sie bei sich festhalten, geriete darüber auch die Ordnung der Tafel und alles in Verwirrung. Er griff mit der Linken und der Rechten in die Schüssel, die eine von Gewürzen und Früchten duftende süße Speise enthielt. »Stellt eure

Schüsseln zur Erde«, gebot er, »und haltet eure Gesichter zu mir«, und er wollte den Mund der Kinder mit der köstlichen Speise anfüllen, aber sie bogen sich nach rückwärts und lehnten mit flehender Gebärde ab. Er griff nach ihnen, aber er griff ins Leere, nur ein Anhauch eisiger Luft, wie wenn eine Tür ins Freie sich aufgetan hätte, traf seine ausgestreckte Hand und sein Gesicht. Die Kinder waren schon weit weg, sie sahen mit strenger Miene auf ihn herüber, jetzt schienen ihm ihre Gesichter, seitlich gesehen, weit älter, die Augenbogen des Mädchens schärfer, fremder, so, als wäre für sie jeder Atemzug ein Jahr. Sie glitten in die Schar der Auftragenden hinein, und wie sie sich mit diesen mischten, waren sie auch wieder solche Kinder wie die anderen. Der

Kaiser war betroffen wie noch nie. »Wer bin ich«, sagte er zu sich selber, »und wo bin ich hingeraten?« Seine Kehle trocknete ihm aus, unwillkürlich griff er nach dem schweren goldenen Trinkgefäß, das vor ihm stand, seine Lippen fühlten ein kühles, leise duftendes Getränk, von dem er vordem nie gekostet hatte, er trank gierig, aber er beherrschte sich schnell, und indem er das Gefäß erhob, rief er: »Ich trinke euch zu! Ihr versteht es, Feste zu geben! Lob und Preis dieser Begegnung und der staunenswerten Erziehung, die ihr genossen habt!« – »Alles ist staunenswert in deiner Nähe«, erwiderte das Mädchen, die regungslos hinter ihm stand, »und dieser Augenblick, da du unser Gast bist, ist für uns über alle Augenblicke«, und ihr Gesicht nahm einen solchen Ausdruck von Freude an, daß ihre Augen sich wie im Schreck vergrößerten. Der Kaiser winkte sie nahe an sich heran. Ein Gefühl von Glück und Sicherheit ohnegleichen stieg in ihm auf und ließ ihn die Kühle vergessen, die bis an seine Schultern drang und die Hüften umgab wie ein eiserner Ring. Er hob und senkte zwei- oder dreimal wissend die Augenlider, bevor er sprach: »Ihr wisset um ein Geheimnis, und es könnte mich selig machen, wenn ihr mich daran teilnehmen ließet.« – »Zwischen uns und dir gibt es nur ein Geheimnis: die vollkommene Ehrfurcht«, antwortete das Mädchen. Des Kaisers Blick ruhte auf ihr ohne Verständnis, aber mit Entzücken, und sein Kopf blieb ihr zugewandt; zugleich sah er, aber ohne hinzusehen, daß schon wieder einer mit einer frischen Schüssel neben ihm kniete, indessen ein anderer den Deckel abhob. Er dachte noch immer nach über die Antwort, die ihm mehr zu enthalten schien als eine bloße Höflichkeit, und zugleich griff er in die Schüssel, aber ohne seinen Blick hinzuwenden.

»Du sprichst von dem, was wir dir sind, warum fragst du niemals, was du uns bist?« sagte das Mädchen schnell und leise wie ein Hauch. Des Kaisers Miene wechselte, und sein Mund öffnete sich plötzlich und verriet, indem die Zähne sich für einen Augenblick entblößten, eine Ungeduld, die nicht mehr zu bezähmen war. »Ich begehre Auskunft von euch, wie ich euch für immer an mich bringen kann!« rief er laut und befehlend und erkannte kaum seine eigene Stimme. Das Mädchen 390 war plötzlich dicht bei seiner Schulter, wie ein Vogel, und bog ihr Gesicht zu ihm hinunter; die Schönheit dieser blitzschnellen Bewegung beseligte ihn. »Eben in dem Augenblick«, flüsterte sie, »da wir dir dies sagen werden, wirst du uns von dir treiben auf immer!«

Der Speisemeister sah sie über den Tisch an; sie ging gehorsam hinüber und stellte sich hinter den Bruder, seitlich der Mitte des Tisches. Der Kaiser hob seinen Blick ihr nach. Das Unbegreifliche ihrer Antwort verdroß ihn, sein Gesicht verdunkelte sich, daß sie den Befehlen eines anderen in seiner Gegenwart gehorchte; er war nahe daran, den Tisch von sich zu stoßen und sich zu erheben. In diesem Augenblick kam das kleine Mädchen an ihm vorbei. Ihr Gesicht lächelte ihn an, und die Worte: »Wahre Größe ist Herablassung, o großer Kaiser!« kamen leise von ihren Lippen und beruhigten ihn, so daß er, wie ein unbefangen Speisender, gerade vor sich hinsah. So geschah es, daß er zum ersten Male seit Beginn der Mahlzeit seine Augen auf das dunkle Ende des Tisches ihm gegenüber richtete, und mit Staunen sah er, daß dort etwas vorging, dessen Bedeutung er noch minder erfassen konnte als alles frühere.

Er gewahrte, wie die gleichen, die ihn mit strahlendem Lächeln bedient hatten, dort zur Linken und zur Rechten des unbesetzten Sitzes hinknieten und wie sie einem Gast, der nicht da war, mit tiefem Ernst jede der Schüsseln anboten. Die Stehenden hoben den Deckel ab, warteten eine Weile mit der gleichen Ehrfurcht wie bei ihm selber, und schlossen die Schüsseln wieder. Wenn sich die Knienden erhoben und wegtraten, waren ihre Gesichter von Tränen überströmt, Tränen flossen über die Gesichter der Stehenden herunter, und unaufhörlich drangen Seufzer aus ihrer Brust. Neue traten hinzu, und wenn sie den Gast, der nicht da war, bedient hatten, weinten sie und seufzten wie die andern. Ihr Seufzen und halbunterdrücktes Weinen füllte den ganzen Saal.

Zugleich bemerkte er, daß die Lampen mit einemmal matter leuchteten, so als ob sie herabgebrannt wären. Er wandte sein Gesicht dem

Küchenmeister zu und wollte ihm einen Wink geben, daß er sich um die Lampen bekümmere, die auszugehen drohten. Da traf ihn, aus der Miene des Küchenmeisters, von oben und seitwärts her, ein Blick, den er einmal im Leben ausgehalten hatte und nie wieder aushalten zu müssen vermeint hatte: es war der Blick, mit dem damals der blutende Falke seinen Herrn von einem hohen Stein aus zum letzten Male lange und durchdringend ansah, bevor er mit zuckenden, mühsamen Flügelschlägen in die Dämmerung hinein verschwand. Mit sehr großer Anspannung hielt der Kaiser den Blick des Wesens aus. »Wer bist du?« rief er. »Herbei vor meine Füße!« und schlug die Augen nicht nieder. Der Küchenmeister wandte die seinen langsam, wie verachtend, ab und gab ein einziges Zeichen. Alle hielten inne im Laufen und Schüsselreichen, im Deckelheben und Vorschneiden. Überall standen Schweigende. Durch sie hin schritt er lautlos auf den Kaiser zu. Die Prinzessin tat einen Schritt, als ob sie zwischen beide treten wollte, dann blieb sie wie gebunden stehen. »Wer ist dieser?« schrie der Kaiser über die Schulter gegen sie hin. »Welche Überhebung in jedem seiner Schritte! Wer hat ihn zu meinem Richter gemacht?« Er fühlte sein Herz in dumpfen Schlägen klopfen. Unter diesem hatte er sich langsam vom Boden aufgehoben. Es war ihm so schwer, als ob er eine fremde Last von der Erde aufrichten müßte. Er wandte sich und sah über seine Schulter das Mädchen nahe stehen. Hinter ihr waren zwei aus der Wand getreten und kamen auf ihn zu, von denen der eine ein goldenes Waschbecken trug, der andere einen kleinen Handkrug. Als sie dicht vor ihm standen und sich anschickten, das Wasser über seine Hände zu gießen, erkannte er in ihnen die beiden wunderbaren Knaben wieder, die als Truchsessen zu Pferde gekommen und rittlings in die Wand verschwunden waren. Der Kaiser winkte ihnen zu; er öffnete willig und lächelnd seine Hände gegen sie, aber sie schienen ihn nicht zu kennen. Er öffnete die Lippen, um sie anzureden, aber die Anrede erstarb ihm in der Kehle. Fremd und trauervoll sahen sie ihn an, der eine hielt das Becken hin, der andere hob den Krug. Das Wasser sprang aus dem Krug, es fiel hart auf die Hände des Kaisers und rann an ihnen herunter wie an totem Stein. Der Kaiser sah, wie trostsuchend, hinüber auf das Mädchen; sie hielt beide
Hände nach oben gestreckt, ihr juwelenes Gesicht strahlte, sie schien irgendwo hinzudeuten, wo Trost und Hilfe war. Der Kaiser mühte sich, den Sinn ihrer Gebärde in seinem Inneren aufleuchten zu lassen, aber es waren nur trübe, unklare Empfindungen in ihm, von denen eine die

andere verdrängte. Seine ganze Aufmerksamkeit war gespannt von dem Wissen, daß jener andere dort hochaufgerichtet und mit langsamen, gleichsam strengen Schritten auf ihn zukam; an den dumpfen Schlägen seines Herzens gemessen, erschien es ihm unerträglich lange, bis dieser den kurzen Weg zu ihm zurückgelegt hatte. Jetzt aber fühlte er ihn, ohne aufzusehen, dicht neben sich: es war eine Kühle, die ihn aus nächster Nähe von den Schläfen bis zu den Zehen anwehte. Durch die Wimpern blinzelnd, sah er: das Wesen hatte, in die leere Luft fassend, jetzt ein weißes Linnen in Händen und trocknete ihm damit in einer ehrerbietigen Haltung die Hände ab. Aber die wehende Berührung dieses Linnens kräuselte ihm das Fleisch. »O Kaiser«, sagte jetzt die Stimme so dicht an seiner Wange, daß er den kalten Hauch fühlte und vor Beleidigung über eine Unehrerbietigkeit, wie sie ihm nie im Leben widerfahren war, erzitterte, »bedauerst du nicht, daß wir umsonst für sie gedeckt haben?« Nichts kam der Gewalt des Vorwurfes gleich, den diese einfachen Worte enthielten. Sein Herz krampfte sich zusammen, kalte Tränen liefen ihm hinunter, sie erstarrten ihm an den Wangen. Zum Zeichen, daß er niemandem erlaube, zu ihm von seiner Frau zu sprechen, und daß er sich von niemand zwingen lassen würde, preiszugeben, was ihm allein gehörte, sah der Kaiser starr vor sich hin. Die Kälte, die ihn umgab, tat ihm jetzt für einen Augenblick wohl; nichts konnte an sein Herz heran. Sogleich öffneten die Kinder rings im Saal den Mund. »Sie möchte kommen, aber sie kann nicht!« riefen sie ihm entgegen. »Oh, daß wir ihr Gesicht sähen!« riefen sie von allen Seiten und fingen wieder an zu seufzen und zu weinen.

»Was sind das für Klagen!« wollte er streng ausrufen, aber die Worte kamen nicht aus seiner Kehle. Von der Mitte des Gemaches her erhob sich ein Wind, ein schauerlicher Anhauch. Zugleich traf ihn wieder die Stimme dessen, der ihm beständig zu nahe trat, halblaut, aber aus nächster Nähe. »Schlecht ist der Lohn dessen, der dir hilft zu gewinnen, was dein Herz begehrt! Das weiß dein roter Falke!« Bei der unverhüllten Erwähnung jener ersten Liebesstunde, die auf der Welt keinen Zeugen gehabt hatte als den stummen Vogel, knirschte der Kaiser laut mit den Zähnen. – Furchtbar war jetzt wieder die Stille. Der Wind hatte sich gelegt. »Erkennst du meinen ältesten Bruder nicht wieder?« lispelte das Mädchen ihm zu. »Er ist es, der mit seinen Schwingen ihre Augen schlug und dir geholfen hat, sie zu gewinnen.« Der Kaiser gab keine Antwort.

393

»Sie sucht den Weg zu uns!« riefen die Kinder. »Segne du ihren Weg, das ist es, was wir von dir verlangen!«

»Was ist das für ein Weg?« rief der Kaiser zurück, und sogleich durchfuhr ihn Reue über seine Worte, aber schwer und dumpf, ohne daß er sich deutlich sagen konnte, warum. »Was fruchtet es, wenn wir dir sagen, was du nicht fassest!« entgegneten die Kinder. »Du trägst ihren Brief auf der Brust und verstehst nicht, ihn zu lesen.«

»Wie ist das?« rief der Kaiser. Er fühlte die Kälte seines Herzens, indem er redete.

»Sonst kenntest du ihre Not und verständest ihre Klagen«, antworteten sie. Der Kaiser griff unwillkürlich nach seiner Brust; aber er fühlte, daß nichts ihm gegen diese helfen könnte, und ließ es sein. »Du hast den Knoten ihres Herzens nicht gelöst! das ist es, worüber wir weinen müssen. So muß sie von dir genommen werden und in dessen Hände gegeben, der es vermag, den Knoten ihres Herzens zu lösen.« Der Wind hatte sich wieder erhoben und hauchte ihn an.

»Wer sagt euch dies alles?« kam es von seinen Lippen.

»Zwölf Monde sind vergangen, und sie wirft keinen Schatten!« riefen die Kinder.

»So wisset ihr alles?« fragte der Kaiser. »Wir wissen das Notwendige«, antworteten die Kinder. »Du hast sie mit Mauern umgeben«, riefen sie mit wechselnden Stimmen, »darum muß sie hinausschlüpfen wie eine Diebin. Wie eine verdurstete Gazelle schleicht sie hin zu den Häusern der Menschen!« Auf welche Weise wagen sie es, mir diese Dinge zu sagen? dachte der Kaiser. Er faßte auf, daß die Kinder dies mit wechselnden Stimmen sangen. Dies ist der Gesang, den ich hörte, als ich draußen stand, sagte er zu sich.

»Sie tut die Dienste einer Magd«, sangen die schönen Stimmen wieder, »aber es gereut sie nicht. Sie tut sie um unseretwillen, und kaum, daß das Licht der Sonne auf ist, sitzt sie auf ihrem Bette und ruft mit Verlangen: ›Wo bist du, Barak? Herein mit dir! Denn dir, Barak, bin ich mich schuldig!‹« – »Dir, Barak, bin ich mich schuldig«, wiederholten alle, mit strahlendem Klang, der oben ans Gewölbe schlug.

»Was sind das für Worte?« rief der Kaiser mit aufgerissenen Augen und dem letzten Atem seiner Brust, die schwer wurde wie Stein.

»Die entscheidenden!« antworteten die Kinder. Sein Kinn sank ihm schwer gegen die Brust. »O weh«, sagte er vor sich hin, »wehe, daß mein

Lustigmacher sich unterstanden hat, von meiner Schwermut zu reden, ehe ich diese Stunde gekannt habe.«

»Heil dir, Barak!« sangen die Kinder mit wunderbarem Klang, »du bist nur ein armer Färber, aber du bist großmütig und ein Freund derer, die da kommen sollen! und wir neigen uns vor dir bis zur Erde.« Der Kaiser stand unbeachtet in der Mitte, sie neigten sich vor einem, der nicht da war; ihre schönen Gesichter kamen der Erde so nahe, daß der ganze Boden aufleuchtete wie Wasser. Das Mädchen stand seitwärts. Ihr Blick ruhte unverwandt auf dem Kaiser mit einer unbeschreiblichen Mischung von Liebe und Angst. Er richtete seine Augen noch einmal auf sie. »Antworte mir du«, sagte er. »Wer ist dieser Barak und welchen Handel hat meine Frau mit ihm?« – »O nur ein Gran von Großmut!« riefen die Kinder durchdringend. »Welchen Handel?« fragte er noch einmal streng und sah nur durch die Wimpern nach ihr. Seine Augenlider wurden ihm schwerer als Blei. Er erwartete und wollte keine Antwort. Das Mädchen löste sich von den anderen; es war, als ob sie mit geschlossenen Füßen auf ihn zugehe; ihr betrübtes Gesicht schien ihm ein wunderbares Geheimnis anvertrauen zu wollen. »Nur ein Gran von Großmut!« riefen die Stimmen. Mit Grausen erkannte er, daß das Mädchen jetzt in unbegreiflicher Weise seiner Frau glich. Aus ihren Augen brach ein Blick der äußersten Angst und zugleich Hingabe; sie war das Spiegelbild jener zu Tode geängsteten Gazelle. Er las in diesem Blick nichts anderes als das Eingeständnis dessen, was er nie wollte genannt hören, und die Bitte um eine Verzeihung, die er nicht gewähren konnte. Er haßte die Botschaft und die Botin und fühlte sein Herz völlig Stein geworden in sich. Ohne ein Wort suchte seine Hand nach dem Dolch in seinem Gürtel, um ihn nach dieser da zu werfen, da er ihn nicht nach seiner Frau werfen konnte; als die Finger der Rechten ihn nicht zu fühlen vermochten, wollten ihr die der Linken zu Hilfe kommen, aber beide Hände gehorchten nicht mehr, schon lagen die steinernen Arme starr an den versteinten Hüften und über die versteinten Lippen kam kein Laut. »Es ist an dem!« rief mit lauter Stimme der älteste Bruder. Die Lampen und der gedeckte Tisch waren im Nu verschwunden. »Nur ein Gran von Großmut, o unser Vater!« riefen noch einmal mit Inbrunst alle die schönen Stimmen, aber die Statue, die groß und finster in ihrer Mitte stand, regte sich nicht mehr. Die Geschwister bewegten sich wie Flammen auf und ab, von ihren Gesichtern leuchtete ein milder Schein. Das älteste Mädchen war noch am längsten erkennbar, ihre

Augen hingen an der Statue. Die Wände rückten zusammen, die Türen waren verschwunden, das Gemach war kreisförmig. Von oben öffnete sich's, die Sterne sahen herein, die Gestalten waren verflogen, und in der Mitte die Statue des Kaisers blieb allein.

Fünftes Kapitel

Als die Amme vor Sonnenaufgang zur Kaiserin hereintrat, fand sie zu ihrer Verwunderung diese schon wach und auf ihrem niedrigen Lager sitzen. Die Amme kniete bei ihr nieder und nahm das Alabastergefäß mit der schwarzen Salbe hinter dem Bett hervor. »Mir ist wohl«, sagte die Kaiserin, »ich fühle, daß wir heute den Schatten gewinnen werden«. Ihr Gesicht strahlte; die Amme verbrauchte die doppelte Menge von dem verdunkelnden Saft.

396 Sie stießen hinab und standen vor dem Färberhaus, nicht von der Gassenseite her, sondern neben dem Fluß, wo der Färber einen halboffenen Schuppen hatte, in dem er arbeitete; seitlich führte eine Leiter zum flachen Dach des Hauses, wo die Trockenstatt war. »Warte«, sagte die Amme, »wir wollen sehen, was das Weib vorhat. Es ist viel wert, sehen und nicht gesehen zu werden«, und sie traten hinter den Schuppen. Wie gerufen, kam die Frau aus dem Haus auf den Hof heraus. »Sieh, wie sie in aller Früh schon blaß und hohläugig aussieht«, flüsterte die Amme. »Das wird ein Tag, wie wir ihn brauchen.« Die Färberin ging quer über den Hof, ohne auf irgend etwas zu achten. Sie war in ein finsteres Nachdenken versunken. Als die Amme und die Kaiserin aus ihrem Versteck heraustraten, war die Frau in keiner Weise verwundert, die beiden an dieser Stelle zu sehen. Sie schien sich gar nicht bewußt, daß sie sie seit gestern abend nicht gesehen hatte. Sie schob die zerrissene Schilfmatte, die vor der Haustür hing, zur Seite und ließ die Amme vorausgehen. »Du mach dich fort«, sagte sie, als die Kaiserin hinter der Amme dreingehen wollte. »Dich will ich nicht sehen.« Die Amme wollte ihre Tochter in Schutz nehmen. »Hinaus«, sagte die Frau, »mach dich dem Färber nützlich und bediene den Buckel und das Einaug. Sie ist mir verhaßt an Händen und Füßen, schweig mir von ihr«, setzte sie hinzu und ließ die Amme allein eintreten. Sie wischte zwei Holzschemel ab und ließ sich auf den einen nieder. »Da, setz dich zu mir«, sagte sie. »Ich habe dich zuerst für eine Lügnerin und Windmacherin gehalten; ich muß dir abbitten. Du bist hereingekommen und

hast mir zugeschworen, es gebe einen in der Welt, der meiner gedächte, und dann hast du mir den Wildfremden hereingeführt, den meine Augen nie gesehen hatten.« Sie sprach langsam und nachdrücklich, wie wenn sie alles lange vorher genau überlegt hätte. »Nun gut, ich habe ihn gesehen, dank dir, o meine Lehrerin; er ist schön«, und sie vergrub ihr jäh aufglühendes Gesicht in den Händen, »und er will mich haben, das habe ich vernommen«, setzte sie finster hinzu. »So höre du, was ich beschlossen habe.« Sie unterbrach sich, schob den Türvorhang ein wenig zur Seite und sah hinüber. Der Färber hatte sein Beinkleid hinaufgerollt, so hoch es ging, den Zipfel seines Hemdes hatte er im Gürtel stecken, und stand in einem halbhohen Schaff, aus dem Dampf aufstieg. Mit einem Bein ums andere gleichmäßig tretend, walkte er den Schmutz und das Blut aus dem Gewand eines Schlachters. Die Kaiserin kauerte seitwärts auf ihren Fersen an der Erde und sah auf ihn. Zehn Schritte weiter lag der Einäugige und schlief wie ein Stein, indes ihm die Sonne in die Nasenlöcher schien; der Verwachsene war gerade aufgestanden und kratzte sich mit aller Kraft seiner beiden Arme den Rücken, und der Einarmige lag auf dem Ellenbogen und gähnte mit Wollust, so daß man nichts von ihm sah als seinen Schlund und die schwarzen Haare, die den Kopf umgaben wie ein Gebüsch.

»Stumm hockt sie dort, die Kröte, und schwitzt ihr Gift aus«, sagte die Färberin plötzlich und warf der Alten einen strengen Blick zu. »Was ist das für eine? Ist sie eine Unberührte oder wer ist der, dem sie gehört? Antworte mir!« Sie wartete die Antwort nicht ab. Ihr Ausdruck wechselte vollkommen. Sie lächelte, und ihre Stimme zitterte und hatte einen kindlichen Klang. »Krank hast du mich gemacht, du Alte«, sagte sie. »Ich habe gehört, es gibt welche, die können sich vor Durst nicht zur Quelle schleppen; so steht es mit mir.« Sie setzte sich auf einen Sack mit dürren Wurzeln. »Nicht du hast mich krank gemacht, sondern er«, sagte sie wie zu sich selber. »Er hat mich um- und umgewühlt. Er hat mich zur Frau gemacht, ohne mich zu berühren. Ahnst du, was das bedeutet? Wer war einstmals dein Geliebter, du Alte, und wer hat dich belehrt? Denn sie sind nun einmal unsere Lehrer. Wer hat dich so klug und selbstmächtig gemacht, daß ein solcher sich von dir einführen läßt?« Sie redete weiter, ohne die Antwort abzuwarten, wie nur für sich allein. »Ja, die beiden Arten des Errötens hat er mich gelehrt. Ich werde ihm verfallen sein zu allen Augenblicken meines Lebens.« Sie lächelte und zugleich schossen ihr die Tränen aus den Augen, versiegten aber gleich wieder. »Er war in der Nacht bei mir«, fuhr sie fort. »Nicht wirklich, du Närrin. Kann man nicht mit offenen Augen liegen und träumen, so als ob es Wirklichkeit wäre? Kann man nicht auf diesen Lumpen dort liegen und ein Bette aus Antilopenleder unter sich fühlen, und darüber eine Decke aus den zartesten Marderfellen, so leicht wie ein Flaum?

398

Aber was nützt das, es dauert die Herrlichkeit nicht lange, und es steigt einem ein Geruch in die Nase, wie von einer Kindesleiche, die hinterm Bett in einer Ecke läge. Das muß abgetan werden.« Sie war aufgestanden und hatte sich von der Stelle entfernt, wo sie gesessen war. Ihr Gesicht drückte Ekel und Furcht aus, als läge dort wirklich etwas dergleichen. Dann horchte sie wieder mit krankhafter Aufmerksamkeit nach außen. Ein plötzlicher Windstoß bewegte die Schilfmatte an der Tür und brachte ein Geräusch mit sich; es konnte die Stimme des Färbers sein, aber auch eine fremde Stimme von drüben jenseits des Flusses. Sie riß die Matte zur Seite und stellte sich mitten in die Tür. Der Färber hatte das ausgetretene Gewand auf reine Bretter ausgebreitet und strich es aufs neue mit weißem Ton an. Die Kaiserin half ihm dabei. Das blutig gefärbte Abwasser rann aus dem umgestürzten Schaff in die Gosse. Die beiden arbeiteten eifrig und sahen nicht herüber. Als die Färberin sie anrief, hörten sie nicht. Die Amme schlurfte von hinten an die Färberin heran und berührte sie ehrerbietig am Ärmel. »Ruhe dich jetzt«, lispelte sie, »und bedenke den heutigen Abend und daß deine Haut golden sein muß und geschmeidig.« – »Barak«, rief die Frau, »gehst du heute gar nicht aus dem Hause deine Ware austragen?« Sie legte in die einfache Frage, die sie ihm zurief, schneidenden Spott und Hohn. Der Färber gab keine Antwort; er schien nichts gehört zu haben. »Du kommst abends mit mir zum Fluß«, raunte die Alte von rückwärts. »Er, von dem wir wissen, ist begierig nach der Abendstunde und ein Held in der Dämmerung.« Die Frau hatte sich umgewandt. »Die kann nicht dein Kind sein«, sagte sie, und sah die Alte prüfend an. »Sie ist ungesprenkelt. Wenige Gedanken faßt sie, aber diese wenigen leuchten auf ihrer Stirn wie Sterne.« Sie schwieg einen Augenblick. »Ich habe mir ausgedacht, daß ich sie henken lasse!« rief sie und lachte dabei auf sonderbare Weise. »Und wie werde ich den dort dafür strafen, daß er mein Schicksal geworden ist? Wie hat er es gewagt, sich mir so ohne Angst zu nähern und sein rundes Maul an mich zu legen! Aber das ist meine Sorge, und nicht die deine. Dies aber sage ich dir, und es ist das Entscheidende, ich werde tun, was du verlangst. Und jetzt geh und hole den Färber herein, denn ich will ihm ein Wort sagen; er ist, scheint es, schwerhörig geworden und hört nicht, wenn ich ihn rufe.« Die Alte stand schon auf der Schwelle; sie wollte hinaus und die Botschaft bestellen, aber sie verging vor Begierde, zu hören, was noch aus dem Mund der Jungen kommen würde. »Hart war sein Gesicht«, sagte die Färberin wieder mit dem gleichen sonderbaren unterdrückten Lachen, bei dem ihre Miene ganz starr blieb, »aber schlau und mächtig wie eines Teufels; Hoffart, Unzucht und Habgier waren darin eingeschrieben, darum paßt er zu mir. Er wußte nicht zu reden, doch wußte er zu gewinnen.« Ein Lächeln stieg tief aus dem Innern auf und erleuchtete ihr finsteres Gesicht. Sie war schön in diesem Augenblick und von ihrem jungen Blut durchströmt, daß sie glühte, und die Alte betrachtete sie mit Lust. »Nein, nein«, rief sie plötzlich mit leidenschaftlichem Entzücken, »er ist schön, achte doch nicht auf mich, du Närrin, er ist schön wie der Morgenstern, und seine Schönheit, das ist der Widerhaken an der Angel, ich habe sie ja schon längst verschluckt und ich schieße dahin und dorthin, und du hast die Schnur zwischen den Fingern, das weißt du wohl!« Sie hing am Hals der Alten ganz zart und weich, sie ließ sich von ihr hätscheln wie ein Kind. »Nur das Zueinanderkommen ist schwer, nur der Anfang ist das Schwere«, seufzte sie. »Wie soll das gehen, o mein Gott!« Die Amme konnte sie nicht verstehen. »Was sorgst du dich«, rief sie, »wir werden Rat schaffen!« Die Färberin schüttelte den Kopf. »Meine ich das so, altes Weib? Ich meine es wahrlich anders, aber wie könntest du es verstehen?« Die Amme sah sie zwinkernd an. »Ohne dich soll er zu mir kommen, ohne dich!« rief ihr die Junge zu. »Denn ich verachte dich, das merke dir, und hasse das Niedrige in mir, das mit dir zu tun hat. Du kennst meine Niedertracht und die seine, und du möchtest seiner und meiner Meisterin werden, aber daraus wird nichts!« Die Alte zwinkerte mit den wimperlosen Augen und ihre lange, dünne Zunge bewegte sich zornig im halboffenen Mund, aber sie sagte nichts und ging schnell in den Hof hinaus; sie fand den Färber, der ein riesiges Stück Zeug, ein Gewebe aus feinem Ziegenhaar, dreizehn Ellen lang und dritthalb Ellen breit, aus der Beize nahm, das vollgesogene Zeug in ein

Einschlagtuch tat und die triefende Last seinem starken Rücken auflud, und die Kaiserin, die sich wie eine Magd mit aller Kraft von unten gegen den riesigen feuchten Klumpen stemmte, um ihm beim Aufpacken behilflich zu sein. Die Amme wartete, dann winkte sie und die Kaiserin lief zu ihr hin. »Ist sie willig«, fragte sie gleich, »gibt sie den Schatten dahin?« – »Es wird ihr nicht leicht«, gab die Amme zur Antwort. »Die, welche nicht kommen sollen, kämpfen um den Eintritt, und der mit dem breiten Maul ist ihr Vorkämpfer, aber er ist Gott sei Dank zugleich ihr Vernichter.« – »Ja«, sagte die Kaiserin, ohne zu hören, und sah über die Schulter auf Barak hin, der sich mühsam und ruckweise die steile Leiter hinaufarbeitete, den großen schweren Leib hart an die Sprossen gepreßt, damit ihn die Last nicht hintenüber zöge. »Schaff schnell den Schatten«, sagte sie. »Dieser soll seinen Lohn haben.« – »Lohn?« rief die Amme. »Womit hätte der Elefant sich Lohn verdient? Aber hol ihn und heiß ihn hineingehen ins Haus, das Weib will ihm etwas sagen.« – »Was willst du mit ihnen tun?« Die Amme verzog ihr Gesicht. »Laß mich, ich habe sie im Gefühl, wie die Köchin weiß, wann das Huhn im Topf gar ist.« Damit kehrte sie der Kaiserin den Rücken und schlurfte ins Haus zurück. Die Kaiserin lief hin zur Leiter und lautlos die Sprossen hinauf; sie fand auf dem flachen Dach den Färber, der noch keuchte und dem der Schweiß mit blauer Farbe vermischt von der Stirne rann, und sie wischte ihm mit ihrem Tüchlein das Gesicht ab, indessen er mit den großen Händen ganz zart die aufgehangenen Strähne Blaugarn auseinanderlöste, daß die Luft zu der inneren Farbe zutrete und sich auch im Innern das schmutzige Gelbgrün in leuchtendes Blau färbte; das Kleid des Schlachters hing schon an der Trockenstange.

Als der Färber ins Haus trat, ging die Kaiserin hinter seiner Ferse drein und blieb an der Tür stehen. Blitzschnell bückte sich die Färberin, nahm ein schmutziges Klemmholz vom Boden auf und warf es mit aller Kraft nach der Kaiserin. Aber die Feentochter drückte sich zur Seite wie ein Windhauch. Der Färber tat die schweren Lippen auseinander und wollte etwas sagen; da schickte ihm seine Frau einen solchen Blick zu, daß er still blieb. Er bückte sich und fing an, unter dem Gerümpel, das an der Wand lag, herumzugreifen, als suche er nach etwas. Die Frau schwieg noch immer. Aber ihr schönes Gesicht hatte einen bösen und entschlossenen Ausdruck. Der Färber richtete sich auf den Knien auf; er drehte einen alten, hürnenen Löffel zwischen den Fingern. »Ich habe viel geschafft seit heute früh«, sagte er jetzt und sah liebevoll zu der Frau auf, »und mich dürstet. Gib mir zu trinken.« Die Frau reckte ihr Kinn; die Amme lief, füllte einen irdenen Scherben mit Wasser und hielt ihn dem Färber hin. Der Färber sah auf die Frau, als wartete er auf etwas, aber als sie über ihn hinsah, wie wenn er nicht da wäre, griff er nach dem Gefäß und trank es mit einem Zug leer. »Was ist das?«

rief er im gleichen Augenblick mit einem freudig erstaunten Blick und sank nach rückwärts in Schlaf. Die Amme glitt zu der Frau hinüber. »Du bist der Belästigung ledig«, flüsterte sie, »denn ich habe in seinen Trunk getan, wovon ein Viertel hinreicht, um einen Elefanten für zehn Stunden einzuschläfern.« – »Verfluchte«, schrie die Frau, »soll er mir wieder und wieder entkommen!« und trat zu ihm hin und sah ihn mit gerunzelter Stirne an. Die Amme konnte nicht begreifen. »Was hast du mit ihm noch zu schaffen?« fragte sie verwundert. Die Frau achtete ihrer nicht. Sie trat dicht an den Leib des Schlafenden heran und sah ihn von oben herab finster an. Dann seufzte sie aus der Tiefe ihrer Brust: »O meine Mutter«, und noch einmal: »O meine Mutter!« Lange blieb sie stehen und sah ihn immer an. »Wehe«, sagte sie und seufzte noch einmal, »werde ich das Korn sein, wird er das Huhn sein und mich aufpicken! Werde ich das Feuer sein, wird er das Wasser sein und mich auslöschen! Denn ich bin an ihn gekettet mit eisernen Ketten.« Dann ging sie von ihm weg, aber sie kehrte wieder zu ihm zurück. Sie berührte mit ausgestreckter Fußspitze den Liegenden. »Ja, es ist recht«, sagte sie leise, aber mit sehr festem Ton, »die Ungewünschten abzutun, denn sie sind Mörder kraft ihrer unverschämten Begierde, hierherzukommen und den Weg durch meinen Leib zu nehmen, und dieser ist ihr Helfershelfer!« Während sie es flüsterte, kam eine fürchterliche Ungeduld über sie; sie warf sich über den Liegenden und riß an ihm aus allen Kräften. 402 »Barak«, schrie sie ihm ins Ohr, »du sollst mich hören, denn jetzt gilt es!« Die Amme drehte sich jäh um, sie fühlte, daß die Kaiserin hinter ihr stand; sie war hereingeglitten, mit sprachlosem Staunen sah die Amme, daß ihr Wasser aus beiden Augen schoß, daß ihr Gesicht in Schmerz und Tränen schwamm, wie das einer sterblichen Frau. Sie nahm sie bei der Hand und schob sie sanft gegen die Wand; die Kaiserin leistete keinen Widerstand. Die Amme öffnete mit den Fußzehen eine geflickte Holztür, die in rostigen Angeln hing. »Schweig nur jetzt«, raunte sie ihr zu, »und wisse: heute und in dieser Stunde wird unser Handel zu einem guten Ende kommen.« Die Kaiserin stand lautlos, von oben hingen Büschel dürrer Pflanzen und berührten sie, die enge Kammer war angefüllt mit Tiegeln und Krügen, die gegeneinander klirrten, Säcke mit getrockneten Wurzeln waren aufeinander geschichtet und raschelten, sie durfte sich nicht regen und atmete schnell und ängstlich. »Was willst du noch von diesem?« rief die Amme und riß die Färberin weg von dem Schlafenden. »Was ich will?« schrie das Weib.

»Was will denn der da! Ha, wer bin ich und wer ist das?« rief sie verachtungsvoll und reckte sich hoch auf über den liegenden Mann. »Wie
komme ich zu ihm und wie kommt er zu mir? Das sage mir einer!« Sie
schrie es auf des Schlafenden Gesicht hinab. Er atmete ruhig und regte
sich nicht. Sie wandte sich wie vor Ekel halb ab und streckte schon den
einen Arm nach hinten, wie um einem, der nicht da war, sich um Brust
und Schultern zu ranken; aber ihr Gesicht haftete mit Qual an dem
Gesicht des Färbers. Plötzlich bleckte sie die Zähne gegen ihn und stieß
mit dem Fuß gegen seinen Leib. »Ich will nicht das da im Rücken haben!« schrie sie. »Wecke ihn sogleich.« Die Amme wußte sich nicht zu
helfen; sie erlag der Gewalt des unbändigen Willens. Sie kniete nieder
und rüttelte leise an dem Schlafenden; sie hauchte ihn dreimal an und
blies ihm in den Nacken. Barak lächelte im Schlaf, seine Lippen bewegten
sich, er murmelte etwas; seine Miene war die gleiche, die er hatte, wenn
er daheim zu seiner Frau oder auf der Gasse zu fremden Kindern redete.
»Höre mich«, sagte die Frau und näherte ihr Gesicht um ein weniges

dem seinen, das langsam die Augen auftat mit einem fremden, leeren
Blick auf sie. »Ich bin es satt, bei dir zu hausen und das Häßliche zu
sehen, und ich habe einen gefunden, der sich meiner erbarmen will.
Die höchste Herrlichkeit wird er mir für immer gewähren. Dafür muß
ich opfern.« Die Kaiserin in der Kammer hielt sich die Ohren zu, die
einzelnen Worte drangen nicht zu ihr, aber der Klang der Stimme, die
ihr verhaßt war. »Wehe«, sagte sie zu sich selber, »die Fische tauchen
bei ihrem Anblick ins Wasser, die Vögel schwingen sich in die Luft, die
Rehe werfen sich ins Dickicht, und ich habe mich unter sie mischen
müssen.« Ihr Herz schlug dumpf. Sie wollte nichts hören. Aber im Innersten traf sie ein Laut, ganz zart, wie eines Kindes Stimme, und doch
mußte er aus des Färbers Mund gekommen sein. Sie begriff, er redete
aus dem Schlaf, die Zunge war gebunden, es wurden keine Worte, nur
ein ganz hoher schmeichelnder Klang. Es war unverkennbar, er redete
zu Kindern, und seine gewaltigen Hände begleiteten mit zarten Gebärden
seine Rede. Seine Frau sah ihm hart ins Weiße der blicklosen halboffenen
Augen. »Du redest«, rief sie, »also hörst du mich. So höre! Abgetan sind
die, mit denen du Zwiesprache hältst. Verstehst du mich?« – »Laß ihn«,
schrie die Amme, »was tust du?« Die Kaiserin ertrug es nicht länger,
den starken Mann so ohnmächtig zu sehen unter den Händen der beiden. Sie tat die Tür auf, ihre Augen vergrößerten sich, wie ein Feuer-
strom, den sie selber nicht zügeln konnte, drang ihr Wille auf Barak.

Die Alte konnte nichts gegen ihre Herrin tun, wenn sie so vor ihr stand, sie wich zur Seite. Ein Zucken ging durch den Leib Baraks; er stand auf seinen mächtigen Beinen, sein Blick war ohne jedes Wissen, blöde wie eines Toten; es riß ihn hin und her, er taumelte, als ob er eine Binde vor den Augen hätte. In ihm kämpfte das Zaubergift mit dem furchtbar gewaltigen Willen der Feentochter. Das Unterste kam in ihm zu oberst, in sein Gesicht trat ein Ausdruck von Stärke und Wildheit, die nie ein Mensch an ihm gesehen hatte, die tiefste Kraft seiner dunklen Natur trat heraus. Mit einer Stimme wie ein Löwe schrie er nach seinen Kindern, so als seien sie ihm fortgekommen, die Hand griff nach einem schweren Hammer, der in der Nähe lag, und er schwang ihn über sich. Die Brüder stürzten zur Tür herein, er schien niemand zu kennen, nichts zu unterscheiden, alle hielt er für die Mörder oder Verberger seiner Kinder. Das Weib hatte sich auf den Knien halb aufgerichtet, sie zitterte am ganzen Leib und biß vor Angst und Verlegenheit in ihre Hände. Der Bucklige fletschte häßlich die Zähne und drückte sich an die Wand, der Einäugige und der Einarmige bargen sich hinter Kufen und Fässern. Noch einmal schrie der Färber gewaltig nach seinen Kindern. Die Brüder schrien auf ihn ein, der vertraute Laut ihrer häßlichen Stimmen schien ihm an die Seele zu dringen. Er ließ die Hand mit dem Hammer sinken, seine Miene entspannte sich, sein Auge drohte nicht mehr so furchtbar nach allen Seiten hin. Im Nu war die Amme neben ihm, sie zog ihm den Hammer aus der Hand, schmiß ihn hinter die Fässer an die Wand; wie der Wind ging ihr Mundwerk; sie beschuldigte ihn, er habe aus einer bauchigen Flasche was Fremdes getrunken, sich eine Stunde lang an der Erde gewälzt, ungereimtes Zeug getan, unflätige, wilde Reden geführt, sie rief die Brüder selbst zu Zeugen an, für das, was sie unmöglich wahrgenommen haben konnten. Das junge Weib sah ohne Atem auf sie; bald wußte sie selbst nicht mehr, was geschehen war, was nicht, sie wollte auch nichts wissen, sie meinte in ihrem eigenen Blut zu ersticken. Sie sah wieder starr auf Barak, ihre Augen waren noch voll Angst, aber ihr Ausdruck ging über in einen der Verachtung, der ihr hübsches Gesicht verzerrte. Barak stand jetzt beschämt da, die Brüder schrien auf ihn ein, mit Fragen und Vorwürfen, er bückte sich, las verschüttete Körner zusammen, alles wie halb im Schlaf. Plötzlich trat ein Entschluß in sein Gesicht. Seine Miene erhellte sich. Die Brüder sahen ihn zu ihrem äußersten Erstaunen niederknien vor seiner Frau, sie um Verzeihung bitten. Sein Ton war demütig und feierlich: er bat sie um Vergebung dafür, daß er so tölpelhaft gewesen, noch so spät zu heiraten, weil er auf langes Leben, Kinder und Reichtum gehofft hatte. Er wollte noch etwas sagen, aber es kam ihm nicht über die Lippen. Die Amme und die Frau wechselten nur einen Blick, in dem der Frau lag schon kalte Frechheit, noch zitterten ihr die Knie, und doch entzog sie ihm ihr Gewand, das er angefaßt hatte, sie gab ihm keine Antwort; sie sagte zu der Amme etwas von Maultieren, die so am schwindligen Abgrund hingingen, Schritt für Schritt, und denen es versagt sei zu erstaunen und sich zu schrecken; denen gliche dieser da, ihr Mann, und unfruchtbar seien die ja auch. Er wandte sich an alle hier, wie um alle um Verzeihung zu bitten; dann deutete er auf die Frau. »Solche Worte«, sagte er, »muß man verzeihen, sie erleichtern die Seele; ohne sie wäre es den Menschen zu schwer ihre Last zu ertragen.« Die Brüder zogen die Schultern schief, ließen ihn stehen und schoben sich hinaus, um draußen über ihn zu maulen, der immer und immer wieder von dem jungen Weib nach Gefallen sich satteln und aufzäumen ließ. Er stand noch immer da, unschlüssig und beschämt. Die Kaiserin konnte ihn nicht ansehen; als das Weib ihm das Gewand aus den Händen zog, war in ihr ein Riß geschehen und etwas drang herein, wovon ihre ganze Seele zitterte. Barak wandte sich, hinauszugehen. Dann drehte er sich nochmals um, drehte die kugeligen Augen gegen die Amme und die Kaiserin, zögerte, bis das Wort aus dem Mund herausging und sagte endlich: »Ihre Zunge ist spitz«, und er wiegte den Kopf gegen die Frau, »und ihr Sinn ist launisch, aber nicht schlimm, und ihre Reden sind gesegnet mit dem Segen der Widerruflichkeit um ihres reinen Herzens willen und ihrer Jugend, und ich bin froh, daß sie wieder gesund ist«, setzte er mit besonderem Ernst und einem unbeschreiblichen Blick des Einverständnisses auf die beiden hinzu, »denn gestern abend war sie sehr krank«, und ging langsam und mit gesenktem Kopf hinaus zu seiner Arbeit.

Sechstes Kapitel

Die junge Frau hatte sich auf ihr Bette geworfen und ihr Gesicht vergraben. Vergeblich umschmeichelte die Amme ihre Füße. Die Junge ließ es geschehen, aber sie beachtete es nicht. »O meine Mutter«, rief sie und seufzte laut auf. »O meine Mutter«, sagte sie für sich, »welche Kräfte hast du mir zugemutet, da du mir auferlegtest, den, welchen du

mir zugeführt hast, auf immer lieben zu können! und wo hättest du
dergleichen Kräfte mir mitgegeben?« Sie hauchte es leise vor sich hin,
die Lippen bewegten sich, aber man hörte nichts. Plötzlich stand sie auf
ihren Füßen. »Vorwärts«, rief sie, »es ist Zeit, daß ich kein Kind mehr
bin!« Sie schien es wieder nur zu sich selber zu sagen. Sie warf ein Tuch
über und ging gegen die Tür. »Wohin, meine Herrin?« rief die Amme.
Die Frau schien sich erst jetzt wieder zu erinnern, daß sie nicht allein
war. Sie sah die Amme streng und aufmerksam an. »Es ist Zeit«, sagte
sie, »daß ich mit meiner Mutter rede und mich losmache, denn sie hat
mir auferlegt, was ich nicht länger tragen will.« Sie ging zur Tür hinaus.
»Vorwärts«, flüsterte die Amme, »denn sie wird unser bedürfen.« Die
Kaiserin drückte sich zur Seite, sie wäre gern dem Färber nachgeschlichen, aber die Amme nahm sie bei der Hand und zog sie hinter sich
drein.

Die Färberin ging mit schnellen kühnen Schritten wie ein junges
Pferd, das die Morgenluft einzieht, und die beiden folgten ihr in geringer
Entfernung. Sie gingen über den Fluß, aber nicht in das Viertel der
Hufschmiede sondern rechts hinauf, wo der Boden anstieg, eine ärmliche
enge, von Menschen erfüllte Straße. Da wohnten die ärmsten Leute, die
Kesselflicker, die Lumpensammler, die Fallensteller, in dichten Klumpen
beisammen wie die Ratten. An einer Ecke, wo zwei solche Straßen zu-
sammenstießen, blieb die Färberin einen Augenblick stehen; sie sah
zwischen den Wimpern in einen von Männern, Weibern und Kindern
wimmelnden Hof hinein und sagte vor sich hin: Schmutzig ist ein kleines
Kind und sie müssen es dem Haushund darreichen, um es rein zu
lecken; und dennoch ist es schön wie die aufgehende Sonne; und solche
sind wir zu opfern gesonnen. – Es war ein ganz seltsamer, fast singender
Ton, in dem sie es sagte. Sie bogen ein, gingen weiter, endlich jenseits
einen Abhang hinunter, zwischen alten halbverfallenen Mauern. Es war
eine von den Schluchten, welche da und dort die Stadt durchzogen,
deren Abhang nicht bebaut war und nur hie und da die Spuren längst
verfallener Wohnstätten zeigte. Unten war eine steingefaßte Zisterne
und neben dieser ein alter Begräbnisplatz mit ein paar Bäumen. Die
Färberin ging auf das Grab ihrer Mutter zu; sie stieg schnell über die
Grabsteine, ihr Fuß rührte den Staub nicht auf, der zwischen ihnen lag
und die Tritte lautlos machte. Vor einem kleinen Grabstein fiel sie mit
ausgebreiteten Händen auf die Knie. Sie bog die Stirn gegen den Stein,
ein gekrümmter Weidenbaum hing über ihr, sie schien mit dem ersten

Atemzug in das tiefste Gebet hineingestürzt. Die Sonne versank hinter ihr in schwerem Dunst wie in einen Trichter. Säulen von Staub hoben sich lautlos überall zwischen den Gräbern auf und sanken in sich zusammen wie die Säcke. Ein Windstoß fuhr dahin; er riß das letzte Wort des Gebets von den Lippen der Färberin. Sie stand jäh auf; ihr Aufspringen war wie eines Tieres, in dessen Gebärde kein Gedächtnis wohnt von der letztverstrichenen Sekunde. Ihr Gesicht glich sich selber nicht mehr; sie war schöner als je; ihr Haar hatte sich gelöst und flog um sie. »Was siehst du mich so an?« rief sie der Amme zu, die mit Entzücken auf sie sah. »Jetzt habe ich ein Joch abgeworfen und mich ausgedreht aus einem alten Gesetz!« Sie ging schnell den Abhang hinauf; die Amme lief hinter ihr drein. »Es muß nicht beim Wasser, es kann auch beim Feuer geschehen, nicht wahr?« rief die Junge ihr über die Schulter zu, »so war deine Rede, meine Lehrerin! die habe ich mir zu Herzen genommen.« Der Wind kam den dreien nach und riß an ihren Gewändern; er wirbelte den Staub auf. Es war dunkel mitten am Tag, als wollte es augenblicklich Nacht werden. Vögel hasteten zwischen den Häusern hin, Menschen liefen in einem braunroten Dunst an ihnen vorbei, von oben legte sich Finsternis auf alles. Als sie an die Brücke kamen, fing die Färberin mit eins an, langsamer zu gehen. Sie blieb stehen, tat wieder ein paar Schritte. Sie taumelte, als hätte sie einen Schlag empfangen, und fuhr mit der einen Hand zu ihrem Kopf, gegen das Ohr hin. Sie kam dabei dicht vor einen Wagen. Der oben saß, riß die Zugtiere zurück. Von den Vorübergehenden blieben etliche stehen trotz ihrer Hast. »Was ist es, das dich anficht?« rief die Amme und sprang zu ihr. Das junge Weib lag ihr gleich im Arm, eisig kalt. »Die Stimme!« sagte sie klagend. »Meiner Mutter Stimme! sie ist an meinem Ohr. Hörst du sie nicht?« – »Was sagt sie?« fragte die Alte. »Barak!« stöhnte die Färberin. »Nach ihm ruft sie. Sie sagt, er solle mich binden. Sie will meine Hände halten, damit er mich töten kann. Sie will nicht, daß ich lebe, um zu tun, was ich zu tun beschlossen habe.« Ihr Gesicht war ganz grau, die Augen bläulich unterlaufen. Die Alte faßte nach ihren Händen, die glühend heiß waren; plötzlich riß sich die Junge los, sie stürmte davon, zwischen den Leuten durch, die Alte hinter ihr her. Als die Kaiserin sie einholte, in einer Gasse neben dem Flußufer, lag das junge Weib auf der Erde, den Rücken an eine Mauer gestützt, und atmete flach und schnell; die Alte kauerte bei ihr. Etliche waren stehen geblieben und sahen auf die Liegende hin: ein paar alte Gevatterinnen, ein Eseltreiber und ein alter

Mann. Die Kaiserin trat mitten unter die Menschen; der Eseltreiber schob sie halb zur Seite und lehnte sich auf sie, sie bemerkte es nicht. Die Amme zischte: Hinweg mit euch! und deckte ihren dunklen Mantel über die Liegende. Die Leute gingen weiter, nur ein Kind stand noch da. Trinken! flüsterte die Färberin. Die Amme winkte und das Kind hielt eine hölzerne Schale hin, die angefüllt war; es war, als hätte es sie aus der Luft genommen. Von der Schale schwebte ein zarter und beklemmender Duft, ganz wie jener, der vor dem Kommen des Efrits den Raum erfüllt hatte. Die Färberin bog ihren Kopf der Schale entgegen, welche die Alte ihr hinhielt. Das Kind war nicht mehr da. »Trink dieses«, sagte die Alte, »und wisse: deine Mutter ist eine Doppelzüngige in ihrem Grabe und eine Spielverderberin, und ihre Worte müssen dahingeblasen werden, denn es sind die Ungewünschten, die aus ihrem Munde sprechen.« Das Gesicht der Färberin veränderte sich, sowie sie getrunken hatte: eine jähe Glut stieg ihr in die Wangen, ihre Augen wurden schwimmend wie bei einer Trunkenen. Sie stand auf ihren Füßen, in ganz sonderbarer Weise schlug sie ihren Arm um den Nacken der Alten, und sie wandten ihre Schritte wieder der Brücke zu. Die Kaiserin hielt sich dicht an ihnen; aber sie redeten eifrig miteinander, immer nach des anderen Seite hin, und sie konnte nichts verstehen. Als sie dem Färberhaus ganz nahe waren, sprangen ihnen aus dem Dunkel die Brüder entgegen, rissen das junge Weib von den zwei Begleiterinnen weg und schrien auf sie ein mit verzerrten Gesichtern. »Er verlangt von uns seine hinweggebrachten Kinder!« schrien sie, »wo hast du sie? Was hast du an ihnen getan? Er mißhandelt und würgt uns um deinetwillen, du Verfluchte, uns, die wir eure Heimlichkeiten nicht kennen und von deinen Verbrechen nichts wissen!« Die Färberin runzelte nur die Stirne; sie würdigte die Schwäger keiner Entgegnung. »Was hast du ihm in den Trunk getan, du Hexe«, schrie der Mittlere und stieß mit dem einen langen Arm die Alte vor die Brust, »er schaut auf uns und sieht uns nicht, aber sieht ihrer sieben, die nicht da sind, an seinem Tisch sitzen und begrüßt sie als seine Gäste.« Die Frau machte sich los. »Jetzt werden wir sehen, ob meine Reden noch widerruflich sind!« sagte sie und trat über die Schwelle. In der Herdasche hockte der Färber. Sein Gerät lag in Unordnung vor ihm; alle seine Spachteln und Schaufeln, hölzerne, zinnerne und hürnene Löffel, groß und klein, als hätten Kinder alles im Spiel herumgestreut. Er drückte mit den großen Händen Malvenblätter sorgfältig in das schmutzige Farbwasser, das auf der Erde stand; das eine

Bein hatte er mitten in einer scharlachroten Pfütze liegen. Die Frau blieb vor ihm stehen; er achtete nicht auf sie. Er sprach zu Kindern, die nicht da waren. »Fleißige Kinder«, sagte er, »reinliche kleine Hände«, sagte er und nickte gütig. Er zeigte ihnen, wie man arbeiten müsse. »Wir nehmen die Farben aus den Blumen heraus und heften sie auf die Tücher, so auch aus den Würmern, und von den Brüsten der Vögel dort, wo ihre Federn leuchtend und unbedeckt sind.« Er sprach es langsam, belehrend, in einem unbeschreiblich glücklichen Ton. Die Frau rief ihn an. »Barak!« Er horchte auf, aber nicht genau nach der Richtung, von der der Name kam, sondern mehr nach oben und seitwärts. Trotzdem stand er auf und ging auf sie zu. Das Heranschwanken seines mächtigen gleichsam von keinem Geiste gelenkten Körpers in dem nächtlichen Raum war so furchteinflößend, daß sie unwillkürlich einen Schritt zurück trat. Aber sie nahm sich zusammen, und ihr blasses Gesicht blieb fest und mutig. »Barak, hörst du mich«, rief sie ihm hart entgegen. »Sprich zu uns, unser Wohltäter«, rief der Einäugige. »Sie hat dich vergiftet, o unser Bruder«, schrie der Bucklige in Wut und Schmerz, »und du wirst die Deinigen nicht mehr erkennen können.« – »Barak, schweige diese«, sagte die Frau, »daß sie nicht mehr heulen wie die Hunde. Denn ich habe dir etwas zu sagen. Ich höre, du redest mit denen, von denen du vermeinst, daß sie noch kommen werden. So wisse denn und erfahre endlich: diese sind dahingegeben, denn sie wollten mir einen üblen Streich spielen, und dafür verdienen sie, was ihnen widerfahren wird.« Barak trat dicht auf sie zu; seine Augen hatten sich mit Blut unterlaufen, und sie standen jetzt nicht hervor, sondern lagen tief in den Höhlen, und ihr Ausdruck war furchtbar. »Siehe«, sagte die Frau, »ich sehe, du verstehst: warum denn redest du nicht? Es ist das letztemal, daß wir beide unseren Atem austauschen.« – »Zündet ein Feuer an«, sagte Barak. Seine Stimme war unerkennbar, so, als ob ein fremdes Wesen aus ihm heraus redete, aber die Brüder hingen mit den Augen an ihm, sie sahen, daß es sein Mund war, der sich bewegte. Der Verwachsene warf sich schnell zur Erde und blies in die Herdasche, ein Feuer schlug auf und die Frau stand gleich im vollen Feuerglanz, der an ihr auf und ab lief, und war schön und böse über die Maßen. Sie tat den Mund auf, und wie die Lippen sich bewegten, verachtungsvoll und doch nachdrücklich, unter den hochmütig gesenkten Wimpern, glich ihr Gesicht einer unnahbaren Festung. »Du hast ein Feuer anmachen lassen, so siehst du mich denn und erblickst noch einmal, was du bald nicht mehr erblicken wirst. Doch du sollst auch begreifen, denn ich will nicht, daß du verlacht werdest, wie einer, der tölpisch ist und dem man sein Bett unter dem Leib stehlen kann.« Der Färber stand im Dunkeln und regte sich nicht; nur seinen Oberleib lehnte er jetzt ein wenig vor, dabei wurden seine Zähne sichtbar und seine rotglühenden Augen. Die Frau senkte nur die Wimpern noch tiefer und sprach fort mit einer Stimme, die klang wie eine zum Reißen gespannte Saite: »Siehe, ich bin schön, und das ist nicht für deinesgleichen, und darum hast du den Knoten meines Herzens nicht lösen können. Meine Schönheit hat einen anderen gerufen, denn sie ist ein mächtiger Zauber«, ihre Stimme wollte umschlagen, aber die wilde Entschlossenheit ihres Herzens zwang sie, weiter zu sprechen, 411 »darum habe ich einen Vertrag geschlossen, und gebe meinen Schatten dahin und die Ungewünschten mit ihm; und ein Preis ist ausbedungen, und ich nenne ihn dir: es ist die Zartheit der Wangen auf immer, und die unverwelklichen Brüste, vor denen sie zittern, die da kommen sollen, mich zu begrüßen – und einer ist ihr erster: diesem gehöre ich von nun ab.« Sie warf den Kopf in den Nacken und schwieg. Ein kurzer Lärm drang aus Baraks Brust: er glich kaum einem menschlichen Laut, aber er bezeugte für alle, daß er die Rede der Frau begriffen hatte. »Schnell«, rief die Amme und tat einen Griff in die Luft: sie hielt in der schwarzen Klaue der Frau sieben Fischlein hin: sie waren mit den Kiemen aufgereiht an einer Weidenrute, wie Schlüssel an einem Ring. »Wirf sie über dich ins Feuer und dann fort mit uns, denn es ist die höchste Zeit!«

Die Färberin biß die Lippen aufeinander und griff nach den Fischen. »Dahin mit euch und wohnet bei meinem Schatten!« flüsterte die Alte ihr ein. Aber Barak tat jetzt einen Schritt auf die Frau zu und die Frau wich zurück. Ihre Lippen bewegten sich, und sie murmelte die Worte, aber es war, als wüßte sie es nicht; sie hob die Hand mit den Fischen über die Schulter und warf, aber wie im Schlaf; sie tat das Bedungene, aber so, als täte sie es nicht: ihre Augen hafteten auf dem Färber, und ihre Lippen verzogen sich wie eines Kindes, das schreien will. »O meine Mutter!« rief sie, ihre Stimme klang dünn wie die Stimme eines fünfjährigen Kindes. Sie tat ein paar unschlüssige Schritte, nirgend sah sie Hilfe und sie preßte den Mund zusammen und blieb stehen. Der Färber war schon hinter ihr; in der Angst riß sie sich zusammen und wie ein Pfeil schoß sie zur Tür hinaus. Er wollte ihr nach, von hinten hängten sich die Brüder an ihn; sie schrien, er dürfe nicht zum Mörder werden! Er schüttelte sie ab, die Brüder taumelten auf die Amme, die neben dem

Feuer kauernd mit beiden Händen nach den Fischen haschte. »Hinweg mit euch, ihr Widerspenstigen!« schrie sie und warf sie ins Feuer. Der Einäugige und der Einarmige traten nach der Hexe, sie hatten jede ein brennendes Scheit aus dem Feuer gerissen und stürzten dem Bruder nach, die Amme, als sie die Fischlein in der Flamme verzucken sah, stürzte hinter ihnen drein. Draußen wehte ein Sturm, als wären alle Elemente losgelassen. Die Finsternis brüllte und wälzte sich heran, in dem undurchdringlichen Dunkel wehten dicke Staubwolken dahin, von dem halbabgedeckten Schuppen stürzten die Ziegel, und zugleich schlug der Fluß mit Gischt übers Ufer und riß an der Schwemmbrücke, daß sie ächzte und die eisernen Ketten, an denen sie überm Wasser hing, einen Laut gaben, als ob sie reißen wollten.

Der Sturm jagte den zwei Brüdern die Funken ins Gesicht und blies die Feuerbrände nieder, daß sie nur mehr glimmende Stummeln in den Händen trugen; sie stolperten von der Schwelle hinab und schrien ins Ungewisse nach dem Färber. Die Amme sah das Weib an der Wand des Schuppens stehen und die Kaiserin ganz nahe vor ihr, regungslos wie ein Standbild. Der Färber stand auf zehn Schritte von seinem Weib, er hatte das Gesicht ihr zugekehrt, er mußte trotz der Finsternis sie sehen oder ahnen, wo sie stand. Der Verwachsene war dicht bei ihm. »Feuerbrände heraus!« schrie der Färber mit einer Stimme, die den Sturm und das Stampfen der Waschbrücke und alles Ächzen des Schuppens übertönte, und er wies mit ausgerecktem Arm auf seine Frau: denn der Feuerschein, der durch die offene Tür aus dem Haus fiel, zeigte sie ihm, und sie krümmte sich vor Angst.

Die Amme glitt näher hin; nichts sah sie lieber, als wie Menschen einander Gewalt antaten. »Wir haben ein Recht erworben und machen einen Anspruch geltend!« murmelte sie in sich hinein. »Den großen Schwemmkorb her!« schrie der Färber. Der Verwachsene warf sich auf die Brücke und machte den Schwemmkorb los, der an einer Kette im Wasser hing; dabei schlug das Wasser dreimal über ihn hin und spülte ihn fast hinweg. Der Färber bückte sich; in dem flackernden Schein, der aus der Haustür fiel, konnte man sehen, wie er tastend mit den Händen nach dem großen Malmstein suchte, der wenige Schritte seitlich auf der Erde lag. Er hob ihn auf und ließ ihn in den Schwemmkorb fallen; der Korb war flach und groß genug, daß man einen Menschen hineinzwängen konnte; als der schwere Stein hineinfiel, spritzte es hoch auf. Der Buckel lief jetzt aus dem Haus heraus, er hatte brennende Scheiter in einen Topf getan: ein grelles Licht fiel über alle hin. »Einen Strick her!« rief der Färber. Die Brüder verstanden, was er vorhatte, und sie warfen sich auf die Knie. »Kein Blut auf deine Hände, mein Bruder!« riefen sie wie aus einem Munde. Sie sahen, wie der Färber auf die Frau losging, und sie drehten ihre Gesichter zur Seite. »Flieh!« schrien sie auf die Färberin hin und wirbelten ihre langen Arme drohend wie gegen ein Tier. »Hinweg mit dir und einer Hündin Geschick über dich.« Sie bückten sich nach Steinen, der Bucklige wollte ein brennendes Holz nach ihr werfen, dabei stolperte er, und der Topf mit dem Feuer fiel ihm aus der Hand in ein Schaff, das umgestürzt dalag, und alle standen im Dunkel, daß sie nicht die Hand vor den Augen sahen. Die Amme allein, deren Augen, wie eines Nachtvogels, jede Finsternis durchdrangen, sah, wie das Weib in diesem Augenblick sich von den Knien aufhob, ihr Gewand schürzte und blitzschnell zwischen den Brüdern durch lief, gerade auf den Färber zu. Die Amme sprang näher: ihr war, als sähe sie, wie der Schatten der Färberin am Boden hinzuckte, sich mit anderen Schatten zu gesellen und ihr zu entkommen; da und dort flatterten Fetzen von gefärbtem Zeug, die sich von der Trockenstatt losgerissen und irgendwo festgeklemmt hatten, die plumpen Schatten der Tröge und Kufen mitten in der schwankenden Finsternis sprangen auf und duckten sich wieder. Dabei fuhr ihr durch den Sinn, daß sie für einen Augenblick die Kaiserin aus den Augen gelassen hatte. Sie sah sich um; der Platz, wo die Kaiserin gestanden hatte, war leer. Zu des Färbers Füßen lag eine weibliche Gestalt hingestreckt an der Erde, sie hatte das Gesicht an den Boden gedrückt, mit unsäglicher Demut reckte sie den Arm aus, ohne ihr Gesicht zu heben, bis sie mit der Hand die Füße des Färbers erreichte, und umfaßte sie. Der Färber schien sie nicht zu beachten. Ein schweres Zucken hob in regelmäßigen Abständen seinen großen schweren Leib. Jetzt schob sich die Liegende auf den Händen näher heran, und ihr Kinn drückte sich auf die Füße des Färbers. Ihre Lippen murmelten ein Wort, das niemand hörte. Dann lag sie in dieser Stellung 414 wie tot. Die Amme spähte hin, sie sah, wie das Weib, das da lag, keinen Schatten warf, als nun der Feuertopf aufflammte und das Schaff dazu, das Feuer gefangen hatte. Sie glaubte sich betrogen um den Schatten, vor Wut und Staunen ging ihr die Zunge im zahnlosen Mund nach links und rechts, sie wollte losspringen auf das liegende Weib, da spürte sie sich zur Seite, halb hinter ihr, ein Lebendes und sah die Färberin dastehen, die ihrem Mann die beiden Hände entgegenstreckte, und sie sah zugleich, daß die Liegende die Kaiserin war, und erschrak so sehr, daß sie hinter sich treten mußte. Die Miene der Färberin hatte eine wunderbare und dabei unschuldige Schönheit angenommen; die ungeheure Angst verzerrte sie nicht, sondern verklärte sie. Der Färber tat einen halben Schritt auf sie zu, noch mit stierem Blick, wie einer, der halb träumt; dabei stieß er im Wegtreten mit dem Fuß an den Kopf der vor ihm Liegenden, aber er bemerkte es nicht. Die Fackel lohte stärker auf, und das junge todbereite Gesicht vor ihm leuchtete ihm entgegen, so plötzlich und so nahe, daß er zurückfuhr. Etwas ging in seinem Gesicht vor, das niemand sehen konnte; es war, als würde innerlich eine Binde von seinen Augen gerissen, seine und seines Weibes Blicke trafen sich für die Dauer eines Blitzes und verschlangen sich ineinander, wie sie sich nie verschlungen hatten. Er sah, was alle Umarmungen seiner ehelichen Nächte, deren er siebenhundert mit seiner Frau verbracht hatte, ihm nicht gezeigt hatten; denn sie waren dumpf gewesen und ohne Auge. Er sah das Weib und die Jungfrau in einem, die mit Händen nicht zu greifen war und in allen Umschlingungen unberührt blieb, und die Herrlichkeit und Unbegreiflichkeit des Anblicks schlug gegen seine Brust; er zog die Luft ein durch die Nüstern seiner breiten Nase wie ein Tier, das vor Schrecken stutzt, und seine riesigen erhobenen Fäuste zitterten. Das undurchdringliche Geheimnis des Anblicks reinigte ihn wie der Blitz von der Schwere seines Blutes; in der Größe seines gewaltigen Leibes glich er einem Kinde, dem das Weinen nahe ist.

Sie sah seinen mächtigen Leib vor sich und die gewaltigen Kräfte, die in ihn eingesperrt waren und aus den Augen, aus dem Mund und den beweglichen Gliedern hervorbrechen wollten, und weil sie dieses eine Mal nicht begehrend auf sie einstürmten wie ein Bergsturz, so war sie entzaubert und sah ihn mit einem durchdringenden Blick: seine Gewalt war ihr wie eines Löwen und seine Ohnmacht wie eines Kindes; sie erschrak über den ungeheuren Zwiespalt mit einem süßen Schrecken und öffnete sich ganz, diese Zweiheit in sich zu vereinen; ihre Knie gaben nach in jungfräulichem Schreck, und ihr Herz umfaßte den Gewaltigen mit mütterlicher Zartheit. Ihr Mund hing voller ungeküßter Küsse, perlend, und aus ihren Augen brachen wie Feuerketten die Beseligungen, die sie zu empfangen und zu geben fähig war. Sie gab sich ihm hin in dieser Sekunde, wie sie sich nie gegeben hatte, in einer Umarmung ohne Umschlingungen und einem Kusse, in dem die Lippen sich weder berührten noch trennten.

In diesem Augenblick waren sie wahrhaft Mann und Frau, und in diesem Augenblick, dem Bann gehorchend und in Gehorsam verbunden den ausgesprochenen Worten und den dahingegebenen Fischlein, deren letztes in diesem Augenblick zu glühender Asche verbrannt war, löste sich der Schatten vom Rücken der Färberin und huschte schneller als ein Vogel über die Erde hin aufs Wasser zu: denn das Fließende wie das Lodernde zog ihn an, und er suchte sich zu retten vor greifenden Händen und vor fremder Dienstbarkeit. »Her zu mir!« schrie die Amme und beugte sich vom Ufer übers Wasser, ihn in ihren Klauen zu fassen. »Heran und ergreife, was dein ist!« schrie sie ohne Atem über die Schulter auf die Kaiserin hin. Im gleichen Augenblick schrien die drei Brüder hinter ihr wie aus einer Kehle einen Schrei des äußersten Erstaunens und Entsetzens: vor ihren sehenden Augen waren der Färber und die Färberin verschwunden. Von drüben bewegte sich ein Schein quer den Fluß herüber: die Amme riß die Augen auf, und ohne daß ihre Lider sich einmal bewegt hätten, starrte sie auf die Erscheinung: ihr Haar sträubte sich und jede Nerve an ihr spannte: es war der Geisterbote, der so unerwartet über das Wasser hergeglitten kam, und die Oberfläche des Flusses, die plötzlich still dalag, spiegelte den Harnisch aus blauen Schuppen. Sein funkelndes Auge schien sie zu suchen, starr erwartete sie seine Annäherung. Sein Mantel schleifte hinter ihm drein, jetzt hob er sich höher übers Wasser und streifte im Bogen an ihr vorbei; an seinen wehenden Mantel hing sich der Schatten der Färberin, und ohne ihr auch nur einen Blick zu geben, glitten sie fort. »Auf du! und hinter ihm her!« schrie sie und war in drei Sprüngen bei der Kaiserin, »denn es gilt, daß wir erlangen, was wir zu Recht erworben haben!« Die Kaiserin lag da wie eine Leiche, aber als sie ihr sanft den Kopf aufhob, sah sie, daß die Augen offen waren. Sie bettete sie in ihren Schoß, sie redete zu ihr. Nun richtete sich der Blick, der gräßlich ins Leere ging, auf sie, sie schien die Alte zu erkennen, aber ein Grauen malte sich in ihrem Gesicht, und sie schloß wieder die Augen. Unerträglich war es der Amme, das Gesicht zu sehen, das nun völlig dem Gesicht einer irdischen Frau glich. Sie hob die Willenlose vom Boden auf, der Kopf hing ihr übern Arm nach abwärts, sie schlug ihren dunklen Mantel um sie beide, drückte ihr Pflegekind mit beiden Armen an sich, und sie fuhren durch die Finsternis dahin. Die Amme wußte wohl, welchen Weg sie nun zu nehmen hatte.

Siebentes Kapitel

Auf dem Fluß, den die Mondberge mit steilen glatten Klippen einengten und der trotzdem ohne Wirbel ruhig, wenn auch sehr schnell, dahinfloß, fuhr ein Kahn gegen das Innere des Gebirges; denn so ging hier der Zug des Wassers. Er fand seinen Weg ohne Steuer, die Amme, die am hintern Ende auf dem Boden saß, schien ihn mit dem aufmerksamen Blick zu lenken, den sie über das Vorderteil hin, immer einen Pfeilschuß voraus, auf das schnelle Wasser gerichtet hielt; zu ihren Füßen lag die Kaiserin und schlief.

Allmählich traten die Klippen zurück, hohe Bäume standen links und rechts am Ufer, alle schön, von verschiedener Art, durcheinander wie in einer Au; hinter ihnen stiegen die schwarzen glänzenden Felsen empor, aus deren finsterer mächtiger Masse der ganze Bereich von Keikobads verborgener Residenz aufgebaut war. Zwischen den Bäumen sah sie mehrere von den Boten sich bewegen, deren allmonatliches Kommen sie ihrem Pflegekind immer sorgsam verheimlicht hatte. Mit Unlust erkannte sie den Alten, dessen weiße Gestalt gleich nach dem Verstreichen des ersten Monats nachts auf der Treppe zum blauen Palast aus der Wand herausgetreten war und sie mit seinen leuchtenden und strengen Blicken so erschreckt hatte. Auch den Fischer sah sie in der Ferne gehen; er trug wie damals eine Art von kurzem Mantel, aus Binsen geflochten, und in Händen seine Netze, an denen das Wasser glänzte, das rotgelbe Haar aber hinten hinaufgebunden wie eine Frau. Aber keiner kümmerte sich um den Kahn und die Ankömmlinge. So blieb die Amme ganz ruhig; mit ihrem Willen hatte sich der Mantel, in den gewickelt sie beide durch die Luft flogen, im Bereich der Mondberge, am Ufer des Flusses niedergelassen, der sie quer durchschnitt und zu dem kein sterblicher Mensch ungewiesen den Weg fand; ohne ihr Zutun hatte er sich sogleich in einen Kahn verwandelt, groß genug, sie und die Regungslose aufzunehmen, jetzt trug er sie dorthin, wohin sie mit ihrer Herrin zurückzukehren sich so sehnlich wünschte. Sie fühlte Keikobads Gebot über dem allem, so mußte er ihnen nicht mehr unerbittlich zürnen; sie war sich bewußt, ihrer Herrin aufs Wort gedient und den Menschen, die ihr abscheulich waren, einen Streich gespielt zu haben, der ganze Handel erschien ihr in gutem Licht: sie war zufrieden und einer Belohnung gewärtig. Sie wunderte sich nur, den im blauen Harnisch nicht zu sehen: ihm gedachte sie entgegenzutreten und ihn zu beschämen;

denn sie fühlte das Geisterrecht auf ihrer Seite. Nur den letzten Blick konnte sie nicht vergessen, den ihr die Kaiserin gegeben hatte, als sie sie dort an der Mauer des Färberhauses vom finstern Erdboden aufhob. Der Blick war ihr gräßlich in seiner Mischung von verzweifelter Angst und düsterem Vorwurf, dessen Sinn sie nicht begreifen konnte. Daß sie sie hatte vor den Füßen eines Menschen liegen sehen, war ihr, als ob es nie gewesen wäre. Sie neigte sich über Bord und wusch sich, mit beiden Händen schöpfend, Augen und Wangen mit dem dunklen reinen Wasser; noch rieb sie ihren Hals und Nacken von der zauberischen Schminke, die keine Spur auf den Händen zurückließ; da fühlte sie, daß der Kahn seine Richtung änderte, so, als würde er von dem einen Ufer her an einem Tau gezogen. Kaum hatte sie sich umgewandt, so sah sie den im blauen Harnisch auf einem glatten Uferstein dastehen; er schien den Kahn erwartet zu haben, jetzt trat er zurück zwischen die Bäume. Sie sah ihn nur mehr im Rücken; das blauschwarze Haar trug er aufgeflochten im Nacken hängend, der Mantel war kurz über dem Harnisch gerafft; trotz seiner gedrungenen Gestalt nahm er sich schön und gebietend aus. Indem sie ihm nachspähte, war er auch schon zwischen den Stämmen verschwunden. Zugleich aber hatte der Kahn sich sanft dem Ufer angelegt, und schon hatte die Kaiserin den Schlaf abgeworfen und war leicht wie ein Vogel auf die feste Erde hinübergestiegen. Das graue Obergewand, in das sie sich für die Menschen verhüllt hatte, war abgefallen und blieb im Kahn zurück, nur ein leichtes schneeweißes Gewand trug sie um die Glieder fest gewickelt, man hätte es unter dem grauen Überwurf nie geahnt. Sie erkannte mit einem Blick die Gegend; als eine junge Schlange war sie oft hier gewesen, auch als Vogel hatte sie sich über diesen Büschen und dem Wasser gewiegt. Aber nichts von dem allem drang jetzt in sie hinein. Ihre Miene veränderte sich gleich, ihre strahlenden Augen wurden dunkel und zornig. »Wo bin ich?« rief sie und trat oberhalb hart an den Kahn heran. »Wo hast du mich hingebracht, während ich schlief und nichts von mir wußte! Wo ist der Mann? wo ist das Weib? Auf, und zurück vor ihre Füße, daß ich ihnen genugtue!« Vor Staunen über diese Rede verwandelte sich das Gesicht der Amme. Nichts von dem, was die Kaiserin bewegte, konnte sie begreifen. Als sie ihr Gesicht wusch, hatte sie auch die letzte Erinnerung an die zwei Menschen und ihr armseliges Haus weggewaschen; sie hatte völlig vergessen, wie der Färber und die Färberin aussahen. »Wer sind die, von denen du redest«, rief sie von unten hinauf, »wo wären sie des

Atems wert, den du an sie verschwendest!« Dabei wandte sie den Kopf
ab. Sie hatte bemerkt, wie jetzt am jenseitigen Ufer der Fischer zwischen
den Büschen hervortrat. Nicht gern fühlte sie seinen Blick auf dem Kahn
und auf ihr selber. Es war ihr unvergessen, wie rauh er sie behandelt
hatte, als er am Ende des siebenten Monats ausgesandt war, zu erkunden,
ob das Geisterkind schon einen Schatten werfe. Immer war sie seitdem
gewärtig, daß er, wie damals, als sie am Rand des Teiches hinter dem
blauen Palast dahinging, von hinten an sie heranträte, ihr das Netz
überwürfe und sie zu sich ins Wasser risse. Aber der Zorn ihrer Herrin
hatte mehr Kraft über sie als die Besorgnis vor dem Boten. Nie hätte
sie fassen können, daß diese, die unnahbar über ihr stand und vor Zorn
bebte wie eine in weißen Rauch gehüllte Flamme, auf dunkler feuchter
Erde vor den Füßen eines Menschen gelegen hatte. »Auf, und du voran«,
rief die Kaiserin, »und daß du sie mir wiederfindest, und wären sie von
Geistern verschleppt und auf tausend Meilen von ihrem Hause. Denn
wir sind Diebe und Mörder an ihnen geworden und alles Blut aus unseren Adern ist zu wenig, um gutzumachen, was wir an ihnen getan haben.« Die Amme duckte sich zur Seite und hielt den Blick ihrer Herrin
nicht aus, und ihr war, als würde die Kaiserin von oben auf sie nieder-
stoßen wie ein Vogel und mit den Fersen ihrer leuchtenden Füße auf
sie treten, so furchtbar war der Zorn in ihren Mienen. Aus dem Winkel
ihres Auges spähte sie aber gleichzeitig über den Rand des Kahnes: da
sah sie, wie drüben der Fischer hart ans Ufer getreten war, daß das
Wasser sich an seinen Füßen staute, wie er gebieterisch den Arm aus-
reckte und ihr zuwinkte, ihn mit dem Kahn überzuholen. Schon fühlte
sie, daß der Kahn von selber dem Wink gehorchte und sich vom Ufer
losmachte. »Heran zu mir!« schrie sie der Kaiserin zu, denn sie begriff
sofort, daß man sie von ihrem Pflegekinde trennen wollte. Aber die
Kaiserin gab keine Antwort. Sie hatte die beiden Arme über die Brust
gedrückt und hielt den Kopf nach oben, aber mit geschlossenen Augen.
Die Amme umklammerte eine Baumwurzel des Ufers, es war zu spät,
der Kahn riß sie hinüber. Schon war der Fischer hineingesprungen, er
warf seine Netze ab und stieß die Alte, daß sie auf die Netze hinfiel;
mitten im Fluß lenkte er den Kahn nach abwärts, knirschend sah sie
hohe Felsen vortreten, wie ein Tor zu beiden Seiten, der Kahn glitt
zwischen ihnen durch, die Kaiserin war ihren Augen entschwunden.
Auf den nassen Netzen kauernd überlegte die Alte, wie sie wieder in
den Besitz des Kahnes kommen, ihn zurückverwandeln könnte in den

Mantel, den sie jetzt nötiger brauchte als je. Der Fischer kümmerte sich nicht um sie; er streifte die Ärmel auf, griff tief ins Wasser und hob einen weidenen Korb heraus von länglicher Gestalt, wie ein großes Futteral; kein Tropfen Wasser hing an dem Korb, es war, als hätte er ihn von oben aus der glänzenden Luft geholt. Indessen war der Kahn langsamer geworden, er glitt an ein sanft abfallendes Ufer hin, zwischen Weiden und Erlen blieb er stehen. Der Fischer nahm den Korb untern Arm, warf die Netze über die Schulter und stieg ans Land. Er schlug einen Pfad ein, der zwischen den Erlen landeinwärts führte. Schnell dachte sie den Kahn vom Ufer zu lösen, aber zu ihrer Enttäuschung hatte der Fischer den Strick um den Stumpf einer alten Weide geschlungen und in einen Knoten geschürzt, den zu lösen ihr unmöglich war; sie begriff nicht, wie er dies so blitzschnell unterm Aussteigen vollbracht hatte. Zornig seufzend zog sie das Gewand der Kaiserin an sich und schlich dem Fischer nach; denn sie wußte, daß der Fluß sich durch die Mondberge hinkrümmte wie ein S, sie kannte weiter oben eine schmale gefährliche Stelle, wo sie sich an einem überhängenden Baum zu einer Klippe hinüberschwingen konnte, und sie hoffte, querüber durchs Gebirg zu dieser Stelle zu gelangen. Sie war auf dem ansteigenden Fußpfad noch nicht weit gegangen, so sah sie zwischen Birken und Haselbüschen die Hütte des Fischers liegen, von der ein bläulicher Rauch aufstieg. Sie schlich an das Fenster und blickte hinein. In einer Ecke der einzigen halbdunklen Kammer lag auf einer Schilfstreu eine zartgliedrige junge Frauensperson in unruhigem Schlaf. Zu ihren Füßen kniete die Frau des Fischers, grauhaarig, aber mit einem noch leidlich jungen Gesicht, so daß sie im Alter zu ihrem Gatten ganz wohl zu passen schien. Sie betrachtete mit der größten Aufmerksamkeit die Hände der Schlafenden, die sich ineinanderrangen und voneinander lösten wie in einem heftigen bedrückenden Traum. Die Amme kannte dieses Weib lebenslang; aber sie hatte sie nie leiden mögen. Die Fischerin war neugierig über die Maßen und vermochte nichts für sich zu behalten. Mut und Willenskraft 421 besaß sie wenig; aber sie konnte sehen, was durch eine Wand, einen Deckel oder einen Vorhang verhüllt war, und sie verstand es, an allerlei Zeichen etwas abzulesen, und konnte aus leisen Spuren vieles erraten, was andern verborgen blieb. Abgeschlossen von den Menschen, wie sie lebte, war sie voll Freude, daß man die junge Frau ihrer Obhut anvertraut hatte. Jetzt, als die Schlafende beim Eintreten des Fischers den Kopf bewegte, erkannte die Amme in ihr das Weib des Färbers, das sie nie wieder mit Augen zu sehen verhofft hatte, und ihr entfuhr ein zorniger Laut der Überraschung, den sie aber halb noch in der Kehle erstickte. Die Fischerin hatte tausend Fragen auf den Lippen. »Warum hast du mir nichts gesagt«, rief sie dem Eintretenden entgegen, »daß es unter den sterblichen Menschen solche gibt, die keinen Schatten werfen, auch wenn, wie es vor einer Stunde der Fall war, die volle Sonne schräg zum Fenster hereinfällt! Und was hat diese begangen, daß sie sich so fürchtet! Dabei ist sie eine Kühne und Ungebändigte, das seh ich an ihren Händen, und eine Träumerin, und ihr Herz ist rein, aber der Spielball ihrer Begierden und ihrer Träume. Und was bringst du«, unterbrach sie sich selber, »da für einen Korb, und was für eine Bewandtnis hat es mit einem, der dir nachgeschlichen ist und von hinten her das Haus umlauert, nicht Mensch und nicht Tier, sondern irgendeiner unseresgleichen?« und sie hob die Nase und witterte in der Luft. Der Fischer gab ihr seiner Gewohnheit nach keine Antwort; er wickelte seine Netze auseinander. Schon hatte sie sich aber dem Korbe genähert, und indem ihre Augen das dichte Geflecht durchdrangen, antwortete sie sich selber. »Ein Richtschwert und ein blutroter Teppich!« rief sie halblaut. »Ist der Teppich für ihre Knie und das Schwert für ihren Hals?« flüsterte sie und deutete auf die Schlafende; diese zuckte zusammen, als ob sie es gehört hätte. »Wer wird Richter sein?« fragte das Weib weiter. »Und soll sie vielleicht den Korb auf ihrem eigenen Kopf bis zur Richtstätte tragen? Ist es darum, daß du ihn hierher gebracht hast?« Sie ließ ab, auf die Hände zu spähen, und heftete ihren Blick auf die Lippen der Färberin, die sich kaum wahrnehmbar bewegten. »Wie sie ergeben ist!« rief die Alte. »›Lasset mich sterben‹, sagt sie, ›bevor die Sonne auf ist. Zündet nur keine Fackel an. Das Schwert blitzt ohnedies und der Teppich leuchtet von dem vielen Blut, das er getrunken hat, so wird niemand sehen, daß ich keinen Schatten werfe.‹ – Zu wem spricht sie das?« fragte die Alte neugierig ihren Mann, der sich auf den Hackstock gesetzt hatte und anfing, an seinem Netz zu flicken. »Ei«, sagte sie und rückte der Schlafenden näher, »jetzt betet sie und küßt demütig eine große blauschwarze Männerhand. ›Mir geschehe, wie du willst‹, sagt sie, ›denn du bist mein Richter, und ich knie zwischen deinen Händen. Aber wisse, daß ich dich erkannt habe in der letzten Stunde meines Lebens, und daß du den Knoten meines Herzens gelöst hast.‹ – Wer wird ihr Richter sein, gib mir Antwort! Den ganzen langen Tag bin ich allein, und gibt man mir einmal ein fremdes Wesen zur Gesellschaft, so ist's eine

Schlafende, die den Mund nicht auftut. Wer wird zu Gericht sitzen über dieser da?« – »Das goldene Wasser!« antwortete der Mann. »Das Wasser des Lebens?« rief die Frau mit überraschtem Ton. »Man hat mir noch nicht einmal gesagt, daß es in den Berg zurückgekommen ist. Ja, kann es denn sprechen und ein Urteil verkünden?« – »Nein, aber es verwandelt, und das ist mehr.« – »Verwandeln! das ist eine Gabe wie eine andere«, gab sie zurück. »Verwandelt nicht der Alte, dein Stiefbruder, alles Feindselige, das ihm entgegentritt, in Tiere, die ihm gehorchen? Und ist es dir nicht wiederum gegeben, wenn du deine Arme ins Wasser tauchst, hervorzunehmen, was niemand hineingelegt hat!« – »Ja, aber das goldene Wasser verwandelt das Unsichtbare«, sagte der Mann. »Es ist jemand am Fenster«, flüsterte die Frau und hob sich blitzschnell vom Boden auf. Der Fischer trat vor die Schlafende hin und betrachtete sie. Sie seufzte im Schlaf, als wollte ihr die Brust zerspringen, und Tränen traten ihr unter den Wimpern hervor und liefen über die Wangen.

Als das Weib hinaustrat, war die Amme auf und davon. Fast schlimmer war ihr zumut als vor einem Jahr, als sie das Feenkind verloren hatte und nicht wußte, wie ihre Spur wiederfinden. Die Gegenwart des jungen Weibes hier im Bereich der Geister erfüllte sie mit einer unbestimmten beklemmenden Furcht. Sie hastete vorwärts und aufwärts. Nur mehr Felsen umgaben sie, zwischen denen es selbst für ein Wesen von ihren Gaben nicht mehr leicht war, sich zurechtzufinden. Doch wußte sie noch, wo sie war.

Nicht weit von hier mußte eine Kluft sein, darin sie im vergangenen Jahr, dem verlorenen Kind mühselig nachwandernd, die erste Nacht eine erträgliche Unterkunft gefunden hatte. Nun erkannte sie den tief eingeschnittenen Hohlweg: aus ihm kam ein Luchs hervor, der sich wartend nach hinten umsah, wie ein Hund nach seinem Herrn. Sogleich sah sie auch den weißgewandeten Alten hervortreten und an seiner Seite ein Lamm, das klug zu ihm aufblickte. Aber in dem Großen, der breitspurig und langsam nun aus dem Berg hervorkam und auf den der Alte wartete und ihm, wie ein Führer dem Gaste, ehrerbietig die sicheren Steinplatten zeigte, den mächtigen, des Gebirges ungewohnten Fuß aufzusetzen, erkannte sie den Färber und ihr grauste; ihr war, als ob ein Netz sich von weitem her um sie zusammenzöge, dessen Maschen sie nicht würde zerreißen können. Sie war seitlich zwischen Baumwurzeln und nackten Felsen emporgeklommen, oben hängend hörte sie, was die beiden miteinander redeten. »Wann werde ich sie wiedersehen?« fragte der Färber, und ein mächtiger Seufzer drang aus seiner Brust. »Wenn die Sonne über dem Fluß im Steigen ist«, antwortete der Alte. Sie redeten weiter, abermals schlug der Name des goldenen Wassers an ihr Ohr. Von Kindheit an war ihr vor diesem mächtigen Zauber eine scheue Furcht eingeprägt, sie wollte das Wort nicht mehr hören, sie klomm von Baum zu Baum, von Platte zu Platte. Sie meinte die Richtung inne zu haben, aber das Geklüft wurde immer wilder, die Bäume hörten jetzt auf: umsonst, daß sie horchte. Der Fluß rann tief unten ohne Rauschen hin, nirgends ein Zeichen, sie mußte sich eingestehen, daß sie den Weg verloren hatte. Sie rief gellend den Namen ihres Kindes, nichts antwortete, nicht einmal ein Widerhall. Nur ein Nachtvogel kam auf weichen Flügeln zwischen dem Gestein hervor, stieß gegen ihren Leib und taumelte gegen die Erde. Da warf auch sie sich zu Boden und drückte das Gesicht gegen den harten Stein.

Die Kaiserin indessen stand allein zwischen den Bäumen und dem Felsen, beschattet von der Felswand, hinter der seitlich das Licht zu sinken anfing. Alles warf nun lange Schatten über den grünen Waldgrund hin, von ihr allein fiel keiner. Sie hatte sich der Felswand zugekehrt, sie meinte die Stelle wiederzuerkennen: es war die deutlichste Erinnerung aus einer frühen Zeit. Hier war ihr Vater mit ihr herausgetreten, hier hauchte er das Geheimnis der Verwandlung in sie hinein: sie fühlte sich Vogel werden zum erstenmal, fühlte sich aufschweben vor des Vaters Augen. Wenig von seiner Erscheinung konnte sie erinnern; er trug keine Krone, aber die Stirne selber glänzte wie ein Diadem, das ahnte ihr noch. »Vater«, rief sie sehnlich, »Vater, wo bist du?« Das Wort verhallte. Sie kam sich eingeschlossen vor in ihren Leib, wie gefangen. Unwillkürlich griff sie nach dem Talisman. Wie ein klares Licht durchzuckte es sie, sie begriff, warum und seit wann ihr die Verwandlung genommen war, und er, der sie so gestraft hatte, war ihr näher als je. In seiner Unnahbarkeit fühlte sie ihn, auf ihrer Stirne leuchtete ein Abglanz von ihm.

Sie hörte hinter sich ein spritzendes Geräusch, als hätte jemand aus dem Wasser sich ans Ufer geschwungen. Ein Schauer lief ihr über den Rücken, sie wußte sich plötzlich nicht mehr allein und drehte sich jäh um. Ein großer Knabe stand da, zwischen ihr und dem Wasser, gedrungen stark. Sie hätte glauben können, den Färber vor sich zu sehen: die breitbeinige Gestalt, die gebuckelte Stirne, das krause schwarze Haar; er trug ein Gewand von wunderbar blauer Farbe, nicht so, als hätte man ein weißes Gewebe in die Küpe gelegt, darin sich die Stärke des Indigo und des Waid vermischten, sondern so, als wäre die Bläue des Meeresgrundes selbst hervorgerissen und um seinen Leib gelegt worden. Er blieb an seiner Stelle und verneigte sich vor ihr, die Arme über die Brust gekreuzt. Dann sah er sich im Kreis um, wie wenn er einen Zeugen dessen, was er zu sagen hatte, gefürchtet hätte: er wiegte den runden Kopf bedächtig gegen den Fluß. »Halte das Weib weg!« rief er. Indessen hatte sein Gewand sich verändert: es glich jetzt dem nächtlichen Schwarzblau, bevor die ersten Strahlen der Sonne den Himmel erhellen. Ehe die Kaiserin ihm antworten konnte, war noch ein Wesen vor ihren Augen. War es aus den Bäumen herausgetreten, war es aus der Erde hervorgekommen – es stand da. Es war ein kleines Mädchen und von den zierlichen wie aus Wachs geformten Füßen bis zu dem dunklen wie Kupfer schimmernden Haar glich es der Färberin. Es tat seinen Mund auf im gleichen Augenblick, als es da war, und rief mit heller befehlender Stimme: Stelle dich zu deinesgleichen! Zugleich wie vor Ungeduld kam es näher an die Kaiserin heran; nicht mit Schritten, sondern es glitt auf dem grünen Grund heran wie auf Glas, mit geschlossenen Füßen, und keine Art sich zu bewegen hätte besser zu der Zartheit seiner Glieder und zu den Farben, in denen es glänzte, passen können. Hinter ihr aber trat nun eine andere hervor, weit älter als sie, ja größer und mächtiger als der zuerst Gekommene. Stumm stand sie da, einen Blick wie eines Tieres auf die Kaiserin geheftet, an ihr hingen drei kleine Knaben und auch das Mädchen glitt zurück zu ihr, alle vier drückten sie sich an die große Schwester. Von dieser konnte die Kaiserin keinen Blick verwenden: wie sie nun die Kinder an sich drückte, mit sanften Händen und sorglichen Blicken, wie ein Vogel seine Brut, glich ihre Güte der Güte des Färbers, aber wenn sie herüber sah mit einem kühnen und scheuen Blick, so war es der Blick der Färberin. Wunderbar war sie aus beiden gemischt, und doch kein Zug von keinem: nur die Vereinigung beider. Die Kaiserin fühlte ihr Herz pochen, es zog sie hinüber zu diesen Wesen – da war die Gestalt dahin. Der Bruder allein stand da, er schien zu warten, daß die Kaiserin ihn anrede. »Ihr bringt mir eine Botschaft?« rief sie und lächelte ihm zu. Tief und dunkel glühte sein Gewand auf aus dem Violetten ins Rote. Die Farbe schien aus der Ewigkeit her zu ihm zu kommen, so auch die Antworten, die langsam in ihm aufstiegen und zögernd den Rand seiner Lippen erreichten. »Wir bestellen nichts, wir verkünden nichts. Daß wir uns zeigen, Frau, ist alles, was uns gewährt ist.« – »Wo ist die andere?« fragte die Kaiserin; ihr Blick deutete mit Begierde nach den Bäumen, zwischen denen das Mädchen gestanden hatte. »Da und nicht da, Frau, wie es dir belieben wird!« sagte er und hob sich aus seiner leicht geneigten Haltung; seine Mächtigkeit wurzelte auf seinen gewaltigen Füßen in der Erde und sein Gewand war wie Blut, das sich in Gold verwandelt; alle Bäume empfingen von ihm die Bestätigung ihres Lebens, wie vom ersten Glanz der aufgehenden Sonne. »Gibt es ein Drittes?« fragte die Kaiserin. »Die Vereinigung der beiden«, kam es von den Lippen des Knaben. »Wo geschieht diese?« – »Im entscheidenden Augenblick.« Die Kaiserin tat einen Schritt auf ihn zu. »Führet mich zu denen, von denen ihr wisset«, sagte sie. »Nicht wir sind es, die dich führen werden, sondern andere«, gab er zur Antwort. »So bringet sie zu mir!« rief die Kaiserin. Der Knabe sah sie blitzend an aus den Augen der Färberin mit dem Blick des Färbers. Er hob mit sanfter Strenge die Hand gegen sie und glich jenem, seinem Vater, wie ein Spiegelbild dem Gespiegelten; denn es schienen Sprüche der Weisheit und der Erfahrung in ihm aufzusteigen, die über die schweren Lippen nicht zu dringen vermochten und sich stumm entluden in den Gebärden der Arme und in der weisen Entsagung der halbgehobenen Schultern. Die Farbe seines Gewandes sank aus dem Rot in das Violett gleich einer Wolke am dunklen Abendhimmel. »Nicht dir werden sie vorgeführt werden, Frau, sondern du wirst vorgeführt werden, und dies ist die Stunde.« Die Kaiserin trat hinter sich. »Wer richtet über mich?« fragte sie leise. »Versammelt sind die Unsichtbaren, Frau, wie es dir nun belieben mag!« sagte er und verneigte sich ernst vor ihr; ein Todesurteil hätte er nicht ernster verkünden können. Dunkel war wieder sein Gewand, wie der nächtliche Himmel ohne Sterne. – Die Kaiserin holte tief Atem. »Ich hab mich vergangen«, sagte sie. Sie senkte die Augen und richtete sie gleich wieder auf ihn, der mit ihr sprach. Das Wesen horchte, antwortete nicht sogleich. Die Seele trat in seine Augen; er schien die Worte zu liebkosen, die aus ihrem Mund kamen. »Das muß jeder sagen, der einen Fuß vor den andern setzt. Darum gehen wir mit geschlossenen Füßen.« Der Hauch eines Lächelns schwebte in seiner Stimme, als er das sagte; aber sein Gesicht blieb ernst, und in nichts glich er dem Färber mehr als in diesem tiefen Ernst seiner Miene. »Kann ich ungeschehen machen?« rief die Kaiserin. Ihre Augen hingen an seinem Mund, ihre Ehrfurcht vor ihm, der so mit ihr sprach, war nicht geringer als die seine vor ihr. »Das goldene Wasser allein weiß, was geschehen ist und was nicht«, gab er zurück. »Ist es meinem Vater Untertan?« fragte sie. »Die großen Mächte lieben einander«, sagte das Wesen kurz. Es war, als flöge ein Schatten von Ungeduld über sein gewaltiges Gesicht. »Dürft ihr mir nicht mehr sagen?« rief sie. »Laß mich antworten!« rief eine helle Stimme. Sogleich war einer von den Kleinen vor ihr, sogleich der zweite neben ihm. Der erste, der so begierig war zu antworten, glich mit dem dünnen Mund und der hohen schmalen Stirn dem jüngsten Bruder des Färbers. Aber er glich ihm auch wieder nicht, denn er hatte gerade Glieder und einen glatten Rücken, und statt der armseligen Gewandung des Buckligen umgab ihn ein Kleid in herrlichen Farben, als wären sie von den Brustfedern eines Paradiesvogels genommen. Der zweite reckte ein Ärmchen gegen sie, das ohne Verhältnis lang war, wie das des Einarmigen, und er heftete die runden Augen des Färbers auf sie, und sein reizender Mund, der auch verlangte zu sprechen, zuckte zauberisch, wie der Mund der Färberin. Unbeschreiblich waren die Farben, in die er gekleidet war; er glich einem Blumenstrauß, gepflückt am frühen Morgen. »Merke, Frau«, rief der erste, »alle Reden unserer Mutter geschehen in der Zeit, darum sind sie widerruflich – aber deine«, fiel der zweite ein, »deine wird geschehen im Augenblick und sie wird unwiderruflich sein: so ist dein Los gefallen.« – »Von welchem Augenblick redet ihr?« rief die Kaiserin. »Von dem einzigen!« rief das kleine Mädchen und flammte heran. »Was muß ich tun?« fragte die Kaiserin und heftete ohne Atem ihre Augen auf die drei Kinder. »Im Augenblick ist alles, der Rat und die Tat!« rief ein kleiner breiter Mund, wie aus dem Mund des Färbers herausgeschnitten, über einem breiten Leib, um den ein korallenroter Schurz wehte, unter einem Wust von schwarzem Haar, dicht wie ein Gebüsch: das vierte Kind war zwischen die drei hineingeflogen, sie umschlangen einander an den Hüften und an den Schultern; sie standen lächelnd da und glichen in der Buntheit ihrer zauberischen Gewänder und im Glanz ihrer Augen, die sie wechselnd senkten und aufschlugen, einer blühenden Hecke, in der dunkeläugige Vögel nisten, und sie wiegten sich in einer Art von stillem Tanz vor der Kaiserin hin und her wie eine Hecke im Abendwind. »Wer ist meinesgleichen?« fragte die Kaiserin schnell, denn sie sah, wie die Wesen sich voneinander lösten und wie sie mit einem schalkhaften Lächeln zu verschwinden drohten. »Wir doch, Frau, und die, mit denen wir eins sind!« riefen sie und waren schon dahin, keine Wimper hätte können so schnell sich schließen. »Laßt mich euch einmal sehen!« rief die Kaiserin und heftete in sehnlicher Erwartung den Blick auf die Stelle, wo das große Mädchen gestanden hatte. Sie hatte es noch nicht ausgesprochen, so stand die Große drüben bei den Bäumen und aus der Luft glitten die kleinen Geschwister ihr an die Brust und an ihre Hüften und schmiegten sich an ihre Knie wie an die Knie einer Mutter.

Ein Wind wie ein langgezogener Atem kam jetzt aus dem Berg hervor und das Laub fing an, heftig zu zittern. Die laue Luft zwischen den Bäumen und dem Fluß veränderte sich in feuchte Kühle wie in einem Grabgewölbe. Den Leib aller dieser Kinder durchlief eine solche Angst, daß die Kaiserin mit ihnen erschrak bis ins Innerste. Das große Mädchen bückte sich, sie preßte die Kinder an sich; ihr Leib deckte alle zu. Angstvoll schickte sie die Blicke nach allen Seiten; als wären ihre Hände verdoppelt, so faßte sie alle die Leiber der Kinder zugleich. Aber sie schwanden ihr zwischen den Händen dahin: mit sterbenden Mienen hingen sie ihr im Arm, dann zergingen sie gräßlich in der Luft wie farbiger Nebel, der ihren Leib umflatterte. Gruben waren in dem Gesicht der Großen, graue Schatten des Todes; ihre Augen, wie aus dem Jenseits, sahen in die Augen der Kaiserin; der schwoll das Herz dumpf, sie mußte ihre Hände darauf drücken. Jetzt deckte der Bruder seinen Mantel, der schwarz war wie die Nacht, über die sich auflösende Miene der Schwester, die im Vergehen dem wahrsten Gesicht der Färberin glich wie nie zuvor. So glich nun sein gealtertes schwer gewordenes Gesicht völlig dem Gesicht des Färbers; er zog den Mantel über seinen Kopf und verhüllte sich selber.

»Werde ich euch wiedersehen?« rief die Kaiserin; das Gefühl der Schuld umschloß ihr Herz mit Ketten, sie fühlte sich an jene geschmiedet, in deren Dasein sie ungerufen hineingetreten war. Der Verhüllte deutete stumm gegen den Berg. Sie schloß die Augen.

Als sie sie wieder aufschlug, waren die Gestalten dahin; ein bläulicher Glanz erhellte die Dämmerung zwischen den Stämmen. Der Bote stand da. Noch war ihr der Sinn benommen, sie sah ihn, ohne ihn zu sehen. Er wartete, dann neigte er sich gemessen vor der Kaiserin. Er wendete sich sogleich und winkte ihr: er trat in die Felswand hinein und die Kaiserin folgte ihm. Der Weg drehte sich mehrere Male und es war nur der bläuliche Widerschein auf den glatten Wänden, der sie leitete. Mit eins sah sie den Schein und die Gestalt zur Seite verschwinden: als sie an die Stelle kam, war dort nichts. Vor sich aber gewahrte sie eine andere Erhellung und ging darauf zu. Sie stand in einem runden hohen Raum; hinter ihr schloß sich der Stein. Hoch oben in einem metallenen Ring hing eine Fackel; sie leuchtete stark und gab im Verbrennen einen wunderbaren Duft. Nichts war sonst in dem kreisrunden Raum als eine niedrige Bank, aus einem dunkelleuchtenden Stein geschnitten, die ringsum lief. Die Kaiserin sah, daß es ein Bad war, in das man sie geführt hatte, aber schöner und fürstlicher als selbst die schönste der Badekammern in ihrem eigenen Palast. Sie verlor sich, aber nur einen Augenblick, in dem Gefühl der unerwarteten, geheimnisvollen Einsamkeit und in der Betrachtung des wunderbaren Beckens, an dessen Rand sie stand. Dieses glich dem Gestein, aus dem die Wände geschnitten waren, es leuchtete auch von Zeit zu Zeit auf, es waren nicht funkelnde Adern, sondern ein dumpfes Aufleuchten in der ganzen Masse, wie Wetterleuchten im dichten, gestaltlosen Gewölk, und die Kaiserin hätte nicht ohne Furcht den Fuß auf diesen Grund gesetzt. Zugleich aber kam ein himmlisches Wohlgefühl über sie, als dränge es mit dem Duft der Fackel in alle ihre Glieder. Sie sank auf den Rand des Beckens hin, in Scheu und Erwartung, wie eine Braut. Ihr Geliebter mußte ihr ganz nahe sein, er mußte ihr näher sein, als sie wußte. Immer war er zu ihr gekommen, nun kam sie zu ihm, an dieser auserkorenen Stätte. Sie dachte es und ein Ach! kam über ihre Lippen, schamhaft und sehnsüchtig zugleich, und der klanggewordene Hauch aus ihrem eigenen Mund machte, daß sie erglühte von oben bis unten. Ihre Glieder lösten sich, sie streckte die Arme gegen das Becken, der Boden schwankte hin und her, wie ein finsterer von unten erhellter Nebel; von unten stieg ein Schwall von dunklem, goldfarbenem Wasser jäh empor, fiel wieder jäh hinab mit einem dunklen Laut wie das Gurren von Tauben. Sie hätte sich hineinstürzen mögen in dieses dunkelleuchtende Auf und Ab wie in einen liebenden Blick. »Komm, komm!« rief sie, das goldene Wasser stieg in einem mächtigen Schwall nach oben, die Säule gab, wie das Licht der Fackel sie berührte, einen schwellenden Klang, der ihr vor Süßigkeit fast das Herz spaltete. Jetzt sank der Schwall in sich zusammen, wurde ganz golden leuchtende Fläche, erfüllte das Bad, ein goldener Nebel spielte darüber hin. In der Mitte der Kern von Finsternis, den die Säule emporgerissen hatte, lag still: er schien lastend wie ein mitten in den Teich gebautes Grabmal aus Erz. Gebettet auf einen viereckigen dunklen Stein lag die Statue da. Sie war aller Waffen entkleidet, nur den leichten Jagdharnisch trug sie noch, wie zum Schmuck; aber selbst die silbergeschuppten Beinschienen, die vor den Hauern eines Ebers oder den Zähnen eines Luchses schützen konnten, waren weg und die Beine nackt und völlig wie Marmor; so auch die Schultern und der Hals, von denen der Mantel abgefallen war.

Die Kaiserin schrie auf, sie warf sich hinein in das goldene leise wogende Becken; wie ein Schwan mit gehobenen Flügeln rauschte sie auf den Geliebten zu. Sie bog sich über ihn, aber zu küssen wagte sie nicht. Er lag still und unsäglich schön unter ihr, aber unsäglich fremd. Jeder Zug war da, Mann und Jüngling, der Fürst, der Jäger, der Geliebte, der Gatte, und nichts war da. Sie lehnte über ihm, sie wußte nicht wie lang; sie regte sich nicht. Sie glich selbst einer Statue, dem Teil eines Grabmals. Ihr Atem bewegte nicht die Brust, ihr Auge verriet nicht, was sie fühlte; zwei kristallene Tränen fielen nieder.

Die Fackel leuchtete stärker, sie zog den goldenen Nebel in sich, der von dem Wasser aufstieg, bald hatte sie ihn ganz aufgezehrt: nur mehr um die Sohlen der Kaiserin spielte das goldene Wasser, dessen Berührung nicht netzte, bald war es ganz dahin. Halb unbewußt war der Kaiserin scheu vor der Gegenwart dieses Lichtes droben, wie vor der eines lebenden Wesens: sie zog den Mantel an sich, sie wollte ihn über sie beide decken, sie wollte und hob den Arm und tat es nicht. In solcher Nähe drang von der Statue ein Etwas auf sie ein, es war nicht Kühle, nicht Kälte, aber das Gefühl einer unnahbaren Ferne, wie eine aufgetane Kluft, aber ins Unendliche: je näher je ferner. Nun hob die Statue sich auf, langsam und sonderbar, wie nie ihr Geliebter sich aufgehoben hatte, wenn er in ihrem Bette erwacht war. Er stützte sich auf den einen Arm, die Augen schlugen sich mühsam auf, der Blick begegnete dem starren, angstvoll hingerichteten Blick, er streifte über die Kaiserin hin, fremd und gräßlich. Er ließ sie wieder, wendete sich über die Schulter nach der Fackel hin. Mehr und mehr unter dem furchtbaren Blick der Statue drängte sich jetzt das goldene Licht, das aus der Fackel strömte, nach der einen Seite des runden Gemaches zusammen, auf der andern breitete sich eine bräunliche Dämmerung, in die der scharfe Schatten der sitzenden Statue hineinfiel.

Die Statue sah jetzt auf ihren eigenen Schatten hin und drehte langsam den Kopf herum, dorthin, wo die Kaiserin stand; sie suchte den Schatten der Kaiserin. Die Kaiserin wich zurück, sie stand zwischen dem Licht und der Wand und doch glänzte hinter ihr die Wand in vollem Licht, stärker als an irgendeiner andern Stelle, sie fühlte es wohl. Die Augen der Statue, als sie es gewahrte, erweiterten sich. Furchtbar wurde die Miene, die sich anspannte, drohte und noch nicht lebte. Es war, als müßte nun und nun ein gräßlicher Schrei die versteinte Brust zerreißen. Die Kaiserin konnte es nicht mehr ertragen, sie wandte matt ihren Kopf zur Seite. Da drang ein bläulicher Schein aus der Wand heraus an der gleichen Stelle, wo sie selber eingetreten war; als stünde dort der Geisterbote; ein Schatten trat hervor und huschte zu ihr herüber. Jetzt sank er zu ihren Füßen hin, das unerkennbare Antlitz bog sich nach unten und berührte wie ein Hauch ihr Knie; ihr schauderte; sie wußte, es war der Schatten des fremden Weibes, der ihr verfallen war. Die Schattenarme reckten sich empor zu ihr, die Hände mit nach oben gewendeten Flächen: es war die Gebärde des Sklaven, der sich völlig dahingibt, auf Leben und Tod. Das kniende Wesen zitterte dabei wie Espenlaub und die Kaiserin selbst bebte bis ins Innerste. Die Handflächen schoben sich aneinander, auf ihnen ruhte eine runde Schale mit goldenem Wasser. Der Schatten hob die Arme höher und bot zitternd den Trunk dar, und mit dem Trunk sich selber. Der Kaiser hatte sich völlig aufgerichtet, stützte sich nur mehr auf den linken Arm, den rechten hatte er vorgestreckt, in namenloser Begierde und Ungeduld. Seine Augen hafteten an der Hand seiner Frau, mit einem Ausdruck, in dem sich Hoffnung und Verzweiflung verknäulten wie kämpfende Schlangen. Die Kaiserin bog den Arm: sie hatte die Schale gefaßt, ohne es zu wissen. Er folgte ihrer Bewegung mit einer solchen Beseligung, daß sich sein Gesicht verwandelte, wie eines Liebenden in der Entzückung. Sie fühlte, wie sie die Sinne verlieren und trinken würde. Aber wie fest ihr Blick auch auf dem wunderbaren flüssigen Feuer haftete, das ihren Lippen so nahe war, so sah sie doch aus dem Winkel des Auges, daß hinter ihr die Wand sich abermals geöffnet hatte, aber an der entgegengesetzten Seite, als wo der Schatten eingetreten war, und daß eine verhüllte Gestalt hinter ihr stand. Ein Gewand floß nieder, dunkler als der sternlose Himmel um Mitternacht; der Dastehende rührte kein Glied. Sie sah ihn, ohne ihn zu sehen, und sie fühlte in der Tiefe ihrer Eingeweide, daß die Gestalt, wenn sie ihre Verhüllung abwürfe, die Züge Baraks des Färbers enthüllen würde, dem sie vor dreien Tagen ungerufen über die unschuldige Schwelle des Hauses getreten war, und daß er seine Augen auf sie richten würde, gespiegelt in der Miene seines ältesten ungeborenen Sohnes. Sie drückte die Schale an sich, da fühlte sie, wie sich unter ihrem Gewand der Talisman an ihrer Brust verschob: gräßlich und fremd wie aus der Brust eines Tiefschlafenden schlug aus der Tiefe ihrer eigenen Brust der Fluch an ihr Ohr: Zu Stein auf ewig wird die Hand, die diesen Gürtel löste, wofern sie nicht der Erde mit dem Schatten ihr Geschick abkauft, zu Stein der Leib, zu dem die Hand gehört – sie hörte innen ihr eigenes Herz schwer und langsam pochen, als wäre es ein fremdes. Sie sah mit einem Blick, als schwebe sie außerhalb, sich selber dastehen, zu ihren Füßen den Schatten des fremden Weibes, der ihr verfallen war, drüben die Statue. Das furchtbare Gefühl der Wirklichkeit hielt alles zusammen mit eisernen Banden. Die Kälte wehte zu ihr herüber bis ins Innerste und lähmte sie. Sie konnte keinen Schritt tun, nicht vor- noch rückwärts. Sie konnte nichts als dies: trinken und den Schatten gewinnen oder die Schale ausgießen. Sie meinte vernichtet zu werden und drängte sich ganz in sich zusammen; aus ihrer eigenen diamantenen Tiefe stiegen Worte in ihr auf, deutlich, so als würden sie gesungen in großer Ferne; sie hatte sie nur nachzusprechen. Sie sprach sie nach, ohne Zögern. »Dir Barak bin ich mich schuldig!« sprach sie, streckte den Arm mit der Schale gerade vor sich hin und goß die Schale aus vor die Füße der verhüllten Gestalt. Das goldene Wasser flammte in die Luft, die Schale in ihrer Hand verging zu nichts, alles, was den Raum erfüllt hatte, war dahin, die Statue allein lag wie finsteres Erz auf dem schwarzen Stein und droben die Fackel leuchtete gewaltig. Von unten her fing ein Beben an, ein mächtiges Tosen, von steigenden und stürzenden Gewässern. Der Schwall brach herauf und ergriff die Kaiserin und riß sie nach oben. Die Fackel hatte sich in das goldene Wasser hineingestürzt und durchdrang die dunkelleuchtende Finsternis mit Licht, abwechselnd überflutete strahlende Helligkeit und tiefe Nacht das Gesicht der Kaiserin. Sie fühlte sich steigen und steigen, etwas Dunkles stieg neben ihr, es war die Statue, die der unwiderstehliche Schwall so schnell wie ihren leichten Leib hinauftrieb. Nun lag sie mit der Statue Brust an Brust, die steinernen Arme schlossen sich um sie zusammen, ein Blick von nächster Nähe traf sie aus den steinernen Augen, so jammervoll, daß er ein steinernes Herz hätte erweichen können. Die furchtbare Last hing an ihr; sie selbst schlang die Arme um den Stein, sie umrankte ihn ganz, das Steigen hörte auf, sie fühlte sich hinabgerissen ins Bodenlose. Die glatte furchtbare fremde Natur des Steins drang ihr ins Innerste. Vor unbegreiflicher Qual zerrütteten sich ihr die Sinne. Sie fühlte den Tod ihr eigenes Herz überkriechen, aber zugleich die Statue in ihren Armen sich regen und lebendig werden. In einem unbegreiflichen Zustand gab sie sich selbst dahin und war zitternd nur mehr da in der Ahnung des Lebens, das der andere von ihr empfing. In ihn oder in sie drang Gefühl einer Finsternis, die sich lichtete, eines Ortes, der aufnahm, eines Hauches von neuem Leben. Mit neugeborenen Sinnen nahmen sie es in sich: Hände, die sie trugen, ein Felsentor, das sich hinter ihnen schloß, wehende Bäume, sanften, festen Grund, auf dem die Leiber gebettet lagen, Weite des strahlenden Himmels. In der Ferne glänzte der Fluß, hinter einem Hügel ging die Sonne herauf, und ihre ersten Strahlen trafen das Gesicht des Kaisers, der zu den Füßen seiner Frau lag, an ihre Knie geschmiegt wie ein Kind.

Seine Augenlider zuckten unter dem scharfen Licht, das durch das Gezelt der Bäume hereinbrach, die Kaiserin erhob sich leise, sie trat zwischen den schlummernden Liebsten und die Sonne. Sie bog sich schützend über seinen Schlaf, wie eine Mutter, und warf stille große Blicke auf ihn herab. Mit süßem Staunen hatte sie erkannt, daß nichts mehr an der schmiegsamen atmenden Gestalt an die fürchterliche Statue erinnerte. Ein unaussprechliches Entzücken durchfuhr sie aber nun und ein Schrei drang über ihre Lippen: denn ein schwarzer Schatten floß von ihr über den Liegenden, über den Waldboden hin. Über dem Schrei schlug der Kaiser die Augen zu ihr auf, unerschöpfliches Leben war in seinem jungen Blick, in dessen tiefsten Tiefen nur blieb der erlebte Tod als ein dunkler Glanz früher Weisheit. Sie hob ihn zu sich auf, sie umarmten einander ohne Worte, ihre Schatten flossen in eins.

Unter ihnen an einer geborgenen Uferstelle lag der Kahn und schien auf einen Fährmann und auf Reisende zu warten. In diesem Augenblick näherte sich vom einen wie vom andern Ufer eine Gruppe von Gestalten dem Fluß, langsam die eine, aus zwei Gestalten bestehend, schneller die andere, ein Mann und zwei Frauen, von denen die eine auf dem Kopf einen länglichen Korb trug. Die Sonne erleuchtete alle fünf. Von der Korbträgerin allein fiel kein Schatten auf die tauglänzende Weide, über die sie hingingen; fahl war ihr Gewand wie ihr Gesicht und ihr Tritt unsicher. »Sieh, mein Falke! sieh, auch er!« rief der Kaiser, der die Landschaft und die Gestalten gar nicht sah, mit solchem Entzücken hing sein Auge immerfort an dem leuchtenden Gewölbe des Himmels, wo über dem rötlich glänzenden Grat eines Berges der wunderbare Vogel kreiste. Ein Wasserfall leuchtete unter ihm. Zwischen dunklen Felsen, hohen dunklen Stämmen schwebte aus dem Bergesinnern ein bläulicher

Schein hervor. Der Geisterbote glitt an der steilen Bergwand herab, jetzt riß sich unter seinen Füßen etwas Dunkles los und flog blitzschnell auf das Ufer zu und über den Fluß. Sausend flog der Schatten der Färberin auf seine Herrin zu und schlug zu ihren Füßen hin. Sie wußte nicht, was es war, das da hinschlug, ihr zum Letzten bereites Herz nahm alles nur traumhaft mehr auf. Nur ihr Körper taumelte, und die Frau des Fischers, die neben ihr ging, mußte sie stützen. Der Korb schwankte auf ihrem Kopf. Seine Umrisse wurden unbestimmt, wie ein schwärzlicher Dunst; aus diesem blitzte wechselweise das Schwert und leuchtete das Blut, dann löste sich alles in ein wunderbares Spiel von Farben auf, als wäre ein zusammengeballter Regenbogen in dem Korb gewesen. Die Farben glitten wie Flammen an der Färberin herab, das zarteste Grün, ein feuriges Gelb, Violett und Purpur; sie spielten an ihrem Leib und offenbarten die ganze Herrlichkeit der Sonne, dann schwanden sie in das Weib hinein, schneller als Worte es sagen können. Die Fischerin schlug vor Staunen in die Hände. Bunt stand die Färbersfrau da, geschmückt wie eine Meereskönigin. Zugleich trat die Farbe des Lebens in ihr Gesicht, ihre Augen leuchteten wie die eines jungen Rehes über den Fluß hinüber; zur Erde blickte sie nicht, sie ahnte nicht, daß ihr Schatten zu ihr zurückgekehrt war. Jetzt erkannte vom andern Ufer der Färber sein Weib. »Nimm den Kahn!« rief der Alte ihm zu, aber der Färber hörte es nicht; er war vom Ufer in den Fluß hinabgesprungen, schon war er drüben, schwang sich am Rand empor. Das junge Weib, wie sie vor sich seinen gewaltigen Kopf auftauchen sah, schrie auf in Angst. Sie riß sich von ihren Führern los und lief querfeldein. Sie wähnte sich noch ohne Schatten, gräßlich bezeichnet, nun kam ihr Richter auf sie zu. Sie wollte sich verbergen, nirgend war ein Baum oder ein Strauch. In großen Sprüngen sprang er ihr nach, mit ausgebreiteten Armen; von seinen Lippen floß ein ununterbrochener Schrei der Liebe und Zärtlichkeit. Sie fühlte ihn dicht hinter sich, in ihrer Todesangst wandte sie den Kopf, den Vorsprung zu messen, den sie noch hatte, da sah sie zwischen sich und ihm ihren Schatten, der hinter ihr flog. Vor Seligkeit warf sie die Arme in die Luft, die Arme des Schattens flogen auf vom Grund und glitten zu den Knien des Färbers empor, denn schon stand er da. Ohne Atem stand sie vor ihm, ihr Herz riß sie fast zu Boden. Er drückte die Hände vor der Brust zusammen und neigte sich vor ihr. Wie ein Stein schlug sie vor ihm hin, ihre Stirne, ihre Lippen berührten seine Füße. Ihr ganzes Selbst drang in einem

Schluchzen aus ihr heraus, sie erstickte alles in der Gebärde der Demut, so wie sie unter sich ihren Schatten zusammendrückte, auf dem sie lag.

Dem Kaiser stürzten Tränen aus den Augen; wie dort die Färberin vor ihrem Mann, warf er sich in den Staub vor seiner Frau und verbarg sein zuckendes Antlitz an ihren Knien. Sie kniete zu ihm nieder, auch ihr war zu weinen neu und süß. Sie begriff zum erstenmal die Wollust der irdischen Tränen. Verschlungen lagen sie da und weinten beide: ihre Münder glänzten von Tränen und Küssen.

Der weiß gewandete Alte indessen war von der einen Seite, der Fischer und seine Frau von der andern auf den Kahn zugekommen. Der Alte stieg hinein, die Fischersleute wateten von drüben auf sie zu, das Wasser reichte ihnen bis über die Brust. Im Wasser hangend reichten sie aus dem Wasser dem Alten herrliche Dinge in den Kahn, glänzende Gewebe, metallene Schüsseln und Geräte, bunte große Vögel und Früchte, in ganzen Körben, als wären da unten Bergwerke, Forste und Fruchtgärten, in die ihre Hände nach Belieben hineingriffen. Der Alte hatte Mühe, alles aufzustauen, so schnell hoben sie die gefüllten Arme zu ihm; der Kahn füllte sich und ging fast über, aber er wuchs, indem der Alte immer eilig von einem Ende zum andern hin und her ging. Bald war er so groß wie ein Salzschiff, die aus dem Gebirge gegen die Ebene fahren, und beladen mit Hausrat, um ein großes Haus, zweiflügelig gebaut, in zwei Stockwerken übereinander, herrlich auszuschmücken, und mit prächtigem Geflügel, bunten Fischen und Früchten, genug, um eine gewölbte, von lebendigem Wasser durchlaufene und mit riesigen Hängestangen und tausend Haken versehene Speisekammer auf ein Jahr zu füllen.

Die Hände des Färbers hatten sein Weib vom Boden aufgenommen, mit einem gewaltigen Griff nach der Mitte ihres Leibes, der wie eine wilde unbezähmte Liebkosung war, und er riß sie über sich empor, so daß sie den Atem verlor und das Herz ihr stockte, und trug sie hoch über sich gegen das Ufer hin. Er warf den Nacken zurück, um sie, die er über sich trug, zu gewahren und sie mit den Blicken unablässig zu liebkosen, und er hob seine Knie unter der Last wie einer, der tanzen will, so daß sie vor Schreck in sein dichtes Haar griff und sich daran festhielt. Aus ihrem Mund drangen kleine Schreie von Ängstlichkeit und Lust, indessen ihr die Tränen über die Wangen hinabbrannten. Kaum näherte er sich mit seiner bunten Last dem Ufer, so kam der hochbeladene Kahn mit großem Tiefgang und gewaltigem Rauschen von drüben auf ihn zu, indessen der Fischer und sein Weib neben ihm schwammen. Der Alte war am andern Ufer zurückgeblieben. Der Färber warf sein Weib auf die aufgetürmten Teppiche; er sprang selber hinein, und indem er sogleich wieder den linken Arm um sein Weib legte, ergriff er mit dem rechten das gewaltige Steuerruder, das der Fischer von hinten eingelegt hatte. So fuhren sie auf dem Mantel der Amme flußabwärts. Der Kahn leuchtete in allen Farben der Schöpfung und der Färber sang, wie ihn nie jemand hatte singen hören, weder seine Eltern noch seine Nachbarn, als er ein Junggeselle war, noch auch seine junge Frau in den dreißig Monden ihrer Ehe. Der Alte und der im blauen Harnisch vom einen Ufer, die Fischersleute vom andern sahen ihnen nach, und der Kahn hinterließ im Glanz der Sonne, die höher und höher stieg, eine goldene Spur auf dem flimmernden Wasser.

Hoch über dem Fluß kreiste der Falke. Der Blick des Kaisers hing an ihm lieber als an dem Prachtschiff. Höher ins Unersteigliche riß sich der Vogel empor, leuchtende Himmelsabgründe enthüllte sein Flügel; des Kaisers Blick war über die Trunkenheit erhöht, so waren seine Glieder übertrunken von der Nähe der herrlichen Frau, in deren Arme er sich drückte. Über ihm und unter ihm war der Himmel. Sein Blick flog zwischen den Wimpern dem Vogel nach, da sah er drüben gegen Norden, wo die Hügel noch dunkler und ernster standen, die Seinigen heranziehen. Er gewahrte die Pferde, die Hunde, die Falken, eine hohe Sänfte schwankte daher, wie ein von Flammen umgebenes Lustgemach: so glänzte die Sonne auf ihren goldenen Zieraten. Die Kaiserin lag in seinem Arm, ihr schwimmender Blick ging nach aufwärts: sie fand nicht den Falken im höchsten strahlenden Haus des Himmels, aber sie hörte von dorther einen Gesang. Unbegreiflich fanden zarte Worte, leise Töne den Weg aus dieser Höhe zu ihr.

Vater, dir drohet nichts,
Siehe, es schwindet schon,
Mutter, das Ängstliche,
Das dich beirrte!
Wäre denn je ein Fest,
Wären nicht insgeheim

Wir die Geladenen,
Wir auch die Wirte?

Die schwebenden Worte sanken in sie wie Tauperlen. Das Herz zitterte
ihr, und die freien Hände – denn der Kaiser war im Übermaß des Glücks
zu ihren Füßen hinabgesunken – falteten sich ihr in der Bewegung des
Staunens über dem Leibe. Sie wagte kaum zu fassen, was sie doch hörte,
kaum zu begreifen. Sie wußte nicht, daß auf dem Talisman an ihrer
Brust längst die Worte des Fluches ausgetilgt und ersetzt waren durch
Zeichen und Verse, die das ewige Geheimnis der Verkettung alles Irdi-
schen priesen.   439

Biographie

1874   *1. Februar:* Hugo Laurenz August von Hofmannsthal (eigentlich Hofmann Edler von Hofmannsthal) wird in Wien als einziges Kind des Bankdirektors Dr. jur. Hugo von Hofmannsthal und seiner Frau Anna, geb. Fohleutner, geboren.

1884   Besuch des Akademischen Gymnasiums in Wien (bis 1892).

1890   Erste pseudonyme Veröffentlichungen erscheinen.
Hofmannsthal verkehrt im Café Griensteidl, wo er mit Arthur Schnitzler, Richard Beer-Hofmann und Felix Salten bekannt wird.

1891   *April:* Hofmannsthal besucht den in Wien weilenden Henrik Ibsen.
Dezember: Erste Begegnung mit Stefan George.
»Gestern« (Schauspiel).

1892   *Mai:* Zweites Treffen von George. Hofmannsthal wird Mitarbeiter seiner Zeitschrift »Blätter für die Kunst« (bis 1904) und veröffentlicht hier u. a. das dramatische Fragment »Der Tod des Tizian« und das Gedicht »Der Vorfrühling«.
August: Bekanntschaft mit Josephine von Wertheimstein.
September: Reise nach Südfrankreich.
Oktober: Hofmannsthal nimmt ein Jura-Studium an der Universität Wien auf (bis 1894).

1893   *Herbst:* Bekanntschaft mit Leopold von Andrian-Werburg.
»Der Tor und der Tod« (Drama).

1894   *13. Juli:* Erstes juristisches Staatsexamen.
1. Oktober: Freiwilligenjahr in einem Dragonerregiment (bis Ende September 1895).

1895   Die Gedichte »Terzinen« und »Der Jüngling der Landschaft« erscheinen in der Zeitschrift »Pan«.
»Das Märchen der 672. Nacht«.
Oktober: Beginn des Studiums der romanischen Philologie (bis 1897).

1896   Die Gedichte »Ballade des äußeren Lebens« und »Weltgeheimnis« erscheinen in den »Blättern für die Kunst«.
Mai: Waffenübung in Tlumacz in Ostgalizien.
August: In Aussee trifft Hofmannsthal auf Raoul Richter.

Oktober: Bekanntschaft mit Otto Brahm.

1897 Dissertation zum Thema »Über den Sprachgebrauch bei den Dichtern der Pléjade«.

»Der Jüngling und die Spinne« (Gedicht).

September: Beginn des Briefwechsels mit Eberhard von Bodenhausen.

1898 *15. Mai:* Erste Aufführung eines Stückes von Hofmannsthal: »Die Frau im Fenster« in Berlin.

23. Juni: Rigorosum.

Juli: Waffenübung in Czortkow in Ostgalizien.

September-Oktober: Aufenthalt in Venedig.

»Reitergeschichte« (Prosa).

1899 *März:* Aufenthalt in Berlin. Kontakte mit Gerhart Hauptmann, Harry Graf Kessler und Bodenhausen.

Verkehr mit Schnitzler und Beer-Hofmann.

»Das Bergwerk von Falun« (erschienen postum 1933).

»Theater in Versen (Frau im Fenster, Sobeide, Abenteurer)«.

1900 *Februar:* Aufenthalt in München bei Alfred Walter Heymel und Rudolf Alexander Schröder. Hofmannsthal wird Mitarbeiter der »Insel«.

Februar-Mai: Reise nach Paris, wo Hofmannsthal Maurice Maeterlinck und Auguste Rodin kennen lernt.

Arbeit an der Habilitationsschrift über Victor Hugo (gedruckt 1901).

»Der Kaiser und die Hexe«.

1901 *8. Juni:* Eheschließung mit der Bankierstochter Gerty Schlesinger. Das Ehepaar zieht in das »Fuchsschlössel« in Rodaun bei Wien, wo Hofmannsthal bis zu seinem Tode wohnt.

Sommer- und Herbstaufenthalte in Altaussee im Salzkammergut.

Dezember: Hofmannsthal zieht sein Gesuch um die Venia legendi an der Universität Wien zurück und gibt die akademische Karriere zugunsten der schriftstellerischen Arbeit auf.

1902 *Februar-März:* Besuch von Rudolf Borchardt in Rodaun.

August: In der Zeitschrift »Der Tag« wird der »Brief des Philipp Lord Chandos an Francis Bacon« veröffentlicht, der Hofmannsthals Sprechskepsis zu Beginn des Jahrhunderts dokumentiert.

September-Oktober: Reise nach Rom und Venedig.

1903 *Februar:* Begegnung mit Stefan George in München.

Mai: Durch die Vermittlung von Hermann Bahr kommt es zur ersten Verbindung mit Max Reinhardt.

30. Oktober: Uraufführung der »Elektra« durch Max Reinhardt in Berlin.

»Gespräch über Gedichte« (Abhandlung).

»Ausgewählte Gedichte«.

1904 *September:* Reise nach Venedig.

November: Hofmannsthal nimmt an einem Instruktionskurs für nichtaktive Offiziere in Olmütz teil.

1905 *21. Januar:* Uraufführung von »Das gerettete Venedig« in Berlin an Otto Brahms Lessing-Theater.

April: Aufenthalt in Weimar, wo Hofmannsthal den Vortrag »Shakespeares Könige und große Herren« hält.

Mai: Gemeinsam mit Harry Graf Kessler reist Hofmannsthal nach Paris. Treffen mit André Gide.

1906 *Februar:* Begegnung mit Richard Strauss in Berlin und Beginn der lebenslangen Zusammenarbeit mit dem Komponisten.

März: Bruch mit George.

Oktober: Reise nach Dresden und Besuch bei Helene und Alfred von Nostiz.

Dezember: In München, Frankfurt am Main, Göttingen und Berlin hält Hofmannsthal den Vortrag »Der Dichter und diese Zeit«.

»Ödipus und die Sphinx« (Drama).

1907 *Februar:* Hofmannsthal übernimmt die Redaktion des Lyrik-Teils der Wochenschrift »Morgen«.

Oktober: Bekanntschaft mit Grete Wiesenthal.

November: Besuch von Rainer Maria Rilke in Rodaun.

»Die gesammelten Gedichte. Kleine Dramen« (2 Bände).

»Die Prosaischen Schriften« (2 Bände).

1908 *Februar-März:* Aufenthalt in Berlin zur Aufführung von »Der Tor und der Tod«.

April-Mai: Reise nach Griechenland. Treffen mit Harry Graf Kessler und Aristide Maillol.

1909 *25. Januar:* Uraufführung der Oper »Elektra« (Musik von Richard Strauss) in Dresden.

Hofmannsthal gibt zusammen mit Borchardt und Schröder das Jahrbuch »Hesperus« heraus.

1910	11. *Februar:* Uraufführung von »Cristinas Heimreise« in Berlin.

1910   *11. Februar:* Uraufführung von »Cristinas Heimreise« in Berlin.
September: Uraufführung von König Ödipus in München durch Max Reinhardt.

1911   *26. Januar:* Uraufführung der Oper »Der Rosenkavalier« (Musik von Richard Strauss) im Königlichen Opernhaus in Dresden unter der Regie von Max Reinhardt und der musikalischen Leitung von Ernst von Schuch.
September: Reise nach Hamburg und Kopenhagen gemeinsam mit seinem Vater.
1. Dezember: Uraufführung des Mysterienspiels »Jedermann« im Berliner Zirkus Schumann in der Regie von Max Reinhardt.

1912   *Mai:* Besuch bei Rudolf Borchardt in Lucca. Anschließend Reise nach Paris.
25. Oktober: Uraufführung von »Ariadne auf Naxos« (Drama) in Stuttgart.

1913   *April:* Aufenthalt in Rom gemeinsam mit Richard Strauss, anschließend Besuch bei Borchardt in Lucca.
Als erster Druck der »Bremer Presse« erscheint Hofmannsthals »Die Wege und die Begegnungen«.

1914   *26. Juli:* Einberufung als Landsturmoffizier nach Pisino in Istrien. Hofmannsthal wird mit kulturpolitischen Aufgaben im Kriegsfürsorgeamt betraut.
September: Erste Kriegsaufsätze entstehen.

1915   *Mai-Juni:* Dienstreise nach Krakau.
Oktober: Reise nach Brüssel.
Zusammen mit Leopold von Andrian-Werburg, Felix Braun, Max Mell, Josef Redlich und anderen gibt Hofmannsthal die »Österreichische Bibliothek« (26 Bände bis 1917) heraus.

1916   *Januar-Februar:* Aufenthalt in Berlin.
Juli: Reise nach Warschau, wo Hofmannsthal den Vortrag »Österreich im Spiegel seiner Dichtung« hält.
November-Dezember: Reise durch Skandinavien. Hofmannsthal hält in Oslo und Stockholm Vorträge.

1917   *März:* Reise nach Zürich und Bern. In Bern hält Hofmannsthal den Vortrag »Die Idee Europa«.
Juni: Reise nach Prag.
Juli: Beginn des Briefwechsels mit Rudolf Pannwitz.

1919   *10. Oktober:* Uraufführung von »Die Frau ohne Schatten«

(Musik von Richard Strauss) in Wien.

1920 *Mai-Juni:* Reise nach Italien und in die Schweiz.

Die von Hofmannsthal, Reinhardt und Strauss seit langem geplanten »Salzburger Festspiele« werden endlich ins Leben gerufen.

22. August: Eröffnung der Festspiele mit Hofmannsthals »Jedermann« auf dem Salzburger Domplatz.

10. Dezember: Beethoven-Rede in Zürich.

1921 *8. November:* Uraufführung der Komödie »Der Schwierige« in München.

1922 *Mai:* »Rede auf Grillparzer«.

12. August: Uraufführung von »Das Salzburger Große Welttheater« in der Kollegienkirche in Salzburg.

Herausgeber der Anthologie »Deutsches Lesebuch« (2 Bände, bis 1923).

1923 *16. März:* Uraufführung von »Der Unbestechliche« in Wien.

Hofmannsthal schreibt ein Filmbuch zum »Rosenkavalier«.

1924 *April-Mai:* Italienreise.

»Gesammelte Werke« (6 Bände).

1925 *Februar-März:* Über Paris reist Hofmannsthal nach Marokko.

Mai-Juni: Aufenthalt in London.

»Der Turm« (erste Fassung).

1926 *10. Januar:* Die Verfilmung des »Rosenkavalier« wird uraufgeführt.

21. März: »Das Theater des Neuen« (Vorspiel zu Bertolt Brechts »Baal«).

1927 *10. Januar:* Hofmannsthal hält in der Universität München die Rede »Das Schrifttum als geistiger Raum der Nation«.

Februar: Aufenthalt in Sizilien.

»Der Turm« (neue Fassung).

»Wert und Ehre deutscher Sprache« (Essay).

1928 *4. Februar:* Uraufführung der Neufassung des Trauerspiels »Der Turm« im Deutschen Schauspielhaus in Hamburg und im Prinzregententheater in München.

6. Juni: Uraufführung von »Die ägyptische Helena« in Dresden.

1929 *Februar-März:* Reise nach Basel, Heidelberg und München.

Mai: Reise nach Italien, Besuch bei Borchardt.

13. Juli: Hofmannsthals Sohn Franz begeht Selbstmord. Am Tag seiner Bestattung erleidet der Vater einen Schlaganfall.

15. Juli: Hugo von Hofmannsthal stirbt in Rodaun bei Wien.

HOFENBERG

HOFENBERG

HOFENBERG

Erzählungen der Frühromantik

1799 schreibt Novalis seinen Heinrich von Ofterdingen und schafft mit der blauen Blume, nach der der Jüngling sich sehnt, das Symbol einer der wirkungsmächtigsten Epochen unseres Kulturkreises. Ricarda Huch wird dazu viel später bemerken: »Die blaue Blume ist aber das, was jeder sucht, ohne es selbst zu wissen, nenne man es nun Gott, Ewigkeit oder Liebe.«

Tieck Peter Lebrecht **Günderrode** Geschichte eines Braminen **Novalis** Heinrich von Ofterdingen **Schlegel** Lucinde **Jean Paul** Des Luftschiffers Giannozzo Seebuch **Novalis** Die Lehrlinge zu Sais
ISBN 978-3-8430-1878-4, 416 Seiten, 29,80 €

Erzählungen der Hochromantik

Zwischen 1804 und 1815 ist Heidelberg das intellektuelle Zentrum einer Bewegung, die sich von dort aus in der Welt verbreitet. Individuelles Erleben von Idylle und Harmonie, die Innerlichkeit der Seele sind die zentralen Themen der Hochromantik als Gegenbewegung zur von der Antike inspirierten Klassik und der vernunftgetriebenen Aufklärung.

Chamisso Adelberts Fabel **Jean Paul** Des Feldpredigers Schmelzle Reise nach Flätz **Brentano** Aus der Chronika eines fahrenden Schülers **Motte Fouqué** Undine **Arnim** Isabella von Ägypten **Chamisso** Peter Schlemihls wundersame Geschichte **Hoffmann** Der Sandmann **Hoffmann** Der goldne Topf
ISBN 978-3-8430-1879-1, 408 Seiten, 29,80 €

Erzählungen der Spätromantik

Im nach dem Wiener Kongress neugeordneten Europa entsteht seit 1815 große Literatur der Sehnsucht und der Melancholie. Die Schattenseiten der menschlichen Seele, Leidenschaft und die Hinwendung zum Religiösen sind die Themen der Spätromantik.

Brentano Die drei Nüsse **Brentano** Geschichte vom braven Kasperl und dem schönen Annerl **Hoffmann** Das steinerne Herz **Eichendorff** Das Marmorbild **Arnim** Die Majoratsherren **Hoffmann** Das Fräulein von Scuderi **Tieck** Die Gemälde **Hauff** Phantasien im Bremer Ratskeller **Hauff** Jud Süss **Eichendorff** Viel Lärmen um Nichts **Eichendorff** Die Glücksritter
ISBN 978-3-8430-1880-7, 440 Seiten, 29,80 €

Erzählungen aus dem Biedermeier

Biedermeier - das klingt in heutigen Ohren nach langweiligem Spießertum, nach geschmacklosen rosa Teetässchen in Wohnzimmern, die aussehen wie Puppenstuben und in denen es irgendwie nach »Omma« riecht.

Zu Recht. Aber nicht nur.

Biedermeier ist auch die Zeit einer zarten Literatur der Flucht ins Idyll, des Rückzuges ins private Glück und der Tugenden. Die Menschen im Europa nach Napoleon hatten die Nase voll von großen neuen Ideen, das aufstrebende Bürgertum forderte und entwickelte eine eigene Kunst und Kultur für sich, die unabhängig von feudaler Großmannssucht bestehen sollte.

Georg Büchner Lenz **Karl Gutzkow** Wally, die Zweiflerin **Annette von Droste-Hülshoff** Die Judenbuche **Friedrich Hebbel** Matteo **Jeremias Gotthelf** Elsi, die seltsame Magd **Georg Weerth** Fragment eines Romans **Franz Grillparzer** Der arme Spielmann **Eduard Mörike** Mozart auf der Reise nach Prag **Berthold Auerbach** Der Viereckig oder die amerikanische Kiste

ISBN 978-3-8430-1884-5, 444 Seiten, 29,80 €

Erzählungen aus dem Biedermeier II

Annette von Droste-Hülshoff Ledwina **Franz Grillparzer** Das Kloster bei Sendomir **Friedrich Hebbel** Schnock **Eduard Mörike** Der Schatz **Georg Weerth** Leben und Taten des berühmten Ritters Schnapphahnski **Jeremias Gotthelf** Das Erdbeerimareili **Berthold Auerbach** Lucifer

ISBN 978-3-8430-1885-2, 440 Seiten, 29,80 €

Erzählungen aus dem Biedermeier III

Eduard Mörike Lucie Gelmeroth **Annette von Droste-Hülshoff** Westfälische Schilderungen **Annette von Droste-Hülshoff** Bei uns zulande auf dem Lande **Berthold Auerbach** Brosi und Moni **Jeremias Gotthelf** Die schwarze Spinne **Friedrich Hebbel** Anna **Friedrich Hebbel** Die Kuh **Jeremias Gotthelf** Barthli der Korber **Berthold Auerbach** Barfüßele

ISBN 978-3-8430-1886-9, 452 Seiten, 29,80 €